CONFISSÕES DE UMA GAROTA EXCLUÍDA, MAL-AMADA E (UM POUCO) DRAMÁTICA

THALITA REBOUÇAS

CONFISSÕES DE UMA GAROTA EXCLUÍDA, MAL-AMADA E (UM POUCO) DRAMÁTICA

Rio de Janeiro, 2025

Copyright © 2016 by Thalita Rebouças. Todos os direitos reservados.

Todos os direitos desta publicação são reservados à Casa dos Livros Editora LTDA. Nenhuma parte desta obra pode ser apropriada e estocada em sistema de banco de dados ou processo similar, em qualquer forma ou meio, seja eletrônico, de fotocópia, gravação etc., sem a permissão dos detentores do copyright.

ILUSTRAÇÕES DE CAPA	Isadora Zeferino
MONTAGEM DE CAPA	Julio Moreira | Equatorium Design
PROJETO GRÁFICO E DIAGRAMAÇÃO	Juliana Ida
IMAGENS DO MIOLO	Shutterstock

Dados Internacionais de Catalogação na Publicação (CIP)
(Câmara Brasileira do Livro, SP, Brasil)

Rebouças, Thalita

    Confissões de uma garota excluída, mal-amada e (um pouco) dramática / Thalita Rebouças. - 1. ed. - Rio de Janeiro: Pitaya, 2025. -- (Confissões; 1)

    ISBN 978-65-83175-29-8

    1. Romance - Literatura juvenil I. Título. II. Série.

25-247241   CDD-028.5

Índice para catálogo sistemático:

1. Romances : Literatura juvenil   28.5

Eliete Marques da Silva - Bibliotecária - CRB-8/9380

Editora Pitaya é uma marca licenciada à Casa dos Livros Editora Ltda.
Todos os direitos reservados à Casa dos Livros Editora LTDA.
Rua da Quitanda, 86, sala 601A - Centro,
Rio de Janeiro/RJ - CEP 20091-005
Tel.: (21) 3175-1030
www.harpercollins.com.br

PARA O MELHOR AVÔ DO MUNDO,
JOSÉ, O NININHO, QUE ME AMOU
IMENSAMENTE, ME FEZ GOSTAR DE
LER E CERTAMENTE É O ANJO MAIS
BACANA LÁ DE CIMA.

SUMÁRIO

Capítulo 1 11

Capítulo 2 15

☆ Capítulo 3 31

♥ Capítulo 4 37

Capítulo 5 53

Capítulo 6 61

Capítulo 7 70

★ Capítulo 8 75

♡ Capítulo 9 83

Capítulo 10 96

Capítulo 11 104

Capítulo 12 110

☆ Capítulo 13 116

♥ Capítulo 14 128

Capítulo 15 135

Capítulo 16	150
Capítulo 17	161
★ Capítulo 18	169
♡ Capítulo 19	178
Capítulo 20	191
Capítulo 21	199
Capítulo 22	204
☆ Capítulo 23	213
♥ Capítulo 24	221
Capítulo 25	232
Capítulo 26	236
Capítulo 27	243
★ Capítulo 28	250
Capítulo 29	257
Capítulo 30	262

NOTA DA AUTORA

Oi! Tudo bem?

Esta história que você está prestes a ler foi lançada em 2016 e, como o mundo mudou bastante de lá para cá (estamos evoluindo, né? Que bom!), algumas frases e expressões que escrevi naquela época provavelmente não escreveria hoje, ou por reforçarem estereótipos ou por não fazerem sentido hoje, quando temos falado tanto sobre tudo. Por outro lado, acho importante deixar várias coisas aí no texto para você entender como era o mundo em 2016, até para que você consiga comparar com os tempos atuais e entender o tamanho da evolução e da revolução que estamos vivendo, com mais respeito, menos preconceito, mais aceitação e mais diálogo. Tetê é uma menina como tantas por aí, que tem o espelho distorcido, não gosta do que vê e, devido ao que hoje se chama de "beleza padrão", se bota para baixo, condena seus quilos a mais como se isso fosse um grande defeito e olha com lente de aumento para cada partezinha de seu corpo que não condiz com o significado de belo, de aceitável.

Hoje, com as redes sociais, cada vez mais a gente se compara com os outros e, vamos e venhamos, aquela história da grama do vizinho ser sempre mais verde continua. Cabe a nós fazer nossas escolhas por nós mesmos, não pelos outros, não pelo que esperam da gente. A jornada da Tetê é a jornada de muitas garotas que se sentem excluídas e mal-amadas. Que você se divirta e aprenda a se amar como ela e encontre o seu próprio caminho para ser feliz.

Um beijo grande,
Thalita

Capítulo 1

NUMA BELA MANHÃ DE SOL, ACORDEI MALUCA. ABILOLADA. LOUCA. Doida varrida. Destrambelhada. Não que eu ache. Não que eu mesma pense isso. A enfática afirmativa quem fez foi minha mãe, logo no café da manhã, ao avisar que tinha marcado um psiquiatra para mim na tarde daquele dia.

Na minha opinião, quem precisava de psiquiatra mesmo era o resto da família, não eu. Duvido que algum médico desse um atestado de sanidade mental para eles.

— Pra que você acha que eu preciso de um psiquiatra, mãe? — perguntei, com a maior paciência, tentando levá-la a sério.

— Porque você não está normal, Tetê! — esclareceu mamãe, suuuuperfofa.

— Como assim, não estou normal? Você acha de verdade que eu estou maluca?

Ai, Senhor, me dê forças...

— *Está*? Você é maluca, Tetê! Desde que nasceu! — entrou na conversa minha avó Djanira, megaultrablaster fofa, carinhosa mesmo, às gargalhadas. (É, gargalhadas! Sonoras gargalhadas.)

— Posso saber por que vocês estão me achando maluca? Assim, quais os motivos concretos que levaram vocês a essa *brilhante* conclusão?

— Tetê, repara: você não ri, está sempre de cara amarrada, de mal com a vida, não conversa, não tem amigos, não namora, vive pelos cantos, só quer saber de ouvir músicas tristes, de ver filmes tristes e de ler livros tristes — enumerou minha mãe. Pausou para respirar e continuou: — E não faz esportes, não sai, não dança, não pega sol, não come jujuba, não gosta de Nutella, não faz a unha, não depila o buço. Só fica feliz na cozinha. Onde já se viu? Você acha isso normal?

Então tá. Então eu agora era anormal. Oficialmente maluca. E bigoduda.

Pelo menos para a minha família. Esse era o diagnóstico, e eles queriam também um atestado médico.

Quanto à cozinha, vale uma explicação: eu AMO cozinhar. Só penso em comida e, modéstia lá longe, eu ar-ra-so no forno e fogão. Sou praticamente uma Troisgros de saia. (Se bem que não uso saia nem sob tortura, morro de vergonha das minhas pernas.) Cozinhar é uma coisa que eu posso fazer sozinha, sem ninguém me julgando, e ainda tem a vantagem de poder comer o resultado depois. Então é tipo meu hobbie, meu passatempo.

Ao chegar à mesa do café, papai mal se sentou e eu logo quis saber a opinião dele:

— Pai, por acaso você também é da ala que me acha maluca?

— Ãhn? Maluca? Você? Claro que não, Tetê — respondeu ele com a maior naturalidade.

— Ah, obrigada! — agradeci, aliviada. Alguém sensato no recinto.

Pelo menos uma pessoa sã enxergava que de anormal eu não tinha nada! *Eu sou só uma adolescente, poxa!*, respirei mais tranquila. Mas ele continuou a falar, para minha tranquilidade ir embora:

— Você está tristonha porque não namora, minha filha.

Ah, não posso acreditar no que eu estou ouvindo...

— Exatamente o que eu falei! — exclama minha mãe. — As meninas da idade dela namoram, saem, se divertem...

— E isso não é problema nenhum, Tetê. Deixa as meninas da sua idade namorarem. Você não precisa beijar ninguém pra ser feliz.

Puxa, quanto bom senso! Se bem que eu até que *precisava* beijar, algo que nunca tinha feito na vida, mas não era esse o ponto em questão. Quero dizer, não era *só* esse o ponto.

— Sei que ser sozinha causa mesmo uma certa tristeza. Mas, acredite, um dia um garoto vai gostar de você. Você não vai ser rejeitada para sempre. Digo, não vai se sentir rejeitada para sempre.

Agora eu era rejeitada também? Poxa, pai... Que coisa bacana de dizer... Só que não!

— Pai, eu não namoro porque não conheci ninguém interessante até agora. — Tentei ver se engatava uma conversa "normal", mas já bem irritada...

— E o Joaquim aqui do prédio, que vive atrás de você? — questionou minha mãe.

— Vocês são doidos mesmo! Ele tem 12 anos! E eu tenho 15, esqueceram?

— Nossa, jurava que ele tinha mais! — comentou mamãe, fingindo estar espantada.

— Ô Helena, o Joaquim não é aquele magrelão comprido filho da Jurema? — perguntou minha avó.

— Esse mesmo! — respondeu mamãe.

— Ah, é um partidão, Tetê! Qual o problema da idade? Ele é alto, boba! Passa por 15 fácil, fácil! E gosta de você, não reparou, não? — pontuou minha avó.

Eu estava à beira de um ataque de nervos.

— Deixa a menina, gente! — Vovô José partiu em minha defesa, como era de costume.

Vovó ignorou vovô:

— Que "deixa" nada! Isso é amor! Queridinha, os pais do Joaquim têm boa situação financeira. Vale a pena investir, hein? Vamos todos na próxima festinha de aniversário dele?

Levantei da mesa sem falar mais nada e fui correndo para o meu quarto, chocada com o diálogo daquela família biruta. E só saí na hora de ir para a consulta com o tal psiquiatra, que também era psicólogo, segundo minha mãe. Quem sabe ele me ajudava pelo menos a me acalmar e me ensinava a lidar com tanto doido que tinha à MINHA volta. Se ele era médico de maluco, pelo menos devia ter experiência!

Capítulo 2

MINHA MÃE ME LEVOU NA CONSULTA, CLARO. E ÓBVIO QUE EU percebi rápido que psiquiatra não é um profissional que cuida de maluco ou de gente anormal, mas um cara que faz as pessoas pensarem, se avaliarem e se conhecerem melhor.

Quando a porta da sala do dr. Romildo se abriu e ele me chamou para entrar, vi que ele era um simpático senhor grisalho com óculos divertidos.

— Você é a próxima, pode vir — falou ele olhando para mim, fazendo sinal para eu entrar.

— Eu não vou com ela? — quis saber minha mãe, já em pé.

— Não, a senhora pode aguardar aqui. Ou, se quiser dar um passeio, pode voltar em 50 minutos, tudo bem? — disse ele na maior calma.

— Não, vou ficar aqui mesmo. Ai, meu Deus! Vê se fala tudo, hein, Tetê? Abre seu coração, bebê. Qualquer coisa, já sabe, mamãe está bem aqui.

"Bebê" ninguém merece...

— Tá bem... — reagi, resignada.

— Mamãe te ama! Mamãe te ama, bebê! — gritou ela antes que a porta do consultório se fechasse.

O dr. Romildo riu.

— É sempre assim?

— Quase sempre — respondi, sincera. Mas aí olhei em volta e fiquei confusa sobre como agir. Resolvi perguntar. — Nunca fui a um psiquiatra. O que tenho que fazer? Sento, fico em pé, deito, tiro o sapato?

O dr. Romildo riu de novo.

— Fica do jeito que quiser, como se sentir mais à vontade. Pode sentar ali. Respira, relaxa. E então é só falar o que vier à sua cabeça, Teanira.

Pausa! Pausa!

Sim! Você leu certo! Lástima das lástimas! Terror dos terrores! Meu nome é realmente Teanira. TE-A-NI-RA. Tem como uma pessoa que se chama Teanira ser cem por cento feliz?

Não, não tem.

— Bom, podemos começar com meu nome, já que o senhor tocou no assunto. Acho que parte da minha tristeza vem dele — comecei. — É a junção de Tércio com Djanira, os nomes do meu avô paterno e da minha avó materna. Homenagem legal e tal... Mas isso é uma tremenda de uma sacanagem, o senhor não acha, dr. Romildo?

— Pode me chamar só de Romildo, querida. E de você.

— Ah, obrigada, Romildo. Então... Graças a Deus, desde pequena eu sou conhecida como Tetê, porque Teanira não dá! Não dá mesmo! — desabafei, notando que aquilo não estava sendo tão estranho quanto tinha imaginado. — Mas não é só o nome diferente que me angustia. Eu sei que estou longe do padrão de beleza atual, uso óculos pra corrigir meus cinco graus e meio de miopia, aparelho pra botar os dentes tortos no lugar, sofro com espinhas constrangedoras na testa e não sou convidada para festas ou eventos sociais. E eu concordo com a minha mãe: não sou de sorrir muito.

— E por que você não sorri, Tetê?

— Sei lá, acho nada a ver gastar sorriso à toa, sabe?

Ele não respondeu nem que sim nem que não. Nem um levantar de sobrancelhas, nem uma balançada de cabeça. Fiquei sem saber se ele estava ou não concordando comigo. Com as mãos, ele fez sinal para que eu prosseguisse.

— É pra falar mais de mim, né? Bom... sou sensível a ponto de chorar em último capítulo de novela que nunca acompanhei, não gosto de raspar as axilas, acho isso uma coisa machista, e não sinto a menor necessidade de tacar cera quente no buço. Ele sempre foi bem ralinho, juro, mas, depois do ataque que a minha mãe deu hoje de manhã, estou repensando o assunto.

— Arrã...

Só isso? Eu falando de um assunto sério como buço e ele me manda um *arrã*? Ai, eu sabia que não ia rolar química entre mim e o psiquiatra...

— Arrã? — fiz, para ele ver que "arrã" não é coisa que se diga para uma menina que está confessando intimidades, desabafando tudo sobre os pelos do próprio corpo.

— E seus amigos?

Ah, tá... Entendi. Ele queria que eu falasse de coisas mais assim... Como posso dizer? Profundas. E importantes. Amigo é mais importante que bigode e sovaco, fato.

Mas...

— Eu não tenho amigos.

— Não?

Não. Se estou dizendo que não tenho é porque não tenho, eu tive vontade de dizer. Já estava louca para sair dali. Minha bunda enorme suava em bicas (sim, eu suo na bunda). Não sei se de tédio ou nervosismo.

Nervosismo. Fato.

Logo entendi que o Romildo queria que eu desenvolvesse o assunto. Mas eu não queria desenvolver o assunto...

— Não — repeti, seca.

— Por que você não tem amigos?

Droga! Eu nem sabia por onde começar a falar sobre amizade.

— Sei lá. A única amiga que tive foi a Jade, uma menina que parecia gostar de verdade de mim, que virava bicho pra me defender, muito legal. Mas depois de três anos ela se mudou para o Mato Grosso e eu fiquei de novo me sentindo solitária e desprotegida.

— Solitária e desprotegida? Hum... Interessante escolha de palavras...

— É? — indaguei, cabreira. O que seria uma "interessante escolha de palavras"? Achei melhor me explicar: — Eu me sinto solitária porque não sou de conversar, porque meu nome é timidez, porque não tenho amigos, e me sinto desprotegida porque choro pelos cantos de vez em quando. E amo música triste. Às vezes, ficou ouvindo Adele em looping, ou "I'm With You", da Avril Lavigne, ou qualquer música que me dê vontade de chorar.

— Você chora muito?

— Já chorei mais. Sempre acho que eu sou a pessoa mais triste do mundo. E nem sei se tenho um motivo, vários ou nenhum pra pensar isso, sabe? Ou não sabe? Às vezes é um motivo qualquer, uma coisa que parece boba, tipo o sabor do chiclete.

— O sabor do chiclete?

— É! Todo mundo na minha família sabe que eu ODEIO canela, mas eles só compram chiclete de quê? De canela! Aí distribuem entre si e eu fico sem mascar nem um chicletinho sequer! Depois eles falam que não querem que eu me sinta excluída...

— Hum...

Hum? Só isso de novo? Mandei logo uma frase de efeito para ele parar de reagir daquele jeito bocó aos meus sentimentos:

— Eu acho a vida uma enorme injustiça.

E ele mandou uma inacreditável frase:

— Por causa do chiclete de canela?

— Não! Não mesmo!

— Estou brincando.

Nossa, você não sabe brincar..., eu quis resmungar.

— Prossiga — pediu ele.

— Já pensei em me matar. Mas isso nunca ninguém soube. Tenho até vergonha de contar.

— Não tenha vergonha de falar nada, Tetê. Nada do que for dito aqui vai sair daqui.

Ufa... Menos mal...

— Tenho vergonha porque... Passou logo, mas foi um impulso ignorante que tive quando descobri a verdade sobre o Gustavo Sampaio.

Só de me ouvir dizer aquele nome dava uma tremedeira louca dentro de mim.

— Eu gostava do Gustavo Sampaio e achei que o Gustavo Sampaio gostasse de mim. Mas aí achei nada a ver me matar por causa de um garoto. Então preferi tomar uma decisão mais inteligente: nunca mais amar ninguém.

E é verdade! Não exagerei para o doutor, não! Estava decidido, decididésimo, decididão. Se amar é sofrer, prefiro sofrer por outras coisas. E não são poucas as coisas que me fazem sofrer. A grande decepção da minha vida foi o Gustavo Sampaio. Na minha escola antiga, na Barra, onde moramos até o fim do ano passado, ele foi o único que um dia falou comigo.

— Ninguém gostava de mim, sabe, Romildo? E eu nunca entendi isso. Então um dia, na hora do recreio, o Gustavo Sampaio se aproximou e eu desabafei. Disse pra ele que me sentia um repelente humano. Tendo a ser um pouco dramática algumas vezes, mas juro que as palavras foram do coração direto pro ouvido do Gustavo Sampaio. E me lembro até hoje da reação dele. Foi assim, ó: "Claro que não. As pessoas têm inveja de você, Tetê.

Você é a queridinha dos professores, só tira notas boas." "E isso lá é motivo pra ter inveja?" "Claro. Você é inteligente, mas não passa cola, não divide seu conhecimento. E ainda é bonita. Ninguém aguenta menina inteligente e gata." Gata. Ga-ta. O Gustavo Sampaio me chamou de gata. Quase morri. Romildo, você não tem noção do que é ser elogiada por um cara como o Gustavo Sampaio! Ele era perfeito. Sabe garoto perfeito? Muito perfeito?

O psi me deixou no vácuo. Tentei explicar para ele o que significava uma menina desajeitada, gordinha e excluída ser elogiada pelo Gustavo Sampaio:

— Cara, nunca ninguém, NINGUÉM, do sexo masculino, que não fosse da minha família, tinha me chamado de bonita. Se bem que... Pensando bem, elogios à minha fisionomia nunca fizeram parte da minha realidade. Nem meu pai, nem meu avô, nem meus primos, tios... Ninguém abre a boca pra falar da minha beleza, nem da ausência dela. Aí vem um Gustavo Sampaio, coisa louca de lindo e, vráááá!

— Vrá?

— Vrá! Me faz um elogio e vrá!

Pensa que Romildo se manifestou? Disse nada! Mesmo com a quantidade de informações relevantes que eu tinha acabado de dar. Custava ele agora fazer o cara legal e falar que eu era linda mesmo? Tá, linda é exagero, ok. Mas bonita, pelo menos? Eu sei que não sou, mas psiquiatras e psicólogos não existem para botar a gente para cima? Não, né...? Tá bem, acabou o surto. Voltando à minha sessão de terapia...

— Eu sorri com todos os dentes quando ouvi o elogio do Gustavo Sampaio. Sabe sorriso de bocão? Sorriso de boca toda? Boca louca, boca descontrolada? Hum... Pela sua cara você não sabe. O fato é que não dava pra parar de sorrir! Simplesmente não dava! Bom, daquele dia em diante, o Gustavo Sampaio e eu passamos a nos relacionar. Viramos uma dupla dinâmica. Ele ia na minha casa, eu fazia meu sensacional cupcake pra ele, estudava com ele, via TV com ele, assistia a vídeos do YouTube com ele... Quando ele contou que eu era odiada pelo simples fato de ser boa aluna, cheguei a pensar em tirar notas ruins de propósito, pra ser aceita, mas ele, sempre incentivador, me tirou essa ideia da cabeça.

— E o que aconteceu?

— Ah, Romildo... Em vez de eu virar uma aluna péssima, fiz as notas dele aumentarem. Em pouco tempo, Gustavo Sampaio estava craque em Português, História, Geografia, Matemática... Aí eu virei o retrato da alegria ao lado daquele menino lindo. Passávamos o recreio juntos, ríamos das mesmas piadas... Eu estava perdidamente apaixonada por ele. Gustavo Sampaio era meu porto seguro, meu amigo, meu amor. Não ligava pras minhas espinhas, meus quilos a mais, meus milhões de defeitos, meu cabelo volumoso e sem corte, minha falta de vaidade, minha pele mais branca que papel. Ele me respeitava, gostava de mim como eu era.

— Olha só...

Olha só? A minha mãe tá pagando esse cara para ele fazer ESSE tipo de comentário? Bufei, mas continuei:

— Até que um dia, depois de meses de relacionamento, estranhei o fato de ele nunca ter me dado um beijo. Eu sou totalmente BV, Romildo! Nem selinho em brincadeira de salada mista eu dei. Até porque nunca ninguém me chamou pra participar desse tipo de brincadeira.

— BV?

— Não vai me dizer que não sabe o que é, Romildo!

— Barata Voadora? Barraqueira Venenosa? Boa Vigarista?

Que fofo! Ele fez piada (sem graça, mas fez)! Gostei do Romildão (mesmo ele tendo rido da piada sem graça que ele mesmo fez)!

— É Boca Virgem, o que quer dizer boca zero-quilômetro.

Nem o espelho eu beijei pra treinar, tenho nojo da minha baba. Ninguém nunca encostou a boca na minha boca. Entendeu?

— Eu sei o que é BV! Atendo vários adolescentes. Estava brincando com você!

— Ah, bom! Que alívio. Então continuando: eu resolvi conversar com o Gustavo Sampaio, mandar a real pro menino. Mentira. Eu parti mesmo pra cima dele, num acesso súbito de falta de timidez, com a boca em formato de bico pra dar a ele um entendimento imediato do recado.

— Taí uma atitude corajosa. Como foi?

— Ele gritou.

— Gritou? Por quê?

— De medo. Ele ficou com a maior cara de medo que eu já vi, fato.

Sei que sou exagerada, mas não estou exagerando. Juro.

— Não precisa jurar, eu acredito em você.

Segui contando ao Romildo que, refeito do susto, Gustavo Sampaio disse que gostava de mim como amiga e acrescentou que tinha se aproximado por interesse, já que seus pais só o levariam à Disney se as notas dele melhorassem. Eu quis matar o Gustavo Sampaio, mas decidi não matar. Ele queria ir para a Disney, tadinho. E foi sincero. Demos um abraço e eu me contentei com o fato de não ter um namorado, mas pelo menos ter um amigo para sempre, como ele jurou que seria.

— Então tudo acabou bem?

— Não exatamente. Ele espalhou pros amigos, pros não amigos e pros ex-amigos da escola que eu estava desesperada pra arrumar alguém, louca pra beijar qualquer coisa que respirasse, carente irremediável e, catástrofe das catástrofes, que meu sovaco fedia a molho de tomate vencido. E meu sovaco nunca fedeu! Nunca! Sou bem limpinha! Nessa época eu tomava banho quase todos os dias, e sempre que me lembrava eu passava desodorante. Ok, ficou meio nojenta essa frase, mas juro que eu sou limpinha e cheirosa.

— Não precisa jurar, Tetê...

— Desculpa, é mania. Bom, minha vida virou um inferno depois da traição do Gustavo Sampaio. Eu era zoada diariamente na escola. Muito zoada. A ponto de desejar voltar no tempo, pros meses em que eu era *só* ignorada. Foi péssimo. As pessoas agora me conheciam e me achavam a louca encalhada! Pior! Virei alvo de pseudoengraçadinhos que não perdiam a chance de fazer piada com minha atitude, com meu jeito, com meu nome... Ganhei uns apelidos bizarros: Tetê-deprê, Tetê-encalhadê, Tetê-não-me-mordê, e um que virou o preferido da escola, Tetê do Cecê. Tetê do Cecê!!! Ninguém merece, Romildo!!

Fiquei feliz que ele não riu nem fez cara de pena. Continuou com sua cara de caneca vazia. Cara de nada.

— Foi bem difícil suportar as "brincadeiras". Engordei oito quilos. Todo dia era leite condensado com sucrilhos no café da manhã. E eu comecei a fazer doces incríveis, né? Bolos, mousses, pudins... Fiquei mais calada do que já era, minhas notas caíram e eu só queria ficar na cama, comendo e chorando. Foi devastador.

Nessa hora eu comecei a chorar, na frente do Romildo. Bateu uma vergonha... Mas não consegui segurar as lágrimas. O legal é que ele tinha uma caixinha com lenços de papel ao lado dele e me ofereceu para enxugar meu rosto. E só então eu percebi que outros pacientes deviam chorar ali, o que me deu um certo alívio. Respirei fundo e continuei:

— Mesmo tendo prometido pra mim mesma nunca mais amar ninguém, eu logo me apaixonei pelo Alexandre Bueno, de outra sala. Ele era baixinho, mas tinha os ombros largos, o que eu achava lindo. Mas, analisando o conjunto da obra, ele era bem feinho. Sabe filhote prematuro de capivara? Não sabe? Bom, o que eu quero dizer é que ele era perfeito pra mim! Decidi que, no papel de feia, tinha que gostar de um feio. O hálito do Bueninho não era exatamente de flores, daí o simpático apelido de "Boca de Cocô", mas ele era engraçado — descrevi, cada vez mais confortável em dividir minha história com o Romildão.

É, já éramos íntimos na minha cabeça.

— E é sempre bom estar por perto de gente engraçada, não é?

— Super é! Aí começaram a brincar dizendo que Tetê do Cecê, euzinha, e Boca de Cocô, Bueninho, tinham que ficar juntos. Mas ele um dia mandou um "Sai pra lá! Essa menina, além de porca, é horrorosa!". Assim, meu coração foi partido duas vezes no mesmo ano. E eu mantive a promessa de que nunca mais iria me apaixonar por ninguém. Ninguém! Ninguém!

— E é por essas histórias que sua mãe quer que você faça terapia?

— É, acho que sim. Minha mãe diz que não estou normal. Eu até acho que não tenho como estar totalmente normal, sabe? Porque, enquanto tudo isso acontecia na minha vida, em casa o negócio estava mais sinistro ainda, porque eu acompanhava em silêncio as brigas dos meus pais. Eles nem tentavam disfarçar, quebravam o pau todos os dias na minha frente, sem a menor cerimônia. Depois de um tempo, eles decidiram se separar. E eu respirei aliviada. Sabia que ia ser melhor pros dois. Eu me sinto meio culpada de ficar aliviada com uma separação, mas...

— Não tem que se culpar, Tetê. As brigas dos seus pais não são culpa sua, e ninguém gosta mesmo de viver em um ambiente assim.

Com aquelas palavras, Romildão tirou um piano muito pesado das minhas costas. Até suspirei aliviada. Prossegui:

— Quando minha mãe começou a procurar apartamento pra morar, meu pai perdeu o emprego na multinacional em que ele trabalhava fazia séculos. Ele era respeitado, eu acho, e ganhava bem... Não era rico, mas nossa vida era legal na Barra, nunca faltou nada lá em casa. Mas a crise chegou, você sabe, e a empresa cortou muitas cabeças, inclusive a dele — contei.

Dois lagos gigantes se formaram nos meus olhos assim que eu dei uma pausa no meu desabafo. Baixei a cabeça.

— Pode chorar à vontade, Tetê — disse Romildão fofo, passando de novo a caixa com lencinhos de papel.

E eu chorei, mas só um pouquinho. Tinha muito mais coisas para dividir com o psi.

— Pior de tudo foi descobrir que meu pai gastava todo o dinheiro que sobrava apostando em cavalos, e, além disso, ele devia a um e a outro, devia pro banco e acabou poupando praticamente nada durante todo o tempo de empresa. Resultado: ficou sem dinheiro.

— E como isso bateu em você?

— Mal, né? Malzão. A gente acha que nossos pais são perfeitos e tal, e nesse dia descobri que ele não era. Nem economizar ele sabia. Fiquei bem magoada com o descaso dele com a minha mãe e comigo. Então eles decidiram dar mais uma chance ao casamento. Mas acho que essa decisão não tem nada a ver com amor. Tem a ver com grana. Mais fácil pro meu pai ficar casado do que bancar nós duas longe, duas casas, essas coisas...

Era difícil demais relembrar aquilo tudo... Mas falar e, principalmente, me ouvir falar tinha um poder de melhora avassalador. A minha alma parecia mais leve.

— E como você encarou essa mudança?

— Achei uó! Uó! Tivemos que mudar de mala e cuia pra Copacabana, pra casa dos meus avós, na rua Siqueira Campos, porque meus pais precisaram vender o apê em que a gente morava no Jardim Oceânico, na Barra, pra pagar as dívidas e ter algum dinheiro pra viver, já que meu pai ainda estava desempregado! E eu, que sempre gostei de ser sozinha, passei a dividir o teto com pai, mãe, vô, vó e meu bisavô, pai da minha avó.

— Sei...

— E na semana que vem, eu vou começar em uma escola nova e, pior, é uma nova fase, é o ensino médio. Estou morrendo de medo. E se a zoação e o bullying rolarem de novo? E se eu não conseguir me enturmar? Todo mundo já deve se conhecer por ser da mesma escola desde o fundamental. Mas eu vou ser a nova, o peixe fora d'água... Estou bem insegura com tudo!

Tive vontade de perguntar pro Romildão: tem como eu ser uma adolescente felizinha e serelepe? Tem? Mas eu mesma responderia: Não! Não tem!

— Sim, escola nova, ensino médio... É compreensível a insegurança. Mas veja pelo lado bom, Tetê. Quem sabe não vai ser uma experiência muito melhor que na escola anterior? E é uma oportunidade de fazer amigos também.

— É... Olhando por esse lado, pelo menos aquele horror da escola da Barra, os apelidos e o Gustavo Sampaio eu não vou ter que encarar mais.

— Sim, é isso. Mas, voltando ao assunto da sua família, sua mãe trabalha, não é?

— É, ela trabalha num escritório grande de advocacia, na parte de contabilidade, mas odeia o que faz. E o que ela ganha não daria pra manter a vida que a gente tinha. Agora ela diz que meu pai é um acomodado, e usa muito essa palavra pra falar dele. Aliás, os dois continuam brigando. Meu pai se nega terminantemente a procurar emprego. Então é ela quem lê o jornal à procura de oportunidades de trabalho. Circula várias vagas que têm a ver com o perfil dele, mas ele dispensa todas, diz que são oportunidades insignificantes, que não vai se sujeitar a um trabalho menor do que sua "imensa capacidade intelectual". Nunca achei que meu pai tinha essa inteligência toda, mas autoestima equivocada é isso aí, né? Um dia teve um diálogo bizarro entre os dois. — E imitei meus pais falando para o psi: — "Às favas com a sua intelectualidade, Reynaldo Afonso! Emprego é emprego. Você tem que trabalhar para botar dinheiro em casa. Eu sozinha não dou conta!" "Vai aparecer, Helena Mara! Calma! Essa sua pressão não faz nada bem para mim." Ah, sim. Meu pai se chama Reynaldo Afonso e minha mãe Helena Mara. E sempre que eles brigam usam os dois nomes, e parece que a agressão fica maior ainda. "Também não faz bem para os meus pais ter você de encosto, vivendo à custa deles, Reynaldo!"

— Sei... Falando nos seus avós, como está sendo a experiência de morar com eles? — quis saber Romildão.

— Nada de mais. Estamos lá há dois meses e vinte e dois dias. O passatempo preferido da vovó Djanira é falar dos outros, de mim inclusive, se metendo na minha vida, e ler o obituário no jornal. Não sei por que tanto interesse em saber quem morreu. Ela tem uma certa fixação com o assunto morte e acha enterro um programão. Um dia me chamou pra passear no cemitério com ela e "apreciar a beleza do silêncio". Eu estava deitada lendo *A culpa é das estrelas* pela milésima vez quando ela veio me chamar pra uma "volta no paraíso". Depois eu que sou a louca.

Romildo apenas deu um leve sorriso.

— A minha família se comunica aos berros, mil decibéis acima do normal.

— Olha só, e você fala tão baixinho, tão pra dentro...

— Exato. Adoraria saber como é viver numa casa sem gritos — desabafei. — Agora estou me adaptando ao fato de dividir o quarto com meu bisavô. Ele tá ficando surdo e quando ronca parece que tem uma orquestra sinfônica no peito, sabe? Não, não sabe, claro...

— Sei sim, querida — interagiu ele, com um sorrisinho discreto. — Bom, mas infelizmente nosso tempo acabou.

Pensei: *Já?* Só não verbalizei. Eu não sabia se queria falar mais, se queria repetir a dose outro dia, se queria vê-lo novamente nesta vida...

— E qual é meu diagnóstico? Eu sou normal? Sou maluca? — perguntei, morta de medo da resposta.

— Nunca uso essas palavras, Tetê. Como psiquiatra e psicólogo, eu diria que você é uma típica adolescente, com questões próprias da sua idade. Está passando por uma fase delicada com sua família, sim, e a terapia pode ajudar você a superar seus problemas e a colaborar para que se socialize mais, mas precisa querer. Tem que partir de você a vontade de vir uma vez por semana, e não da sua mãe. É *você* que tem que querer, certo? Essa decisão tem que ser exclusivamente sua.

Amei, Romildão.

Levantamos e fomos saindo em direção à sala de espera. Minha mãe estava aflitíssima me esperando e foi logo querendo conversar com Romildão e saber dos meus "problemas sérios".

— São muitos remédios que o senhor prescreveu, doutor? — perguntou mamãe logo.

— Nenhum remédio.

— Nenhum remédio? Como?

— Calma, dona Helena Mara, não é nada que preocupe muito, é coisa da idade. A decisão de fazer terapia é inteiramente dela. Semana que vem eu ligo para a senhora pra ver o que a Tetê decidiu. Caso ela queira continuar, falaremos sobre horários e honorários. Mas eu deixo aqui uma sugestão: ela deveria fazer alguma atividade física ao ar livre, isso ajuda muito. Endorfina! Também recomendo se matricular em um curso de teatro, para vencer a timidez e fazer amigos.

Concordei com a cabeça, sabendo que jamais faria nenhuma atividade ao ar livre. Detesto natureza. E teatro neeeem pensar. Sou muito envergonhada.

Mesmo assim, saí de lá aliviada.

— Viu, mãe? Não sou anormal nem maluca! — falei triunfante.

— Você é que pensa! Péssimo esse médico. Péssimo. Vou perguntar no trabalho se alguém conhece outro bom profissional. Quero uma segunda opinião. Nunca mais confio nas indicações do Moacyr, aquele amigo do seu pai. Não sei por que fui pedir ajuda logo para ele...

SENSACIONAL CUPCAKE DE CANECA
DIFICULDADE: REQUER DOIS NEURÔNIOS.

#OQUEVAI
½ XÍCARA DE FARINHA DE TRIGO • ½ XÍCARA DE AÇÚCAR • 1 COLHER DE FERMENTO EM PÓ • ⅓ DE XÍCARA DE LEITE • ⅓ DE XÍCARA DE ÓLEO • 1 OVO • CHOCOLATE EM BARRA A GOSTO

#COMOFAZ
1. Peneire a farinha, o açúcar e o fermento em um pote e depois adicione o ovo, o leite e o óleo. **2.** Corte o chocolate em pequenos pedaços e junte à massa. **3.** Misture bem e coloque em forminhas para cupcake de papel ou em uma caneca **(PREFIRO A CANECA, ÓÓÓBVIO).** TEM QUE ENCHER A CANECA SÓ ATÉ A METADE, afinal, o bolo cresce! **4.** Leve ao micro-ondas por 2 ou 3 minutos. **5.** Depois é só esperar esfriar, decorar do jeito que você quiser e encher a pança.

Capítulo 3

UMA SEMANA SE PASSOU DESDE A MINHA CONSULTA COM O psiquiatra e o fatídico domingo antes do primeiro dia de aula chegou. Passei o dia arrumando meu material e sofrendo por antecipação. Porque, para uma pessoa tímida, que foi ignorada e muitíssimo zoada com apelidos hilários (só que não) e piadinhas inacreditáveis na escola anterior, mudar de colégio pode ser um pesadelo. Para uma pessoa que, além disso, tem a autoestima no pé, se acha feia e desajeitada, e transpira mais que a maioria das pessoas, mudanças como essa são mais que um pesadelo: são uma trágica realidade.

Em vez de me alegrar com a possibilidade de fazer novos amigos, eu só conseguia pensar em como lidar com meus futuros *haters*.

Desabafei na mesa de jantar à noite, para tentar receber o apoio de quem mais me ama: minha família.

— Calma, ninguém vai implicar com você, minha querida! — falou o fofo do meu bisavô.

— É, você ficou ótima depois que cortou um pouco o cabelo. Aliás, até que enfim, né? Estava feio, quebrado, sem vida... — comentou minha mãe.

— Está melhor mesmo, até emagreceu um bocadinho desde que vocês se mudaram — complementou minha avó. — Foi só um bocadinho, mas já é um começo.

A geração da minha avó consegue ser pior que a minha em relação à gordofobia. A gente aprende rápido que não é fácil ser mulher, né?

— Não foi só um bocadinho, não. Você emagreceu bem, meu amor. — Vovô José saiu em minha defesa.

— Você vai tirar de letra a escola nova — reforçou meu pai.

— Se fizer o buço, então... vai arrasar! Vai sambar na mariola! — minha mãe voltou ao velho assunto.

— Buço nem pensar, mãe. Mas o que seria mesmo "sambar na mariola"?

— Ué, não é assim que vocês, *aborrescentes*, falam? — disse ela, se achando a mais moderna da cidade.

— Não, claro que não!

— É sim! É bombar, fazer sucesso, ser feliz sem medo, alegria em estado bruto!

— Mãe, quem são os adolescentes que estão falando com você?

Precisa trocar urgente de referência.

Alguém tem uma família mais sem-noção que a minha? Não foram poucas as vezes em que, ao longo dos meus 15 anos, eu me questionei se existe bullying familiar. Mas talvez minha família tenha boas intenções e seja só sem noção mesmo.

— Ah! E agora que você está usando desodorante todos os dias, a Tetê do Cecê morreu. Morreu! — vibrou minha avó.

— Mãe! Não acredito que você contou pra ela! — bronqueei.

— Para mim e para todo mundo na reunião de condomínio — entregou minha avó.

— Você falou desse apelido medonho na REUNIÃO DE CONDOMÍNIO?! POR QUÊ?! — perguntei, absolutamente indignada.

— Calma, o enfoque não foi o apelido! Eu valorizei o fato de você ser cheirosa, usar desodorante todos os dias, *não ser mais* a Tetê do Cecê. Porque quero que os adolescentes do prédio te acolham, minha filha. Que te recebam como a princesa que você é mas não sabe. Você precisa ser bem recebida quando descer para o play ou para a academia. Já estamos aqui há quase três meses e você não tem intimidade com ninguém. Não briga com a mamãe. Foi para o seu bem...

— Ai, mãe... ai... Para o MEU BEM? Tem certeza? Você quer que eles me acolham por pena e acha que isso é me querer bem? — Eu estava cada vez mais chocada.

— Claro! É um ótimo começo — respondeu vovó pela mamãe.

Àquela altura, já estávamos todos aos gritos. Tanto que até meu bisavô escutou e se meteu na conversa:

— Isso é. Com pena todo mundo fica bacana, as pessoas sorriem, ficam solícitas, se oferecem para ajudar, para brincar... — complementou ele.

— Brincar? Eu não brinco mais, biso. Eu tenho 15 ANOS!!!

— Já? Como o tempo passa né...? Mas você é nossa eterna criança! — disse ele, sorridente.

Minha família é inacreditável!

— Você não vai se sentir excluída nessa escola, querida. — E foi o fofo do meu avô que trouxe as coisas de volta para a normalidade. — Ela é uma das melhores aqui da Zona Sul, tem ótimos professores e é muito bem frequentada. Vovô e vovó não economizaram. A sua educação merece nosso investimento. Você é uma menina muito inteligente, Tetê.

Eu achava legal os dois ajudarem meus pais com grana nessa época de vacas magras. Os meus avós estavam sendo demais (apesar de a vovó ser sem-noção). Além de teto, comida e roupa lavada, ainda estavam pagando a mensalidade da escola, que certamente não era barata. Ah, os avós...

A verdade é que nunca entendi por que eu era excluída no antigo colégio. As pessoas simplesmente não gostavam de mim ou apenas fingiam que eu era invisível. Antes de Tetê do Cecê eu tive outros apelidos ao longo da minha vida escolar: "Melancia", "Quatro-olhos", "Tanajura", "Cabeção", "Piaçava". Delícia de vida!

Cogitei trocar de escola uma época, mas cheguei à conclusão de que não adiantaria nada. Adolescentes cruéis são cruéis em qualquer lugar. Cheguei a pensar em desabafar com meus pais, mas eles não entenderiam e achariam que eu estava fazendo drama. Mas não era só isso. Também não queria ocupar a vida deles com meus problemas (eles já tinham muitos).

— Aliás, Tetê, falando em "fazer as coisas para o seu bem", você precisa decidir se vai ou não fazer terapia.

— Tudo bem, mãe. Eu prometo que vou pensar com carinho na possibilidade de fazer, sim.

Mamãe ficou toda entusiasmada.

— Jura? Tá vendo? Minha filha é maluca, mas é sensata — disse minha sempre doce e carinhosa progenitora.

Tem que rir para não chorar com essa minha família, viu?

— Mas tem que ser com o doutor Romildo — falei, impondo como condição.

— Aquele péssimo que disse que você nem precisa de remédio? — perguntou mamãe.

— Não, o cara sensato que além de terapeuta é psiquiatra e que disse que eu não deveria fazer terapia obrigada, só por livre e espontânea vontade — respondi.

— Não achei ele lá grandes coisas. Mas fico feliz que você vá pensar em fazer terapia — completou ela, antes de ir para o quarto acompanhar sua série preferida, como fazia todos os domingos à noite. — E nada de ficar acordada até tarde, Tetê. Tem que dormir cedo para acordar bem para a aula amanhã!

— Ok, dona Helena Mara. Boa noite pra vocês! Agora vem cá: ninguém vai elogiar minha deliciosa sobremesa de creme de queijo com goiabada?

— Sim, Tetê, está maravilhosa, como sempre! — falou meu avô.

— Eu quero mais um pouco! — pediu minha avó.

— Maravilhosa! — Meu pai piscou para mim.

Se tinha um momento em que minha família inteira concordava, era na hora de gostar da minha comida. E aquela sobremesa sempre fazia sucesso!

CREME ROMEU E JULIETA COM FINAL FELIZ

DIFICULDADE: RIDÍCULO. BEEEEEM RIDÍCULO.

#OQUEVAI

1 LATA DE CREME DE LEITE • 1 LATA DE LEITE CONDENSADO • 6 QUADRADINHOS DE QUEIJO TIPO POLENGUINHO • 200 GRAMAS DE GOIABADA

#COMOFAZ

1. Bata no liquidificador os quadradinhos de queijo (SEM O PAPEL, DÃ!) com o creme de leite (COM SORO MESMO!). **2.** Coloque em um pote de vidro bonito. **3.** Depois lave o liquidificador e bata a goiabada com o leite condensado. Jogue no pote de vidro em cima do queijo batido (COM CUIDADO PARA NÃO MISTURAR). **4.** Deixe duas horinhas na geladeira antes de servir. FICA SIMPLESMENTE SENSACIONAAAAAL!!!

Capítulo 4

ENFIM CHEGOU A SEGUNDA-FEIRA.

O despertador do meu celular tocou, mas eu já tinha acordado antes com o ronco inacreditável do meu bisavô. Ele devia ter uns doze berrantes desafinados dentro dele. Sério mesmo.

Respirei fundo enquanto olhava para o teto do quarto, tentando não sofrer por antecipação com minha terceira vez em uma escola nova. Na primeira, fiquei até os 6 anos, e dela não tenho muitas lembranças. Depois, me mudei para a São Lucas, onde sofri bastante, da infância ao último ano do fundamental. E agora eu iria para o Instituto Educacional Copacabana.

Eu me arrumei o mais rápido que pude, tomei um café bem básico, peguei minha mochila e saí pela rua em direção ao meu novo destino de todos os dias. Assim que passei pelo enorme portão de ferro da escola nova, bateu aquele frio na espinha, comecei a suar e logo senti a "pizza" se formar no sovaco.

(Taí uma palavra que eu adoro: sovaco. Sovaco e malemolência. Nem sei por quê, mas são minhas duas palavras preferidas no mundo. A terceira é maresia. Não, de maresia eu só gosto do cheiro.)

Olhei no quadro de avisos no centro do pátio onde seria a minha sala e fui procurando o número no corredor. Quando localizei, respirei fundo e entrei.

Droga.

Todo mundo se conhecia e falava pelos cotovelos. Pareciam felizes e contentes, e eu conseguia ouvir nos grupinhos as pessoas contando como foram suas maravilhosas férias, as maravilhosas viagens, o maravilhoso convívio com suas famílias perfeitas, as idas à praia com seus namorados e namoradas sensacionais...

O único que não estava conversando com ninguém era um menino quase tão branco quanto eu, de óculos de lentes grossas, muitos pelos nos braços (muitos mesmo) e cabelo castanho. Estava com a cara enfiada num exemplar de *2001: Uma odisseia no espaço*, do Arthur C. Clarke, e parecia não se incomodar com a algazarra à volta. Era ao lado dele que eu sentaria.

— O-oi... — sussurrei para o menino.

Só não ouvi grilos porque tudo o que eu escutava eram gargalhadas e conversas alegríssimas ao redor. Que ódio de gente feliz em primeiro dia de aula!

— Oi — tentei de novo.

Ah, não! Até o nerd da turma ia me ignorar? Não pode, gente!

— Ãhn? Falou comigo? — perguntou ele, tirando os olhos do livro e olhando para mim espantado.

— Falei. Falei oi.

— Ooooooiiii! Oi! Oi! Oi! Má oeeeee! — fez ele, sorrindo com toda a extensão de sua boca, com uma imensa e indisfarçável alegria.

Parecia que eu tinha falado que daria a ele um milhão de dólares e entrada liberada para todos os jogos do seu time no Maracanã até ele ficar bem velhinho.

Foi a minha vez de me espantar.

— Oi... Foi exatamente isso que eu disse... — tentei fazer graça.

Eu estava tão contente por ter travado contato com um estranho! Por dentro eu já estava dando mil pulinhos gritando EU VOU TER UM AMIGOOOOO! Um amigo que lê *Uma odisseia no espaço!* Uhuuuu! Lê e en-ten-de *Uma odisseia no espaço.* Uhuuu de novooo!

— Prazer, Davi. Encantado! — Ele estendeu a mão, como fazem os adultos.

Achei meio estranho. Nunca ninguém tinha estendido a mão para me cumprimentar. Nem dito "encantado". Se bem que... Acho que ninguém nunca sentiu lá muito encanto em me conhecer.

— Encantado? Comigo? — Não resisti. — Nunca ouvi ninguém de 15 anos usar essa palavra.

Davi ruborizou. Para não deixar sua mão estendida no vácuo, estendi a minha e o cumprimentei, me achando muito adulta, madura e emancipada.

— Prazer. Meu nome é Tetê — eu me apresentei, agora rindo com todos os dentes.

Ficamos nos cumprimentando com as mãos por um tempo. Por mais tempo que o necessário. Muito mais tempo que o necessário. A mão dele estava suada. A minha também. O meu braço já estava doendo de tanto sacudir quando ele perguntou:

— É seu primeiro dia?

— É! Você também é aluno novo, pelo visto — respondi, ainda com o braço em movimento.

— Não, não. Estudo aqui há anos. Eles é que fingem que eu não existo.

— Eu sei!!! — reagi, extremamente feliz, tirando finalmente minha mão da dele.

Sim. Extremamente feliz. Sim, eu sou uma estúpida mesmo. E assustei o coitado, claro.

— Nossa, até você que é nova já percebeu que os outros me têm por invisível?

— Não! Não é nada disso! O meu "eu sei" animado foi pra dizer que eu entendo o que você vive! Porque eu *também* fui invisível durante anos na minha escola anterior!

— Você? Sério?

— Sério! Não é incrível?! Quero dizer... Não é uma coincidência incrível? Quero dizer...

Ai, que droga! Como eu sou zero habilidosa com as palavras! Sou tão melhor escrevendo...

— Não se preocupe, entendi o que você quis dizer. Por um momento achei que estivesse comemorando o fato de eu ser considerado um nada, mas compreendi perfeitamente sua colocação.

— Você não é um nada! Você é um tudo!

— Sou? — reagiu ele, surpreso.

— Não! Tudo também não! — tentei consertar. Davi desanimou na hora. Droga! — Ah, desculpe... Um tudinho vai...

— Ah... — Ele baixou os olhos, envergonhado.

Eu não podia perder meu primeiro amigo assim, por causa de uma palavra estúpida como "tudo". Então soltei:

— Não! É tudo, sim, senhor! Tudo! Tudo mesmo! Bota tudo nisso. Tudo, tudinho, tudão. Muito tudo! Megatudo! Supertudo! — exclamei, falando sem respirar. — Tudo! — completei meu raciocínio, para o caso de não ter ficado claro.

Ele riu e emendou:

— Topetudo?

— Você não tem topete, então não pode ser topet... ah... SuperTUDO, topeTUDO... É negócio de piada, né?

— Tentei... — disse ele, meio atrapalhado.

Tadinho! Ele era tão desajeitado com as palavras quanto eu! Que máximo!

— Sortudo! — emendei.

Ai, meu Deus! Sortudo foi infame...

— Eu acho que sou mesmo é azarado... Mas deixa pra lá, podemos passar para o próximo tópico.

— Tópico? Taí uma palavra que só vejo em prova. Nunca ouvi ninguém falar tópico, acho. Você fala difícil!

Rolou um silêncio.

— Aposto que daqui a pouco você vai fazer mil amigos e fingir que sou uma planta também — desabafou ele, desanimado.

— Claro que não! Sou gente boa! Ninguém sabe, mas sou. Minha mãe diz que sou uma princesa e não sei. Preferia ser rainha, mas princesa tá valendo — rebati.

Davi riu. Riu! Eu fiz um ser humano rir! Melhor: um ser humano do sexo oposto! Uhuuuuuuuuuuu! Eu estava genuinamente feliz pela primeira vez em anos! Se eu tivesse amigas eu mandaria pelo WhatsApp um texto bem legal para nosso grupo de BFFs (o sonho da minha vida):

> Amaaaaaaando a escola nova! Só gente legal que me curte. (Me curte foi péssimo.) Só gente legal! Gente irada e conversativa! Love, TT

Como não tinha amigas e nunca fiz parte de nenhum grupo, segui a conversa:

— Sério, nunca vou tratar ninguém como invisível. Sei o mal que isso faz.

Davi sorriu, entre tímido e aliviado.

Iupi! Eu enfim tinha encontrado um dos meus! Um cara que sorri de cabeça baixa sem mostrar os dentes! Que não fala com ninguém (mas só porque ninguém fala com ele), que senta sozinho na sala de aula! Praticamente meu irmão siamês. Mil vezes iupi! Iupi, sim! (Eu falo iupi desde sempre, me deixa!)

Eu estava comemorando em pensamento a chegada de um amigo à minha vida quando o tempo parou e adentrou a sala de aula a beleza em forma de menino, todo o charme do mundo transformado em gente, a personificação do carisma, o garoto que todas as meninas adorariam colocar num potinho e levar para casa, o príncipe da vida real que todas procuram: rosto anguloso, orelhas perfeitinhas, nariz de personalidade — também conhecido como nariz grande (sempre adorei um narigão, alguém me abana!) —, pescoço longo e cabelo loiro quase castanho, impecavelmente liso que parecia voar com um ventilador imaginário enquanto ele andava, ombros largos, bíceps trabalhados mas nada exagerados, pulsos com veias aparecendo, mãos de pessoa delicada e madura, olhos amendoados com cor de mar (*ah, quero me afogar aí*, quis ter coragem de berrar), sobrancelhas grossas e expressivas e uma boca carnuda (que Deus do céu!) capaz de levar à loucura toda e qualquer representante do gênero feminino.

Para minha surpresa, ele veio na minha direção. Meu Deus do céu! O divo estava me confundindo com alguém! Só podia! Uma enxurrada de frases invadiu minha cabeça enquanto ele vinha no doce balanço a caminho da minha mesa. *O que eu faço agora? O que eu faço? Ai, que vergonha! Vergonha gigante! Ele vai falar comigo e eu não tenho ideia do que falar para ele! Ninguém nunca fala comigo! Não fala, garoto! Não fala! Não fala! Fala! Fala! Fala, sim, deuso!* (Eu sei que *deuso* está errado, mas eu gosto de "deuso"!) *Não, não fala! Fala, sim, seu lindo! Fala, olhos de marzão! Pode vir aqui falar comigo! Vem! Vem! Vem que vem! Onda, onda, olha a onda! Tchã, tchã!* (Não! Como essa música antiga de axé veio parar na minha cabeça? Xô, música! Xô!)

O garoto parecia andar em câmera lenta. Se fosse uma cena de cinema, só ele estaria em foco, o resto seria figuração sem importância. Ele tinha um sei-lá-o-quê, uma luz e um ventilador embutidos, ele era o pacote completo, a metade da laranja, a tampa da panela, o spray certo para minha garganta inflamada. (*Senhor! Ele está chegando! Chegando!*) Tremi. Num súbito ataque de timidez aguda, abaixei a cabeça abruptamente, feito louca, com direito a pancada barulhenta da testa na mesa. Uma maravilha.

— Qualé?

Qualé?, repeti mentalmente, envolta pelos meus braços e coberta pelo meu longo cabelo.

QUALÉ?

Tudo bem, ninguém é perfeito.

— Qua... qual... é... — cumprimentei baixinho, sem levantar a cabeça, morta de vergonha.

— Bom dia, Erick. Tudo bem com você? — disse Davi.

Aaaaaah... Ele tinha ido cumprimentar o Davi... Claro. Eu sou uma idiota mesmo...

— Tudo ótimo! E aí, cara? Como foram as férias? — perguntou ele para meu amigo.

Para! Ele se chamava Erick. E Erick era fofo! A partir daquele minuto, Erick, obviamente, passou a ser o nome mais lindo de toda a Via Láctea. *Me leva pra Lua, divo maravilindo!*, sonhei alto. *Me apresenta pra ele, Davi! Me apresenta pra ele, Davi! ME APRESENTA PRA ELE, DAVI!!!!!*, implorei em pensamento.

— Ah, nada de especial. Vovô doentinho, vovó e eu passamos a maior parte do tempo vendo filmes com ele em casa. E as suas?

Jura que você respondeu antes de me apresentar para o amor da minha vida? Poxa, Davi! E nossa amizade linda? Que decepção!

— Nada de especial também. Fiquei por aqui mesmo, só passei uns dias com meu pai no sítio dele em Araras e nos outros dias eu peguei onda na Macumba.

Surfista? Ele é surfista?!

Nhooooom!

Já estava vendo Erick, o belo, me ensinar a surfar com toda a paciência do mundo (ele tinha cara de superpaciente). Mas seria impossível. Eu tenho medo de mar. E de sol. Sou muito branquinha. Além do mais, sempre que levo onda na cabeça tenho certeza de que vou morrer e fico dias com areia saindo dos ouvidos e dos demais orifícios do corpo. Era por isso, e só por isso, que Erick não me ensinaria a pegar onda. Que pena, Erick.

Ai, Tetê, se enxerga!!

— Essa é a Tetê — Davi, enfim, me apresentou.

Levantei a cabeça devagar e com ela veio toda a minha longa

cabeleira castanha. Parecia um comercial de xampu, mas protagonizado por uma comediante. Como eu estava suada (suo mais que tampa de marmita!), alguns fios de cabelo ficaram presos no meu rosto, outros poucos dentro da minha boca de dentes tortos. Então, além da cena bizarra do levantamento de cabeça, teve o momento cuspida de cabelo da boca, uma beleza.

Vamos admitir: eu não era uma excluída à toa.

Então eu dirigi a palavra ao Erick, estendi a mão e falei:

— Cabelo!

Sim. Eu disse cabelo. *Cabelo*! CABELO? Por quê? Por quê, meu Deus?!

— Cabelo pra você também! — reagiu ele, estendendo a mão como eu.

Que fofooooooo!

— Desculpa! Eu não queria falar *cabelo*, não queria mesmo, só falei cabelo porque eu estava com a cabeça baixa, aí eu levantei e tinha muito cabelo grudado no meu suor, e na boca, e eu estava pensando nisso, e aí você apareceu e foi a palavra cabelo que saiu, olha que doido. E eu tenho muito cabelo mesmo pelo corpo, mas eu não depilo... Ai, não... Desculpa...

Cala a boca, Tetê! Cala essa boca gigante! Cabelo? Depilo? Tem palavras mais descabidas que essas para um primeiro diálogo? Jura que você está falando isso para um menino que acabou de conhecer?, dei bronca em mim mesma. Se eu tivesse um superpoder, queria voltar no tempo e começar tudo de novo.

— Vamos começar tudo de novo? — sugeriu Erick, ao ver o desespero no meu semblante.

Eu queria morrer! Que menino perfeitinho e compreensivo!

E que lia pensamentos! Own... Que cute-cute!

— Oi, muito prazer, Tetê. Tudo bem com você?

Coisa linda da minha vida! Eu te amo!, eu quis gritar com meus olhinhos em forma de coração. Mas, em vez disso, eu falei outra coisa, claro:

— É... tudo, mas eu não te conheço ainda... — *Oi? Que frase foi essa, garota idiota?! Sua anta! Muda agora! Muda agora essa frase estúpida!*, bronqueou a fada enfezada que mora dentro da minha cabeça. Tentei consertar: — Mas tô conhecendo agoraaaa! Hehe... Hehehe...

Hehe? Hehehe? Tetê, eu vou matar você e sua falta de jeito!, eu e a fada da minha cabeça brigamos mais uma vez comigo.

— Hahaha. — Ele riu.

Já eu...

— Mas se você não quiser me conhecer eu vou entender com-ple-ta-men-te. Só falo bobagem! Mentira! Não vou entender, não! Vou, vou sim! Vou, sim! Não! Desculpa, não vou, não! Erick, Tetê, Tetê, Erick. Muito prazer, brigada, de nada.

Fecha essa máquina de dizer asneiras e para, miga, sua loucaaaaaa!, pensou meu lado são (eu juro que tenho um lado são, juro!). Ainda bem que Erick, o belo, não ligou para as múltiplas besteiras que saíram da minha boca torta, de dentes tortos. Tá, a minha boca não é exatamente torta, mas é feia, parece cinema 3D, parece que quer sair do meu rosto. Agora os dentes... Ave Maria! Tortos. Muito tortos. Cruzes! Mas o aparelho tá aí pra botar ordem nessa zona dentária!

Ele deu um sorrisinho simpático e falou:

— Sou o Erick, vizinho do Davi.

O divo mora no prédio do Davi, meu melhor amigo, meu BFF? Vou morrer, vou morrer, vou morrer!!!!! Que vida incrível, meu Deus! Obrigada! Para o diálogo continuar bom é só ele não perguntar Tetê de quê. Tetê de quê é proibido! Terminantemente proibido! Odeio meu nome!

— Tetê de quê? Teresa?

Poxa, Erick, seu lindo! Custava ler outro pensamento? Custava? Droga!

— Também não sei. Tetê de quê? — foi a fatídica pergunta do Davi.

Valeu, Davi! Isso mesmo, bota lenha na fogueira! Se você não fosse meu grande amigo, eu ia achar que queria zoar da minha cara e ia terminar nossa amizade de uma vez por todas. Mas não.

Era só interesse seu mesmo.

— Tetê de Teanira — respondi bem baixinho.

— O quê? Tenira? — indagou Erick.

— Não. Te-a-ni-ra — aumentei o tom de voz, sentindo as bochechas queimarem de vergonha. — É a junção do nome do meu avô Tércio com o da minha avó Djanira. Odeio meu nome.

— Tem que odiar mesmo! Que nome horroroso é esse?

Não foi o Erick que fez essa pergunta. Muito menos o Davi. Veio da perfeição em forma de menina, a beleza personificada.

— Ah... essa é a Valentina — apresentou Erick. E ela se apressou em dar um selinho nele.

Naquele momento, meus planos de um casamento dos sonhos no Havaí com meu príncipe foram por água abaixo. (Me deixa! Sonhar não custa nada! Jamais nesta vida eu teria chances com um cara lindo como o Erick, eu sei, mas... Tá... Eu sou uma idiota mesmo.)

— Cara, devia ser proibido pais darem nomes ridículos para os filhos, sabia? — comentou ela.

Que amor essa Valentina! Que doçura! Quantas coisas carinhosas em uma frase tão breve! Time Valentina para sempre. Uhu! Só que não!

— Como é que uma pessoa vai gostar dela mesma se não gosta nem do próprio nome? É o nome mais feio que já ouvi em toda a minha vida — continuou a querida.

Tá, já entendi que você odiou meu nome ainda mais do que eu odeio! Não precisa ficar me humilhando na frente dos outros!, era o que eu adoraria ter tido coragem de dizer para ela.

— Mas tem um significado. É "mulher aprisionada por Hércules quando ele invadiu Troia" — contei, de uma vez só, engolindo a timidez, suando em bicas, citando o sabe-tudo Google.

— Ai... Piorou... — mandou Valentina sem o menor pudor. Como uma menina assim namora um fofo como o Erick? Como ELA não é uma excluída? Como ELA não sofre bullying? Alguém me explica? Da série "injustiças da vida".

— Amor! — bronqueou o *deuso*, transformando em caquinhos meu coração com a palavra *amor* saindo de sua boca perfeita, mesmo que em tom de repreensão. — Você se lembra do Davi, né?

— Arrã. Vamos lá pra trás, Erick? Você não vai querer sentar aqui na frente com esses *dois*, né? Pelamorrrr!

Um breve silêncio se fez até o belo se manifestar.

— Vou nessa. Valeu, gente! Prazer, Tetê. Bem-vin...

Valentina puxou o deus grego antes que ele terminasse de, fofura das fofuras, me dar as boas-vindas. Garota estúpida. Mal-educada.

Os dois seguiram de mãos dadas para o fundão. Assim que virou as costas, Valentina, a delicada, perguntou, em alto e bom som:

— Por que você fala com esse tipo de gente? Não te entendo, Erick. Me bateu uma tristeza... Um misto de tristeza com raiva, sabe?

Não deu para ouvir a resposta do Erick.

— Esse cara é gente boa — Davi retomou a conversa.

E eu estou apaixonada por ele... Quase dei voz aos meus pensamentos. Claro que não era paixão, eu prometi nunca mais me apaixonar na vida, mas... digamos que era algo parecido com paixão.

— E não te acha invisível — acrescentei.

— É... Mas não sei se ele fala comigo porque a mãe o obriga ou se é porque ele tem um bom coração, Tetê. Prefiro ficar com a segunda opção.

Eu ri.

— Que foi? — perguntou Davi.

— Você fala engraçado. Todo educado, cheio de pompa. "Prefiro ficar com a segunda opção." Nunca ouvi ninguém da nossa idade falar assim. Parece adulto. Adulto velho.

— Eu moro com meus avós. Talvez seja por isso que eu cometa esse tipo de deslize.

Não é exatamente *um deslize!*, retruquei mentalmente. Segui a conversa.

— Eu também moro com meus avós! Eu, eles, meu pai, minha mãe e meu bisavô.

— Eu tenho um irmão, o Dudu, que mora em Juiz de Fora com nosso tio. Foi fazer faculdade lá, de computação. Então, em casa, agora somos apenas eu e meus avós.

"Somos apenas eu e meus avós"? Nem zoei. Estava com medo de deixá-lo sem graça ou irritado, mas que ele falava esquisito, falava.

— Mas e seus pais? Onde estão? — perguntei.

— Morreram.

E uma parte de mim morreu ao saber disso. Ainda bem que não zoei o "somos apenas eu e meus avós".

— Ai, meu Deus! Eu e essa minha boca! Desculpa, Davi. Eu sinto muito...

— Tudo bem. Eu era pequeno, tinha 5 anos.

— Morreram de quê? Ai... Não precisa responder.

— Imagina — reagiu Davi. — Eles foram fazer uma segunda lua de mel, conhecer o Nordeste de carro, e um caminhoneiro bêbado acabou com a vida deles em questão de segundos.

— Caramba... Que triste... — falei, realmente consternada.

— É. Mas eles não sofreram. Foi tudo muito rápido. E saber que eles não sentiram dor me dá um certo alívio, compreende?

Que coisa horrível crescer sem o pai e sem a mãe... Senti muita vontade de dar um abraço nele, mas fiquei com vergonha de pedir. Preferi apertar aquele menino frágil com toda a força do meu pensamento.

— Na minha cabeça, meus avós são meus pais, sabe? Meu vô Inácio é mais que pai, é meu melhor amigo — contou. — Como não tenho amigos, acabo convivendo com os amigos dos meus avós. Saímos, vamos ao teatro de van, caminho na praia com minha avó, até jogar dama na praça eu jogo... Meu avô não anda muito bem de saúde nos últimos anos e por conta disso temos jogado em casa mesmo. Ele também adora tranca, mas tem estado tão caidinho que nem se anima muito para jogar...

— Vô e vó são tudo na vida! A minha avó é doida, mas engraçada, e meu avô é a pessoa que mais gosta de mim nesta vida. Eu acho, pelo menos. Amo ficar com eles. Tô amando conviver mais com os dois.

— Você me entende, então. Amo meus avós. Sou o mascote da turma. Vários garotos talvez odiassem estar no meu lugar. Eu, sinceramente, adoro. Meu irmão também gostava, até se mudar.

— Queria tanto ter um irmão ou uma irmã... Quantos anos tem seu irmão?

— O Dudu é três anos mais velho que eu. Tem 18. Dudu é meu amigão. Adoro ele — disse Davi. — E é superinteligente, entrou na faculdade com 17.

E eu adorava mais e mais aquele garoto a cada minuto que passava, apesar do "amigão" cafonão.

Eu nem sabia, mas estava prestes a adorar outra pessoa: o Zeca, que entrou na sala procurando lugar para sentar mas parecia desfilar numa passarela imaginária. Alto, magro, elegante, uma maravilhosa cara entediada (tipo Paris Hilton nas fotos), corte modernoso de cabelo e um aparentemente leve mau humor no semblante. Colocou a mochila numa mesa e logo veio um garoto para dizer:

— Aqui não, tem gente!

— Mas estava vazia! — reagiu ele, na hora.

— Isso. Es-ta-va — falou o garoto maldosamente.

Zeca virou-se, e, ao colocar a mochila na mesa ao lado, a cena se repetiu, agora com outro garoto que bancava o estressadinho.

— Aqui também tá ocupado.

— Tem certeza que sua sala é essa? — perguntou um outro que observava de longe.

Os demais meninos só riam. Valentina forçou uma gargalhada muito falsa e estridente lá do fundo da sala. Uma garota com a cara simpática, que mais tarde eu descobriria se chamar Samantha, partiu em defesa do Zeca:

— Deixa ele, gente! Que bobeira!

Admirei aquela menina! Como eu gostaria de ter coragem para fazer o mesmo. Mas e o medo? E a insegurança de ser odiada no primeiro dia numa escola nova? E o que fazer com meu sangue, que subia para a testa e esquentava toda a minha cabeça a cada segundo que passava? Respirei fundo, engoli minha timidez e consegui perguntar a ele, mostrando a carteira ao lado da minha:

— Quer sentar aqui?

— Hum... Olha! O Zeca arrumou namorada! — zoou um garoto lá de trás.

Respirei aliviada quando vi que não era o Erick.

— Namorada? Será, Zeca? Será? — questionou outro, sentado ao lado do meu príncipe, que riu, tímido, para não deixar o amigo no vácuo. E também para fazer parte da turma que ria com vontade do pobre do Zeca.

Andando de cabeça erguida, como para mostrar que a chacota e a agressividade gratuita não o incomodavam, Zeca foi até a primeira fila da sala, onde eu estava com Davi, sem se importar com os idiotas que cantavam "Olha a cabeleira do Zezeca, será que ele é, será que ele é?".

— Olá, Zeca. Tudo certinho com você? — cumprimentou Davi, meu melhor amigo.

— Certinho? Certíssimo! Melhor impossível! A-doooo-ro chegar e ser tão bem recebido. É sempre uma bênção.

Ponto para o Zeca! Adoro gente debochada! Gostei dele de cara!

— Essa é a Tetê.

— Oi. Bom dia! — Fui fofa.

— Miga, sua louca, que sobrancelha é essa?! Você precisa tirar essa taturana da cara! A-go-ra! — estrilou Zeca.

— Oi? — retruquei. Não esperava aquela reação dele.

— Desculpa a sinceridade, mas sou desses. Se não quiser mais falar comigo, relaxa. Tô acostumado a ser ignorado.

Num primeiro momento, pensei em tirar dez pontos dele. Mas logo depois consegui rir e entender. Ele só queria me ajudar.

— Desde que não seja com cera quente... Acompanhei minha mãe no salão uma vez, doeu até em mim. Nunca vou depilar. Só raspar — continuei o diálogo.

Era a terceira pessoa que conversava comigo naquela manhã! *Me belisca que eu estou sonhando!*, tive vontade de berrar.

— Ah, depila, meu amor. Depila sim, porque mulher monocelhuda não dá! Não dá! Não faz a Frida Kahlo, porque ninguém merece! Mas não tira com cera, não. Depila com linha, boba. Dura mais e não deixa o rosto caído. Uma amiga da minha irmã é designer de sobrancelhas e arranca buço também. E vai em casa. Te dou o telefone dela. Cera deixa tudo flácido e você não quer ficar com cara de velha já, né, doida?

Gostei dele. Taí um amigo que eu adoraria ter. Torci para nossa amizade evoluir. Era inimaginável a ideia de fazer dois novos amigos num só dia. Passei anos na minha escola anterior sem conseguir nada parecido com isso. Será que agora eu tenho dois melhores amigos?! No primeiro dia de aula numa escola nova?! Alguém me belisca, por favor! Eu só posso estar sonhando! E meu novo amor? Ai... Eu sei, prometi nunca mais amar ninguém e coisa e tal, mas... Gostar do Erick à distância estava me fazendo bem. Sabia que era um amor impossível. Mas... Ah! Sonhar não custa nada, me deixa!

— É o Tony que vai dar Geometria pra gente? — perguntou Zeca.

— É. Ele é péssimo, não sei como a escola mantém um professor tão ruim — respondeu Davi.

— Ele é um equivocado, né, Davi? Um desaplaudido! E fala com um ovo na boca, não entendo nada do que ele diz! Alguém pre-ci-sa avisar pra ele que existe um negocinho pra aparar os pelos do nariz e das orelhas! Pelo amor de Getúlio!

— Getúlio? — estranhei.

— Meu tataravô, que era de uma elegância ímpar! Puxei a ele — explicou o adorável maluquete. — Falando sério, repara, Tetê! Dá pra fazer uma trança em cada narina com tanto pelo. Trança Rapunzel, ok? Nojo!

Davi e eu rimos com vontade. Zeca também.

— Tá rindo de quê? Enquanto não tirar essa taturana de cima dos olhos nem adianta fazer a simpática pra cima de mim! — brincou Zeca.

Gente, ele levou a sério a taturana.

— Nossa, está tão ruim assim? — perguntei, enquanto os dois gargalhavam.

— Tá. Tá ruim assim. Péssimo. Muito pior do que você pensa! Precisa aumentar o grau desses óculos se não está enxergando direito — afirmou Zeca. — Eu sou legal, juro, e vou falar com você, sim. Desde que você ligue HOJE pra Heloísa pra marcar de fazer a sobrancelha.

Eu ri. Era a primeira vez que alguém de fora da minha família parecia se importar comigo, com a minha aparência. Ele pegou um papel, escreveu o telefone da Heloísa e me entregou.

— Combinado — acatei, guardando o papel e rindo com vontade.

Capítulo 5

O PROFESSOR TONY ENTROU NA SALA PARA A PRIMEIRA AULA. E realmente era espantosa a profusão de pelos nos orifícios da sua cabeça. Eu não conseguia olhar para outra coisa. As palavras saíam da sua boca mas eu só via seu nariz e suas orelhas. Pareciam ter vida própria. Era um urso em cada orelha, um são-bernardo entalado em cada narina. A imagem do horror. Do horror!

Comecei a pensar no que aconteceria se os ursos resolvessem caçar os são-bernardos nunca tosados e a imaginar os cachorros, coitadinhos, fazendo de tudo para entrar no nariz do pobre professor, sem sucesso, claro. A mente voou para longe e eu visualizei os ursos correndo sobre a bochecha do Tony. E os são-bernardos nunca tosados desesperados, com as bundinhas balançando do lado de fora do nariz e...

Droga!

Não foi à toa que tive uma crise de riso. Sabe aqueles risos que vêm muito de dentro? Do peito, do estômago, do pulmão, do útero, sei lá de onde? Riso incontrolável, riso que você sabe que tem que parar mas não consegue? Riso que vira gargalhada infinita com direito a lágrimas escorrendo pela cara?

Eu acho que ri pelo conjunto da obra: pelo alívio de ter feito dois amigos no primeiro dia de aula, pela cena dos cachorros fugindo desesperados dos ursos, por eu agora saber que precisava tirar a sobrancelha e o buço também (não era implicância materna), pelo nervosismo com a mudança de escola...

Quando eu já era o alvo de todos os olhares, o professor Tony parou a aula.

— Algum problema, aluna-nova-que-já-quer-ir-para-a--sala-do-diretor-no-primeiro-dia-de-aula?

A gargalhada forçada e estridente de Valentina ecoou na sala.

Passei a odiar Valentina oficialmente naquele momento.

— *Fala sério, professor! Nunca teve ataque de riso, não?*

Claro que eu não mandei essa! Imagina! Só pensei. Mas achei que ia ficar divertido escrever o que eu adoraria ter dito.

Meu riso cessou e eu vermelhei. Nossa, devo ter ficado mais que vermelha, provavelmente fiquei roxa-quase-azul, de tanto que minhas bochechas queimaram. A cara toda ardeu de vergonha. Poxa, eu não podia ser feliz nem um pouquinho?

Não, não podia. E não podia mesmo, caramba! Sempre fui boa aluna e não queria causar má impressão logo no primeiro dia. Se tem uma coisa que gosto de ser é aluna exemplar. Pedi desculpas, Tony retomou a aula mas... algo ainda pior que uma bronca na escola nova aconteceu.

Um pum na escola nova.

Sim, um pum silencioso, daqueles com um cheiro horrível.

Aqueles que vão chegando de fininho e ninguém consegue ficar indiferente.

Não é para rir. Sério, não é para rir.

O que eu vou contar foi uma tragédia. Uma tragédia grega. Foi a morte.

De repente, o cheiro estava abominável. Cheguei a prender a respiração por alguns instantes.

Todos estavam quietos fazendo a tarefa, ninguém falava nada, ninguém se manifestava. Mas eu via que as pessoas se mexiam, desconfortáveis.

Que turma civilizada!, suspirei aliviada.

Se fosse na outra escola, já iam ter parado a aula para falar do fedor. Isso é que é colégio bom! Gente madura e equilibrada! Gente que sabe que pum é normal. Que releva, porque sabe que pum é algo da natureza humana, e todo mundo está sujeito a deixar escapar um. E ninguém é imaturo aqui a ponto de comentar uma bobagem dessas.

Chocada com a maturidade da tur...

— Caraca! Quem comeu repolho com ovo no café da manhã, hein? Tá brabo o negócio aqui! — gritou um menino visivelmente nada maduro ou equilibrado se abanando com o caderno.

— Repolho com ovo só, não! Repolho com ovo e feijão! — acrescentou outro de olfato apurado que certamente não achava pum algo normal da natureza humana.

Se bem que mesmo uma pessoa com o nariz entupido ficaria meio chocada com o cheiro. Estou sendo sincera.

Eu, coitadinha de mim, só tinha comido meu estupendo biscoito amanteigado de café da manhã. Nada que gere gases ou coisas do tipo.

— Gente do céu, alguém abre a janela, peloamorrrr! — pediu Valentina, a besta, mostrando que o cheiro tinha chegado ao fundão da sala.

A turma estava em alvoroço. Ninguém mais prestava atenção na aula. Até o Tony se abanava.

— As pessoas não sabem que existe banheiro, pô? — questionou um ruivo.

— Gente, isso foi aqui na frente! Deus me livre e guarde! Alguém está podre por dentro! Ou então é uma bomba. Corram e salvem suas vidas enquanto é tempo! — sugeriu Zeca, causando risos gerais.

— Ia ser no mínimo digno se o criminoso assumisse a culpa — gritou Erick.

O Erick se manifestou. O Erick.

O Erick!!! Gulp!

Sem pânico, sem pânico... Respira, Tetê... Respira, pedi a mim mesma. *Não tão profundamente, Tetê, não tão profundamente porque tá brabo.*

Risos na sala. Mais risos. Risos se multiplicando na velocidade da luz.

Tony pediu silêncio. Aos poucos a turma obedeceu. Silêncio. Silêncio.

Tetê, fica tranquila, porque não foi você. Fica quieta e continua com cara de paisagem ignorando o que acontece em volta, Tetê. Isso, muito bem, elogiei meu desempenho exemplar.

Mais silêncio. Silêncio de cemitério. Ótimo!

Continua calada, Tetê. Ca-la-da, ordenei para meu lado tagarela. *Repete comigo: "Não fui eu, está tudo bem", "Não fui eu", "Não fui eu...".*

— Quem foi? — gritou algum idiota do meio da sala.

E eu, cretina, tapada, imbecil, fiz exatamente a última coisa que eu deveria fazer. Eu estava tão concentrada e com tanto medo que acabei gritando a frase que tinha passado na minha cabeça.

— Não fui eu! — berrei (sim, berrei) de olhos fechados, desobedecendo minha própria ordem.

Gargalhadas gerais.

— Quem nega é sempre o peidorreiro! — condenou um moreno. Peidorreiro? Sério!? Não, isso não estava acontecendo.

— Olha a boca, Thales! — bronqueou Tony.

Mais gargalhadas. Kkk pra cá, kkk pra lá. Nossa. Tudo muito engraçado. Muito engraçado mesmo.

— Mas não fui eu mesmo! — repeti.

Burra. Novecentas e noventa e nove mil vezes burra. Todos gargalhavam, menos eu. Forcei uma gargalhada, para me sentir parte da turma. Péssima gargalhada. Logo depois, para piorar a humilhante e devastadora situação, adivinha o que a burrona aqui fez? Saí correndo da sala, prendendo o choro. E assim foi o primeiro tempo da primeira aula no meu primeiro dia numa escola nova.

No intervalo, minha situação não melhorou, não.

— Sabe que seu apelido vai virar peido, né? — alertou Zeca.

Peido? Pei-do? Eu estava perdida. "Peido" ninguém merece. Preferia "Tetê do Cecê". A que ponto cheguei, meu Deus!? *E só tenho 15 anos! Quinze anos!*, desabafei com as fadas que moram na minha cabeça. Eu não tinha soltado o pum. Que apelido injusto! Eu seria acusada de um feito que não era meu!! A falsa autoria de um peido do qual não sou dona. Era só o que me faltava. Eu era uma errada mesmo.

— Calma. É só não dar trela que eles param de chamar — aconselhou Davi.

— Já estão me chamando de... de p-pei...?

— Já — responderam Zeca e Davi.

— Mas não fui eu!

— É, mas, quanto mais você tentar explicar, pior. Agora deixa quieto. Mas não tem problema. Eles só queriam alguém pra zoar. Relaxa! — disse Zeca.

Droga! Que péssimo!

Péssimo? Eu disse péssimo? Nada péssimo! Eu tenho dois amigos que me apoiam! E que não me julgaram! E não me xingaram do apelido idiota. Não riram e não me criticaram. E continuaram meus amigos, falando comigo, normalmente. Tudo bem, o Zeca riu, mas normal, tombos e puns geram riso desde que o mundo é mundo! O fato é que eu agora tenho dois amigos. Que me deram seus números de celular para a gente se falar! Quer coisa melhor que isso? Isso se chama felicidade! Felicidade total! Felicidade geral! Eu ri, e eles riram comigo.

— É só não ligar para as provocações — ensinou Davi.

— Até porque, vamos combinar, quem nunca passou por momentos de flatulência indesejada em lugares inadequados, não é mesmo?

— Fale por você, Davi. Se você faz esse tipo de coisa, não me bota no meio. Nem sei o que é isso — desdenhou Zeca.

— Ah, claro. Você não sabe o que é pum. Nunca soltou um punzinho na hora errada, Zeca? — debochei.

— Imagina! Nunca! Nem sozinho no escuro — devolveu ele.

— Palhaço! — ataquei fofamente.

— Aliás, esse foi um dos meus apelidos. Bozo, pra ser mais específico — confessou Zeca. — Uma época em que eu estava bem mais magro, as calças ficavam largas e esquisitas. E a minha canela era fininha, os pés gigantes. Parecia mesmo que eu usava aqueles sapatos de palhaço. Eu tava beeeem Bozo. Até o cabelo era meio parecido.

— Você não ficou chateado?

— Nem um pouco, Tetê. Eu estava Bozo, não disse? E, mesmo quando algum apelido me abala, finjo ignorar. Por isso nenhum emplacou. E olha que me chamaram de várias coisas, Tetê: Flor, Diva, Ru Paul, Malévola, Dorme...

— Dorme?

— É. De "dorme na caixa".

— Por causa de defunto?

— Defunto fica no caixão, bobinha! Quem dorme na caixa é boneca! Garota lesada!

Rachei de rir.

— Mas desse apelido eu gostei — comentou meu segundo novo grande amigo. — Pelo menos tem humor.

Zeca é uma piada, logo cheguei à conclusão. E gente boa. Sem saber, me deu um grande ensinamento: é possível, sim, lidar com as zoações sem se sentir (tão) na lama. É só não levar a sério.

— Não é a gente que é ruim, eles é que são imaturos, sem noção e sem bom senso, por não saberem quão espetaculares nós somos! — anunciou Zeca.

— A gente é espetacular? Sério que você acha isso? — questionei.

— "A gente" é muita gente. Mas que EU sou espetacular, eu sou, amorrrr — brincou Zeca, debochando e se fazendo de diva

Risos e mais risos. Como era bom ter com quem conversar!

— A gente também é, Tetê. — Davi entrou na brincadeira da superautoestima. — A gente não pode ficar se lamentando por causa de um bando de acéfalos. — Diante de nossas caras de ponto de interrogação, ele completou: — Carambola, vocês dois! Acéfalo é sem cabeça! É a palavra que meu avô usa para xingar as pessoas ignorantes!

Ele disse carambola! Não é maravilhoso?!

— Isso aí! Um bando de ignorantes, Davi! — reforçou Zeca.

E a segunda-feira correu bem, apesar do ataque de riso, do pum do qual eu virei a dona e do apelido infame. Quem liga para isso? *Eu agora tenho amigos!*, era a frase que não saía da minha cabeça.

Muito menos do meu coração.

BISCOITO AMANTEIGADO
DIFICULDADE: QUALQUER UM FAZ. MESMO.

#OQUEVAI
100 GRAMAS DE AÇÚCAR (NHAM, NHAM) •
200 GRAMAS DE MANTEIGA (COMO EU AMO MANTEIGA, MEU DEUS!) •
300 GRAMAS DE FARINHA DE TRIGO

#COMOFAZ
1. Misture bem todos os ingredientes. Com as mãos mesmo! **2.** Faça bolinhas fofinhas e coloque num tabuleiro untado. **3.** Leve para assar no forno. Deixe 15 minutos e... TÁ PRONTO E DELICIOSO!

Capítulo 6

MINHA PRIMEIRA SEMANA DE AULA FOI INCRÍVEL. NÃO CONSEGUI parar de sorrir nem por um minuto sequer. Tudo bem que ninguém mais se aproximou de mim para puxar papo além do Zeca e do Davi. Tudo bem que vi algumas meninas apontando para mim e rindo, uns meninos tapando o nariz quando eu passava (Rá. Rá. Entendi a piada e passei batido, segui o conselho do Zeca), mas eu sentia que agora minha vida começava a mudar. A conclusão inevitável a que cheguei foi: a demissão do meu pai acabou me fazendo bem. Que loucura!

Se não fosse o fato de ele estar desempregado, eu estaria sofrendo em silêncio na antiga escola dia após dia. Lá todo mundo queria ser popular, as amizades eram superficiais, ninguém gostava profundamente de ninguém. Pelo menos era o que eu sentia. Parecia que eu era a única que não ligava para o que todo mundo ligava. E então as pessoas simplesmente não falavam comigo. Talvez por não me entenderem, por não se identificarem comigo. Não tinha ninguém igual a mim. Mas existem pessoas iguais? O legal da vida não é cada ser humano ser diferente do outro?

Copacabana, ao contrário da Barra, é um bairro onde se faz tudo a pé. Nunca pensei que gostaria tanto de andar de um lugar para outro. É um bairro cheio de velhinhos, farmácias e supermercados. E de bancos e padarias, e livrarias e confeitarias, e bares, muitos bares e botequins.

Na sexta-feira, depois da aula, cheguei ao meu prédio toda serelepe, louca para contar para a minha família mais novidades da escola nova. Assim que pisei na entrada, a Elizângela, filha do porteiro, seu Procópio, logo veio falar comigo, com um sorriso plastificado no rosto.

— Tetêêêê! — chamou a garota, que tinha me visto poucas vezes na vida.

— Elizââââângelaaaa! — devolvi a montanha de vogais.

— Quer que eu te ajude com a mochiiiilaaaa?

— Imagiiiinaaaaa, não preciiiisaaaa. Obrigaaaadaaaa!

— Nãããão! Deixa que eu te ajuuuudoooo! — insistiu, tentando tirar a mochila à força das minhas costas.

— Não! Vim carregando até aqui, agora é só pegar o elevador e chegar em casa.

E para de falar assiiiim! Tá me irritandooooo!, eu quase disse.

— Mas eu faço questão! — insistiu a menina.

— E eu faço questão que você me deixe levar a mochila.

— Por favor, Tetê! O que é que custa? — insistiu ela, e eu não estava entendendo bem por quê.

— Por que você quer tanto carregar minha mochila da portaria até o elevador, Elizângela?

— Porque... porque... Porque eu quero ser sua amiga! Ai, meu Deus!

— Entendi! Você ficou sabendo do meu antigo apelido por alguém do prédio e ficou com pena, quer fazer a fofa. Obrigada, não preciso de pena.

— Que apelido?

— Tetê do Cecê!

— Tetê do Cecê? — perguntou ela, espantada, com as mãos na boca e os olhos arregalados. — Te chamam assim? Ai, meu Deus, tadinha!

Droga! Eu e minha boca gigante!

— Não me chamam assim.

— Mas você acabou de falar!

— Cha-ma-vam!

— Tetê do Cecê? — Ela aumentou consideravelmente o tom de voz.

— Fala mais alto. Meu bisavô, que tem problemas de audição, não escutou lá do oitavo andar.

— TETÊ DO CE...

Foi a minha vez de arregalar os olhos para ela. Olhos de ódio, de repreensão, de "cala a boca, Elizângela!".

— Aaaah... Entendi... Você estava sendo irônica.

— Isso — respondi, já irritada com aquela conversa descabida.

— Mas por que esse apelido? Você parece tão limpinha!

— Eu SOU limpinha!

— Tadinhaaaa!

— Mais um "tadinha" e eu nunca mais falo com você.

— Não! — gritou. Sim, ela gritou. — Isso, não!

Nossa! Ela queria muito ser minha amiga. Uau! Quem diria... Copacabana estava fazendo bem para minha alma, para a minha energia, para a minha aura. Uma quase desconhecida sendo extremamente simpática e prestativa, e não era por causa do meu apelido. Ela queria só ser minha amiga. Mas... por quê?

— Tá bem, não vou deixar de falar com você, Elizângela. Agora preciso ir.

— Vou com você.

— Você... Vo-você quer almoçar lá em casa? Não avisei, mas...

— Não! Já almocei!

— Então a gente se vê outra hora! Tô morta de fome, preciso subir pra comer.

— Mas não quero te deixar sozinha.

— Eu só vou ficar sozinha até chegar em casa. Meu pai está lá, meus avós est...

— Você está sempre sozinha, Tetê...

— Como você sabe que estou sempre sozinha? Estou sempre sozinha aqui, mas vivo saindo com meus amigos da Barra.

— Não vive saindo, não.

— Vivo, sim.

— Não vive, não.

Eu quis matar a Elizângela. Só um pouquinho.

— Você não tem amigos.

— Aiiiii! Que loucaaaa! Que menina loucamente louca você é! Eu sou cheia de amigos, não tenho nem dedos pra contar quantos amigos eu tenho — menti descaradamente.

Mas no fundo... Ah! No fundo eu adoraria que fosse verdade...

— Eu sei que você não tem amigo nenhum, Tetê.

— Por que você está insistindo nessa loucura?

— Porque seu bisavô me contou.

— Contou o quê?

— Que você é muito sozinha, que não tem amigos, que isso te deixa muito triste.

— E por isso você quer ser minha amiga?

Ela respirou fundo antes de responder:

— Por isso e porque... é... porque...

— Porque... — repeti, impaciente.

— Porque... p-porque seu bisavô pediu.

— Meu bisavô pediu pra você ser minha amiga?! — Levei um susto.

— Isso. Ele quer que a gente comece uma amizade...

Eu não sabia nem o que pensar. Estava atônita com a revelação.

— E como amiga eu vou ter que ser sincera com você. Amiga que é amiga não mente.

Medo.

— O seu bisavô, na verdade... Ele... ele me pagou.

— Pagou o quê?

— Ele me deu dinheiro pra eu ser sua amiga.

— Oi?

— Pra eu ser...

— Ser minha amiga! Entendi!

O elevador chegou e eu entrei pisando forte, bufando, deixando Elizângela com cara de caneca na portaria. Entrei em casa perguntando pelo meu bisavô, que tinha ido à padaria.

— Vó, você acredita que o biso PAGOU a Elizângela, filha do porteiro, pra ela ser minha amiga?

— Seu biso fez isso? — perguntou ela, chocada.

— Fez!

— Inacreditável! — reagiu vovó.

— Exatamente! Inacreditável! — repeti, indignada.

— Como é que ninguém pensou nisso antes! — exclamou vovó com um sorriso.

— Vó!

— Droga! Eu não devia ter dito isso em voz alta. Perdão, Tetê. Perdoa a vovó, a vovó é velha, velho fala coisas que não deve de vez em quando — justificou ela, percebendo o absurdo.

— Ninguém me entende nesta casa! Ninguém me entende nesta vida! — reclamei, antes de deixá-la na cozinha terminando de fazer o almoço.

Logo num dia tão feliz, logo no último dia da minha primeira semana de aula, logo quando eu finalmente tinha amigos, meu bisavô decide pagar para uma desconhecida ser legal comigo. E minha avó achou bom! Inacreditável!

Aaaaaaaaaaaaaaaaaaaaaaaaaaaaaaaaaah!, gritei. Mas só por dentro. Sou educada e tenho bons modos, jamais gritaria desse jeito numa casa cheia de gente.

Fui até o banheiro para tentar me acalmar, e, quando saí, já estavam todos sentados à mesa para o almoço. Fui logo falando com meu bisavô.

— Biso! Fiquei sabendo da Elizângela.

— Uma graça de menina, não é, queridinha?

Ai, eu derreto com o "queridinha" do meu biso.

— Ela me contou...

— Contou o quê?

— Que você deu dinheiro pra ela!

— Que eu afanei o pinheiro dela?

— Não! Que você DEU DINHEIRO pra ela.

— Eu nem tenho pinheiro!

A gente nunca sabia se ele estava fingindo surdez ou não.

— DINHEIRO!

— Ah! Dinheiro! O que é que tem? Dinheiro o quê?

— Você deu dinheiro pra ela.

— Ah, sim. Dei mesmo.

— Pra ela ficar minha amiga? Não precisava!

— Não precisa agradecer, queridinha!

— Ela não está agradecendo, papai. Ela está chateada com o senhor! — explicou minha avó.

— Ela está dançando com o avô?

— Pai, às vezes acho que o senhor faz de propósito, sabia? Finge ser surdo só pra irritar a gente — reclamou vovó. — Como é que a Tetê estaria dançando com o avô se ela está na nossa frente?

— Biso! Não precisa pagar ninguém!

— Precisa sim, Tetê! Você não tem amiguinhos! Achei que só o sentimento de pena não faria as pessoas se aproximarem de você.

Mas por um dinheirinho...

— Biso! — bronqueei. — Obrigada, mas me deixa fazer amizade do jeito tradicional, por favor?

— Você não sabe fazer isso, minha filha... — papai intrometeu-se na conversa.

— Conta, Tetê, conta mais como está sendo na escola nova? — pediu meu avô, mudando o rumo da conversa, irritado com os demais.

Era a minha hora de brilhar e surpreender a todos.

— Querem saber? Está sendo maravilhoso! Fiz dois amigos. Dois! Amigos pra vida inteira — disse, orgulhosa, sorriso indisfarçável no rosto, cabeça erguida de felicidade.

— Verdade? Quem são? — quis saber meu pai.

— Davi e Zeca. Dois fofos, dois queridos.

— E por que eles viraram seus amigos?

— Porque eu sou legal, pai — respondi, toda inflada.

— Sério, Tetê, como se aproximou deles?

— É... É que... eles são meio excluídos também — falei baixinho.

— Ótimo! É isso aí! — Minha avó aplaudiu.

Não é exagero. Ela realmente bateu palminhas irritantemente empolgadinhas.

— Lembre-se: os nerds de hoje serão os milionários de amanhã, os horrendos serão os lindos, as lindas serão as mocreias e os lindos serão carecas e barrigudos — alertou meu pai. — Taí um ensinamento para a vida toda.

— Você era feio ou bonito? — questionei.

— Lindo. Um dos mais lindos. E olha a tragédia que eu fiquei. Careca ainda não estou, mas essa pança...

— Inacreditável. Reynaldo Afonso parece que está com oito meses de gestação — brincou minha avó (ela adora implicar com meu pai).

— Também, com o tanto de comida gostosa que a Tetê faz, fica difícil emagrecer. Essa torta de limão, por exemplo, é a melhor sobremesa do mundo!

O meu pai sempre gostou da minha comida. Provava desde que eu era criança e fazia experimentos doidos na cozinha. E sempre lambia os beiços.

— E namoradinho? Algum em vista?

— Vó, as aulas acabaram de começar. Ainda não, né...?

— A menina mal tem amigos, imagina namorado, Djanira! — disse meu bisavô, mostrando que entendia tudo bem direitinho quando queria.

Pensei no Erick. No lindo, maravilhoso, apoteótico, estupendo Erick. No perfeito e impossível Erick.

— Tem certeza? Acho que vi um olhinho brilhando aí...

— Para, vó!

Toda família puxa esse tipo de papo ou é só a minha? Que mania de saber da minha vida sentimental!

— Cadê meu genro? Só namora se eu aprovar, hein? — continuou meu pai, para aumentar ainda mais minha irritação.

— Mas já beijou?

— Claro que não, biso! De onde veio essa pergunta? Não ouviu que eu não tenho namorado? Vou beijar quem?

— Não fala assim com o biso. Olha o respeito! — brigou minha avó.

Vovô seguiu com a superinteressante conversa:

— Um desses meninos, o Davi ou o Zeca, não pode virar namoradinho?

Por que alguns adultos usam o diminutivo para se referir a paixões ou amigos? Eu tenho 15 anos, poxa!

— O Davi não faz o meu tipo e o Zeca... Não. Não namoraria nenhum dos dois.

— Então só pega, boba! — Minha avó soltou a pérola.

— Vó! — Ri, vermelha.

— Dona Djanira! Não coloque ideias na cabeça da minha filha! — reclamou meu pai.

TORTA DE LIMÃO DO PAPAI
DIFICULDADE: MINÚSCULA.

#OQUEVAI NA MASSA
200 GRAMAS DE BISCOITO MAISENA • 150 GRAMAS DE MARGARINA

#OQUEVAI NO RECHEIO
1 LATA DE LEITE CONDENSADO • 1 CAIXA DE CREME DE LEITE • SUMO DE 4 LIMÕES • RASPAS DE 2 LIMÕES

#COMOFAZ
1. Triture os biscoitos num liquidificador ou processador. **2.** Depois, taque a margarina e bata mais um pouco. **3.** Despeje a massa em uma forma e, com as mãos, espalhe no fundo e nas laterais, cobrindo toda a área. **4.** Leve ao forno médio preaquecido por 10 minutos, mais ou menos. **5.** Para o recheio, é só bater todos os ingredientes no liquidificador (sem as raspas) até virar um creme liso e firme. **6.** Bote em cima da massa, taque as raspas de limão e leve à geladeira por pelo menos 30 minutos. Está pronta a melhor torta de limão da vida! SEM COBERTURA DE SUSPIRO, PORQUE GOSTO DE GORDICE MAS NÃO SUPORTO SUSPIRO.

Capítulo 7

O ALMOÇO ACABOU E EU FUI DIRETO PARA O COMPUTADOR VISITAR mais uma vez o perfil do Erick no Facebook. Xereto todos os dias, desde segunda-feira. Decorei o nome dele na primeira aula, na primeira chamada. Erick Senna d'Almeida. Nome imponente. Nome chique. Fui ver se tinha foto nova. Não tinha, então revi as antigas mesmo. Que rosto! Que corpo! Que maxilar! Que dentição perfeita! Que pescoço fenomenal! Ele nunca olharia para uma menina como eu. Nunca. Bigoduda, sobrancelhuda e que agora com fama de soltar pum na aula... A quem eu queria iludir? Erick nunca me notaria.

Havia poucas fotos dele com a Valentina. Duas, para ser mais precisa. *Será que eles estão juntos há pouco tempo? Será que ele não gosta tanto dela? Será que eles não estão namorando, estão só ficando?* Eu me perguntava várias coisas enquanto xeretava cada foto dos seus álbuns. Ele em cima da prancha era a coisa mais linda da vida! Um Kelly Slater melhorado. Um Gabriel Medina mais lindo ainda que o Gabriel Medina. Ele era todo natureza. Eu não gosto de natureza, sinto falta de fumaça de carro quando fico muito tempo vendo verde, mas por ele eu abraçaria árvore, tomaria banho de cachoeira gelada, acamparia no mato e até viraria vegetariana (e olha que eu sou a menina mais carnívora que eu conheço), passaria dias comendo folhas, que eu abomino, e trecos de soja que para mim têm gosto de borracha velha.

Não demorou muito para, depois de me deleitar pela milésima vez com as várias fotos lindas tiradas pelo Erick (que olho bom para fotografia ele tem!), eu resolver, obviamente, fuçar o perfil de quem? De quem? Da Valentina. No dela eu ainda não tinha entrado. Falta de coragem para ver tanta beleza numa pessoa só. Valentina Garcia Silveira, Valentina Garcia Silveira, Valentina Garcia Silveira. Achei! *Nossa, que menina linda!*, foi só o que consegui pensar ao ver a foto de seu perfil.

Em um relacionamento sério com **ERICK**.

Vaca!

Não, mentira! Vaca, não. Tadinha! Vaquinha.

Tá! Também não! Vaca ou vaquinha... dá no mesmo, são xingamentos pavorosos que não combinam com minha alma boa e sofrida. Não tão sofrida, mas a frase ficou bem melhor com "sofrida", vai.

No momento em que eu estava me mordendo de ciúme e de inveja daquele casal perfeito, daquela menina linda (por que Deus dá tanta beleza para umas e quase nada para outras? Da série "Injustiças da vida"), meu celular fez *plim*.

Sim! Sim, Brasil, Polo Norte e China! Meu celular fez *plim*! *Plim*! Tinha chegado uma mensagem de WhatsApp!

E não era do grupo da família, porque eu desligo o *plim* deste! Eles falam muito, o tempo todo, sobre assuntos interessantíssimos, como qual farmácia está com o melhor preço e que feira tem o melhor agrião. Logo agrião. Eu sou contra agrião! É mato! É selva! É grama promovida a comida!

Corri para ver quem era.

Deve ser engano, pensei.

Não era!!! Não era!!!! Meu coração sambou de alegria.

> **ZECA**
>
> Não ligou ainda pra Heloísa pra marcar? Vai
> continuar quanto tempo ainda com a taturana? 🐛

Era o Zeca!!! O Zeca! O Zecaaaaaaa!

Fiquei pulando que nem uma idiota no meu quarto! Sabe pulo de criança? Pulo puro? Pulo puro foi péssimo, mas foi exatamente isso que aconteceu entre as quatro paredes do meu quarto. Meu e do meu biso!

Quando eu estava respondendo que "não, não liguei mas vou ligar agora", ele me mandou uma foto da Frida Kahlo, a pintora mexicana conhecida por suas telas incríveis e por sua... *monocelha*. Na minha opinião, a Frida Kahlo era interessantíssima. Mas são poucas as mulheres que ficam bem com uma sobrancelha daquelas. Como nunca me achei bonita, como ninguém olha para mim e como sou zero vaidosa, sempre ignorei as minhas sobrancelhas. Mas Zeca, não. Ele se preocupou com elas.

> **TETÊ**
>
> Ligando em 3, 2...

E liguei mesmo para a Heloísa. Em seguida, mandei mensagem para o Zeca.

> **TETÊ**
>
> Marquei pra sexta-feira que vem, depois da
> escola!!! Será que vai fazer alguma diferença? 😳

> **ZECA**
> Você vai ser uma nova pessoa, Darling!
> Um ser humano de verdade, finalmente!

O Darling com D maiúsculo e futuro ser humano de verdade pulou mais que pipoca depois disso. Eu tinha realmente ganhado um amigo.

> **ZECA**
> Até o Erick vai te notar.

Como não amar esse menino? *Zeca é incrível! Eu adoro o Zeca!*, quase escrevi. Só não escrevi porque minha vontade de dançar de felicidade era maior. Eu danço sozinha. É raro. Mas danço. Desengonçada, pareço uma hiena com dor de dente, mas danço. Dancei, dancei e dancei. A música: "Shake It Off", da Taylor Swift. Parei minha coreografia esquisita para continuar o diálogo.

> **TETÊ**
> O Erick? Sério? Você acha?

> **ZECA**
> Claro que não, maluca. Tô zoando.

> **TETÊ**
> Bobo! 😝

Continuei adorando o Zeca mesmo depois da zoação. Amigo que é amigo se zoa, né? Não sei, mas, pelo que vejo nos livros, nos filmes e nas novelas, acho que zoa. Depois, corri para a frente do espelho. Botei o cabelo para cima, fiquei me imaginando com menos sobrancelha. E me peguei sonhando de olhos abertos com a pele da Valentina, o corpo da Valentina, a luz da Valentina, o rosto da Valentina. Eu nunca teria nada que ela tinha. Muito menos o Erick. Botei "Who You Are", da Jessie J., para tocar no celular e a alegria virou tristeza em segundos.

Erick, o príncipe, jamais me notaria. Nem se eu nascesse mil vezes. Fiquei imaginando o divo causando em todas as meninas do mundo o que ele causava em mim. Certeza de que todas as garotas da escola já sonharam, por um momento, chamá-lo de namorado. Dizem que a adolescência é a época das paixões impossíveis. Eu não estava apaixonada, claro que não. Ou estava? Não! Não estava! Mas como me fazia bem pensar no Erick. Mesmo na impossibilidade de algum dia ser olhada por ele como eu o olhava. Enquanto minha cabeça era invadida por mil pensamentos, "Keep Holdin On", da Avril, entrou nos meus ouvidos, pelos fones. Minhas playlists sempre foram um pouco, só um pouquinho, deprê.

Mas eu não estava deprê. Mesmo desolada com a constatação de que jamais teria nada com o menino mais lindo de todos, eu estava feliz. Sobrancelhuda, com o sensacional apelido de "Peido", sonhando com um romance impossível, mas feliz.

Capítulo 8

NA SEGUNDA-FEIRA SEGUINTE, MINHA SEGUNDA SEMANA DE aula, acordei mais cedo para me arrumar e pedi o perfume da minha mãe emprestado.

— Você querendo ficar cheirosa?

— É, mãe. O que é que tem? — tentei diminuir a importância.

— Tirando o fato de que você nunca usou perfume na vida? Nada.

Realmente, não tem por que me espantar. Eu apenas ri.

— Qual você recomenda?

— Esse aqui — respondeu ela, pegando na bancada do banheiro um vidro com um líquido verde bem cheirosinho. — Tem cheiro de banho. Tem que colocar bem pouquinho. Vem cá, deixa a mamãe botar.

Carinhosamente, ela borrifou perfume na minha nuca, nos meus pulsos e um pouquinho no meu cabelo.

— Você tomou banho, Tetê? Ou está querendo camuflar o mau cheiro com perfume?

— Ai, mãe! Claro que tomei!

Ela se aproximou de mim para me dar um cheiro num lugar sem perfume e ficou visivelmente feliz, me olhando com cara de boba.

— Que foi, mãe?

— Nada.

— Fala!

— Nada! Só estou feliz de ver você assim.

— Assim como?

— Assim. Leve, serena, sorridente, vaidosa...

— Não tô nada disso!

— Está, sim, senhora. E não tem problema nenhum em admitir que está, filhota.

Timidamente, olhei para baixo e sorri sem mostrar os dentes. Eu nunca sorrio mostrando os dentes. Nunca! Mas nesse dia eu quaaaase mostrei.

— Tchau, mãe. Bom trabalho! — disse antes de sair correndo.

— Ei, mocinha! Não está esquecendo nada?

Voltei, dei um beijo na bochecha dela e corri de novo para sair logo dali.

Às vezes, acho que as mães têm um chip, uma coisa mágica dentro delas que sabe praticamente tudo o que se passa com os filhos. Sou filha única, sempre quis um irmão ou uma irmã para ter um amigo, mas, por mais que tenham tentado, meus pais não conseguiram engravidar de novo.

Saí de casa com um pouco mais de calma na segunda semana, depois de tomar um café da manhã caprichado, com direito a panqueca perfeita feita por mim.

Assim que eu pisei na escola, meu celular fez *plim*. Empolgada, olhei na hora. Era o Zeca mandando uma foto em que o Erick estava de perfil conversando com Davi e um garoto que eu ainda não tinha decorado o nome.

Que foto linda, que colégio bom! Obrigada, Brasil, Polo Norte e China!

> **ZECA**
> Pra você se preparar e se empolgar para chegar logo e também pra fazer a sobrancelha. Valentininha, a cretininha, ainda não chegou. Cadê você?

Eu estava tão feliz por finalmente falar com alguém no WhatsApp!

Adentrei a sala e teclei:

> **TETÊ**
> Aquiiiii!

— Bota sua mochila na mesa e vai falar com ele, anda! — ordenou Zeca ao me ver.

— Com ele? Ele quem?

— Dã! O Erick, sua mocoronga!

— Claro que não! — sussurrei, enquanto me sentava do lado dele, morta de vergonha.

— Vai, burra!

— Não me chama de burra!

— Eu te chamei de mocoronga um segundo atrás.

— Mocoronga tudo bem. Burra, não!

— Tá bem! Vai logo, anta! — disse ele, entre dentes.

— Para, Zeca! — pedi baixinho.

— Olha quem chegou, Daviiii! — gritou ele, abanando os dois imensos braços. Parecia um chimpanzé atacado por quinhentas pulgas. — Chama essa garota pra ficar com você. Tô aqui com minha mãe no WhatsApp e a Tetê tá me tirando a concentração. Não consigo teclar e falar ao mesmo tempo! Anda, rala, sua mandada!

Eu fiquei completamente sem ação. E vermelha.

— Chega aí, Tetê — chamou Erick.

Sim! O Erick me chamou. E ele se lembrava do meu nome depois de um fim de semana inteiro sem falar comigo! Como era lindo, meu Deus!

— E-eu?

— Só tem você de Tetê aqui. Ou eu deveria te chamar de... Cabelo? — completou ele, bonitinho.

— Chama de Peid...

— Fica quieto, Orelha! Deixa a menina! — brigou o sonho de todas as garotas da face da Terra.

Eu ia acordar em 3, 2... Mas não. Não era um sonho. Erick tinha mesmo dito meu nome, Erick queria minha companhia, Erick me defendeu da zoação que seu amigo Orelha (agora eu sabia como se chamava o garoto) queria fazer. Se era pena ou não, tô nem aí. Meu príncipe tinha falado meu nome...

Andei na direção dos três tentando aparentar normalidade, tentando com todas as forças fingir que não estava explodindo de alegria por dentro. Aquela cena era inédita na minha vida. Um garoto disse meu nome. Um garoto bonito disse meu nome. O garoto mais bonito do mundo disse meu nome! Eu vibrava mais a cada passo em sua direção.

— Oi... — falei, louca para virar um avestruz e botar minha cabeça no primeiro buraco.

— E aí, beleza? — cumprimentou o tal do Orelha.

— Beleza, rirrirri...

Eu fiz rirrirri. Sou uó! Uóóó!

— Esse é o Orelha. Orelha, essa é a Tetê.

— Orelha mesmo? — estranhei.

— Na verdade meu nome é Pablo.

— Mas com essa orelha não dá pra te chamar de outra coisa, cara! — implicou Erick.

— Bom... Orelha é bem melhor que Dumbo, meu apelido de infância.

— Que bom que você leva na boa — comentei.

— Tem que levar, né? Olha o tamanho da minha orelha! Dá pra ver da Lua, de tão imensa.

— Eu sou o Erick, a gente se conheceu semana passada, lembra? — fez graça o minideus.

— Claro que lembro... Rirrirri... — Outro rirrirri. Como eu sou péssima com gente, meu Deus!

— E aí, beleza? — perguntou o minideus.

— B-be-beleza... Rirrirri. — Outro rirrirri? Droga, Tetê!

— O Davi você também já conhece, né?

— Daviiii! — exclamei, ao abraçar efusivamente meu melhor amigo.

Não me pergunte por quê, mas eu abracei o Davi! Eu praticamente me joguei em cima do Davi, como se ele fosse uma pessoa muito próxima que eu não encontrava havia anos, e apertei com força o pobre do garoto enquanto dava minipulinhos. Que vergonha!

Ele se assustou. Claro. Não é todo dia que uma louca se joga nos braços dele e dá pulinhos (que ele não retribuiu, aliás).

— Isso tudo é saudade? — perguntou Erick. — Aí, hein, Davi!

— Para com isso, cara — disse meu melhor amigo, desvencilhando-se de mim. — Eu e a Tetê somos apenas amigos.

Alguém podia congelar o tempo para aquela cena não acabar nunca? O Davi disse a palavra amigos. A-mi-gos. Zerei a vida.

— Atchim!

— Saúde, Erick — fui educadamente fofa. Nossa, até espirrando ele era um divo. Novo espirro.

Mais um.

Outro.

Espirro mais lindoooo! Own...

— Tá gripado? — perguntei, sem conseguir disfarçar o brilho nos meus olhos.

— Não. Isso é alergia. Acho que é seu perfume.

— Meu perfume? — perguntei, arrasada.

— Tem alguma coisa que... que... ATCHIM! — O coitado estava com o nariz vermelho já.

— Ai, meu Deus, desculpa! — pedi, sem jeito e sem saber o que fazer.

— Nada, não precisa se desculpa-a-a-aaatchim!

— Minha mãe tem alergia a essas paradas de cheiro também — comentou Orelha.

— Eu... eu vou lá pra frente. Desculpa! — exclamei, constrangida.

E, ao me virar para fugir dali correndo e parar a crise de espirros do meu príncipe, fui saudada com um banho de refrigerante frio. Não, não foi de água fria, foi de refrigerante frio. Gelado. Gostoso mesmo.

— Teanira, mil desculpas! — disse quem? Quem? Valentina Estupidina, claro.

— Desculpa? Você jogou a Coca-Cola de propósito! — Davi partiu em minha defesa.

— Valentina! — repreendeu Erick.

— O que foi, amor?

— Eu vi! — gritou Davi.

— Quem é você, mesmo? — perguntou ela para Davi com a maior arrogância.

— Você sabe quem eu sou, Valentina.

— Claro que sabe. O Davi estuda com a gente há uns cinco anos e mora no meu prédio desde pirralho. Você sabe exatamente quem é ele — falou o Erick meio irritado.

— Amor, você não acha que eu faria um absurdo desses, né? — questionou a bela, indo na direção do mais belo dos belos e tascando nele um selinho que me matou de inveja. — Mas acho que te salvei, né? Ela tá usando lavanda, e você não suporta lavanda.

— Eu tenho alergia a alguns tipos de lavanda. É bem diferente de não suportar.

— Quer ajuda, Tetê? — ofereceu Valentina, toda dissimulada.

— Não, obrigada.

— Eu tenho uma camiseta que trago para colocar depois da aula de Educação Física. Até te emprestaria, mas certamente não cabe em você. Sou P, e você deve ser GG — ela fez questão de falar para jogar na minha cara.

— Na maioria das lojas eu sou M... — disse, tímida, triste, com raiva, com tudo de ruim corroendo meu peito ao mesmo tempo. Desgraçada. Será que ia começar tudo de novo nessa escola?

Será que meu pesadelo ia ter início novamente?

É... Estava tudo indo bem demais para ser verdade mesmo.

PANQUECA PERFEITA PARA INICIAR BEM O DIA

DIFICULDADE: SUUUPER DE BOA, VAI NA FÉ.

#OQUEVAI

1 E ¼ DE XÍCARA DE FARINHA DE TRIGO •
1 COLHER DE SOPA DE AÇÚCAR • 3 COLHERES DE CHÁ
DE FERMENTO EM PÓ • 2 OVOS LEVEMENTE BATIDOS •
1 XÍCARA DE LEITE • 2 COLHERES DE SOPA DE
MANTEIGA DERRETIDA • 1 PITADA DE SAL • ÓLEO

#COMOFAZ

1. Bata no liquidificador a farinha, o açúcar, os ovos, a manteiga, o leite, o fermento e o sal. **2.** Aqueça a frigideira com óleo, coloque a massa no centro, cerca de ¼ de xícara por panqueca. **3.** Vire a massa e... *ESTÁ PRONTA A PANQUECA! COMA SEM MODERAÇÃO* com mel, sorvete, granulado, manteiga *E O QUE MAIS SUA IMAGINAÇÃO E GULODICE PERMITIREM.* 😊

Capítulo 9

Saí correndo na direção do banheiro para consertar o estrago.

— Eu vou com você.

Ouvi uma voz diferente e nem acreditei. Era uma menina, muito fofa, me oferecendo ajuda. O nome dela era Samantha, e eu não tinha trocado nenhuma palavra com ela na semana anterior. Parecia uma boneca: baixinha com o cabelo grosso e cheio, na altura dos ombros, num tom castanho, o mais bonito que já vi.

Só no banheiro descobri que os seios dela eram muito grandes, o que a deixava constrangida, e entendi por que ela não tirava o casaco para nada, apesar do calor do verão carioca. Tadinha. Mesmo visivelmente desconfortável, ela me emprestou o casaco. Existem pessoas legais no mundo. Acho que por isso ela entendeu meu drama.

— A Valentina não é má pessoa — começou Samantha.

— Tenho minhas dúvidas... — admiti.

— Ela só é muito ciumenta. E não gosta de falar com quem não é popular.

— Essa parte eu já entendi.

— Ela gosta de manipular as amigas, sabe? Não faz por mal, mas em benefício dela.

— Eu acho isso péssimo. Ninguém que manipula pessoas é exatamente do bem...

— Já fomos muito amigas uns anos atrás, daí do nada ela se distanciou.

— Como assim "do nada"? Vocês não brigaram? Não discutiram?

— Nunca. Ela simplesmente ficou diferente comigo. Nunca entendi direito. Aí ela e as amigas dela me deixaram de lado. Da noite pro dia.

Fiquei com pena. Deu para ver que a Samantha tinha um quê de mágoa por não ser mais amiga da Valentina. Mudei de assunto.

— Meu sutiã está aparecendo com essa camiseta molhada. E não quero molhar seu casaco. Será que tem um secador aqui?

— Deve ter na sala da Conceição, a coordenadora — respondeu ela. — Eu vou com você na sala dela. Mas pode ir com o casaco para ninguém ver sua camiseta.

— Tem certeza?

— Claro!

Não vesti o casaco, apenas coloquei na frente do meu tronco para cruzar o corredor até a sala da coordenadora, onde pude secar a camiseta.

No recreio, Zeca e Davi me garantiram que Valentina Estupidina fez de propósito.

— Ela é má — definiu Zeca. — Má de novela.

— Não exagera. Ela é apenas equivocada — argumentou Davi.

— Pode não ser má, mas também não é só equivocada. Tem um quê de... de... — tentei achar palavras mas elas não vinham.

— Espírito de porco — Davi soltou.

— Ai, Davi! Quem é que fala espírito de porco?! Pelo amor de Getúlio! Não é porque você mora com seus avós que precisa falar como um ser humano de 80 anos! Cruzes! — Zeca riu.

Davi ficou tímido, mas riu também. E, quando dei a primeira mordida no meu queijo quente, quem se aproximou? Quem?

Quem? Isso mesmo, senhoras e senhores! Valentina Metidina! Valentina Insuportaveldina! Mas veio acompanhada. De quem? De quem? Do Erick maravilherick. Do Erick diverick. Ok, parei. Maravilherick e diverick? Péssimo!

— Teani... — começou Valentina Intragavelina.

Preciso dizer que estava a-man-do dar apelidinhos rimadinhos para a Valentina? Não, né? Eu também sei ser má. Muaahahaha! Que foi? Essa é minha risada de bruxa má de desenho animado tosco. Sou dessas que fazem risadas de bruxa má de desenho tosco.

— Tetê — corrigiu Erick, ô, coisa fofa!

— Tetê... Eu vim aqui te pedir desculpa. De novo — falou a falsa.

— Imagina... Não precisava. Você já tinha pedido — fui educada.

— Viu, Erick? Eu disse que já tinha pedido! — Valentina Malevolina aumentou o tom de voz.

Erick, o belo, nada disse. Apenas arregalou os olhos.

— Que foi? Eu falei que tinha pedido e você me obrigou a vir pedir de novo!

— Não é isso, Tetê. A Valentina quis vir aqui porq...

— Não quis, não! Você que me fez ficar mal por achar que eu não tinha pedido desculpas do jeito que você acha certo. Desculpa é desculpa. Não existe um jeito certo de pedir, Erick.

Existe sim. E esse com certeza não é o jeito certo, quase rebati.

— Esse com certeza não é. — Erick leu meus pensamentos. — Desculpa, Tetê. Desculpa por tudo.

Por tudo? Tudo o quê, seu lindo?

— Tudo o quê, posso saber? — questionou Valentina Vaquina, que pelo visto também sabia ler meus pensamentos!

— Pela sua postura na sala, pela sua postura agora, pelo tom de voz que você usa com a Tetê...

Ela bufou. Bufou e revirou os olhos. Que fofaaaaaa!

— Tá bem. Todo mundo desculpado, todo mundo trabalhado no perdão e no amor ao próximo. Uhu. Podemos ir agora, amor? — proclamou Valentina Falsianina.

— Pode ir. Vou ficar com eles até o final do recreio — decretou Erick, o lindo, me deixando boquiaberta, mesmo com queijo quente mastigado na boca.

— O quê?

— É isso que você ouviu, Valentina — reiterou Erick, decidido.

— Você vai ficar... com *eles*?

— Isso.

— Eles?

— Eles. Algum problema?

— Não. Nenhum. Já, já o sinal toca mesmo. Vou ficar com as minhas amigas, então.

Que garota uó!!!!

Uó não. Uóóóóóó! Bem melhor assim. Nada como vogais repetidas para expressar um sentimento. Adoro vogais repetidas. Adorooooooo! Mas não sempre. Sempre fica chaaaaato... Tão chatoooooo... E assim, com esse climão, climãozaço, Valentina Abominavelina deixou Erick e toda a sua beleza e fofura na companhia dos três excluídos da turma. Ela devia estar morrendo por dentro.

E eu estava amando a situação. Amando tanto que coloquei em palavras o que estava sentindo. De novo.

— Não precisava vir se desculpar, Erick, seu lindo...

Sim! Eu disse "seu lindo"! Seu. Lindo. *Eu quero morrer! Morrer!!!!!!*, urrei por dentro.

— Tinha, sim, Tetê.

Ufa! O "seu lindo" passou batido! Ainda bem! Deus é pai, não é padrasto! Mas... Ai, que vergonha!

— Quando a gente erra tem que se desculpar. A Valentina já devia ter aprendido isso faz tempo — continuou ele.

— Ô... Não fica assim, seu lindo...

Para, Tetê! Você falou "seu lindo" para o Erick de novo! Miga, sua louca!, gritei internamente, na maior bronca que dei em mim mesma naquela semana. Queria socar minha cara até ela ficar bem mais roxa do que já estava.

— Ai, desculpa! Desculpa pelo "seu lindo"... É que... que... Assim... Não é que eu te ache lindo. E não é que eu *não* te ache lindo, te acho, te acho bem lindo até, lindo mesmo, sabe? Lindo tipo galã de cinema. Mas o lindo agora, no contexto em que foi dito, não tem esse significado de lindeza, de boniteza. O que eu tô falando, seu lindo, é...

Gente, naquele minuto as palavras pareciam ter vontade própria e saíam sem que eu pensasse antes nelas! Elas simplesmente eram mais fortes do que minha vontade de não dizê-las em voz alta. Alguém precisava enfiar um rolo gigante de plástico-bolha na minha boca! O som das bolhas estourando seria bem mais interessante do que aquele monólogo sem respiração que eu estava protagonizando havia infinitos segundos.

— Alou! Migueeee! Apenas pare! A gente entendeu, né, Erick, seu lindo? — brincou Zeca.

Ufa!

— Zeca, eu te amo para sempre, por toda a minha vida. Estou te devendo essa, meu amigo de fé, meu irmão camarada, amigo de tantos...

Não. Chega. Roberto Carlos, não. Agora, não.

— Pelo amor de Getúlio, criatura! Cala essa boca! Quando não tiver nada de bom pra falar pode ficar em silêncio! Não tem problema nenhum! Tipo agora, eu te livrei de uma saia justa e você entrou em outra! Custava agradecer com os olhos? Só com os olhos? Muda? Não, não custava. Mas você não segura essa matraca! Né, não, seu lindo? — disparou Zeca, meu amigo perfeito.

O meu lindo baixou os olhos e riu com todos os dentes perfeitos, sem graça mas se divertindo a valer. (A valer foi péssimo! Eu estava andando muito com o Davi...)

Tocou o sinal e voltamos para a sala. Eu com a certeza de que tinha ganhado outro amigo. O nome dele era Erick e seu único defeito era *estar em um relacionamento sério com a Valentina, Cara de Buzina.*

Na última aula, o professor de História pediu um trabalho em grupo para o fim do trimestre. O tema era democracia. Achei o máximo! Mas não contei para ninguém. Nem sequer comemorei. Acredito que parte da implicância que as pessoas do antigo colégio tinham comigo nasceu no dia em que eu mandei um empolgado "uhuuu!" depois que um professor avisou que teria um teste surpresa. Sim, eu gosto de teste surpresa. Hoje, depois de muita autoanálise, entendi que fazer uma coisa dessas é praticamente pedir para ser odiada. Porque a gente até pode gostar de teste surpresa, mas, como ensinou minha mãe, a gente guarda essa informação para sempre dentro da gente.

Enfim. Já estavam todos se juntando em grupos e planejando encontros quando Leninson, esse era o nome do professor, avisou que ele escolheria quem ficaria no grupo de quem. Pegou a lista de chamada e começou:

— Valentina Silveira, Pablo Manganelli, Laís Montenegro e Samantha Hygino! — anunciou o professor.

Os quatro comemoraram.

— Não dá pra botar o Erick também, *profe*? Deixa ele fazer com a gente, vai! Ou troca a Samantha por ele.

— Valentina, querida, que parte de que sou eu que escolho os grupos você não entendeu?

— Uuuuuuh! — fez parte da turma.

Eu já amava profundamente aquele professor. E também a parcela da turma que adorou a zoada que ele deu na Metidina.

— O trabalho é sobre democracia, mas a escolha dos grupos é no esquema ditatorial — consertou ele, após ver que tinha sido um tantinho grosso com a Valentina, Cara de Latrina.

— Vamos ver com quem o sr. Erick Senna d'Almeida vai fazer o trabalho... Com o sr. José Carlos Teixeira, o sr. Davi Araújo e... a srta. Teanira de Oliveira.

Pronto. Eu agora amava aquele professor mais do que amava minha própria vida. Mais perfeito que isso? Impossível!

Que impossível que nada! Acha que não podia ficar melhor? Ficou! Olhei discretamente para trás e vi que o Erick deu um soquinho contido, desses no ar, perto do corpo, que traduzem nitidamente uma comemoração do tipo "Yessss!" ou "Uhuuuu!" ou "Oba!".

É isso mesmo, Brasil, Polo Norte e China! Erick, o lindo, ia fazer um trabalho comigo, o que significa dizer que eu respiraria o mesmo ar que ele durante algumas horas.

— Você tá comemorando o fato de ter ficado nesse grupo? É isso mesmo, Erick? — perguntou Valentina Ridiculina para Erick, o Belo.

Perguntou tão alto que a gente ouviu lá da frente.

— Que menina ridícula. Tende piedade, Senhor! — sussurrou Zeca.

— Ridiculina! — sussurrei de volta, dividindo com ele o novo apelidinho rimadinho que eu tinha acabado de dar a ela.

Combinamos de fazer o trabalho depois de algumas semanas na casa do Davi. Eu já estaria de sobrancelha feita! Uobaaaa! Eu estaria linda! Iei! Linda é exagero, fato. Mas me deixa!

Ao fim da aula, fui ao banheiro antes de ir para casa. Era uma boa caminhada da escola até a rua Siqueira Campos e eu estava apertada. Enquanto xixava tranquilamente, percebi que Valentina e Laís, as amigas que não se largavam, entraram. Prendi a respiração e o xixi para ouvir a conversa.

Valentina estava triste. Triste e com raiva, era nítido na sua voz.

— Que foi, amiga? — Laís quis saber.

— Ah, Laís, como assim "que foi"? Tô arrasada, cara. Acho que o Erick não gosta mais de mim.

Meu coração disparou.

— Ai, claro que ele gosta! Ele te ama! — completou ela, desacelerando na hora o meu iludido coraçãozinho.

— Não sei... Não tenho mais certeza — lamentou Valentina.

— Claro que sabe! Todo mundo sabe. Ele é louco por você.

— Mas anda distante desde que voltaram as aulas. A mãe dele não gosta de mim. Sei lá se andou fazendo a cabeça dele nesse período em que eu estava viajando com meus pais...

Eu já amava a mãe do Erick mais que picolé de limão antes mesmo de ter o prazer de conhecê-la.

— Esquece. É paranoia da sua cabeça. Ele pode estar só chateado com alguma coisa, com o time que perdeu, com o mar que tava *flat* demais pra pegar onda... Não conhece garoto? Relaxa — Laís tentou tranquilizar a amiga.

Ele estava mesmo bem distante da Valentina Cretina hoje mais cedo, Laís! Acho que aí tem!, eu quis gritar.

— Pode ser... É que... Ai, ele era tão apaixonado por mim no ano passado, lembra?

— E continua, amiga. Vem cá. Sei que você não gosta de abraço, mas eu quero te dar um e você não vai me impedir.

Que fofa essa Laís! Como ela conseguia ser amiga da Valentina Fedentina? E como assim uma pessoa não gosta de abraço? Dá pra confiar em alguém que não gosta de abraçar e *diz* que não gosta? Afe!

— E ainda tem essa Tetê idiota.

Opa! Idiota, eu?

— O que tem ela? Nem sabia que ela era idiota — perguntou Laís.

Valeu, Laís!, agradeci mentalmente do trono.

— Ah, não gosto dela. Não vou com a cara.

— De quem você vai com a cara, amiga?

Laís foi sincera.

— Eu sei, sou chata com as pessoas quando não gosto da

alma delas — disse a Cretina.

— Então vamos combinar que você não vai com a cara de um tantão assim de almas, né? — Laís fez graça.

— Para, boba! — descontraiu Valentina. — Sei lá, essa garota é diferente. Grudou no Erick. Acredita que o palhaço me fez pedir desculpas de novo pra baranga pelo lance do refrigerante?

— Não creio!

— Creia!

— Esquece, Vá. Ela é inofensiva — Laís tentou amenizar.

— Não gosto dela.

— Por quê, coitada?

— Porque ela é esquisita. Gorda, cafona, desajeitada. Toda feia!

— Cara, eu quero morrer sua amiga!

— Ah, garota gorda! Odeio gordo!

— Primeiro, ela não é gorda. É só cheinha. Segundo, não fala assim porque é feio, e você é muito linda pra falar uma frase dessas.

— Não falo pra ninguém, tô falando aqui pra você! Não briga, vai! Tô precisando de colo, amiga!

— Eu te dou colo sempre, você sabe.

— Odeio essa garota. Ela é toda estranha. Já reparou na pele dela? Brilha mais que o sol. Que nojo!

— Ela é só malcuidada, maltratada.

Malcuidada? Maltratada? O que isso significa, gente? Dá pra traduzir?, clamei em pensamento.

— Quer continuar minha amiga? Se quer, pode parar de defender a mocreia — falou a vilã.

— Não estou defendendo, só tô dando minha opinião. Mas tudo bem, não tá mais aqui quem falou.

— E aquele cabelo? A garota tá sempre descabelada! Alguém precisa apresentar uma escova pra ela usar naquele ninho de rato.

— Tadinha, Valentina! — Laís riu.

É. Riu. Aí Valentina riu também. Rá. Rá. Muito engraçado mesmo. Eu tenho preguiça de pentear o cabelo, ok? Preguiça!

— E o cotovelo da garota?

Meu Deus? O que tem meu cotovelo? Até isso?

— O que tem ele, Valentina?

— Desidratado! Megadesidratado! Não suporto gente que não hidrata o cotovelo. Tudo bem que o corpo dela é todo desidratado, mas o cotovelo... Eca! E a perna cabeluda? A mulher é um show de horrores! Nojo de cotovelo ressecado. Nojo de quem não se depila! E as espinhas na testa? Vai num dermatologista, corta uma franja, mas faz alguma coisa! Eu não sou obrigada a olhar para aquelas crateras! E os dentes da garota? Parece boca de cavalo!

Puxa... Logo meus dentes...

— Não reparei em nada disso. Só achei ela meio gordinha.

— Obesa mórbida, você quer dizer — condenou Valentina.

— E se fosse, o que é que tem? Não fala assim! Eu também já fui gordinha, contei pra você — lamentou Laís.

— Não consigo te imaginar gorda, Laís!

— Mas fui. E sofri por isso, tá? É muita sacanagem zoar alguém por causa de peso, Valentina, na boa.

— Tá bem, desculpaaaa! Mas eu tô a fim de falar mal da Teanira! Acho um mico o Erick, todo lindo, ficar falando com a garota e com aquele dos óculos. O único que presta ali é o Zeca.

— Pode crer. Ele solta umas muito engraçadas.

Nesse momento de extrema ternura e puro deleite para meus ouvidos, meu celular fez *plim*. Era o Zeca perguntando onde eu estava.

ZECA

Cadê você, maluca? Vamos juntos pra casa. Não gosto de ir sozinho. Sou muito assediado e não quero nada com ninguém no momento. Estou num relacionamento seríssimo comigo mesmo. kkkkk Roubei a frase de uma amiga. kkkkk

Só ele para arrancar um sorriso de mim naquele minuto.

> **TETÊ**
>
> Caramba! Não morre nunca mais! Tem gente falando de você aqui. Desço em dois minutos! Me espera!

Laís e Valentina-língua-ferina estavam tão preocupadas em falar da minha pessoa que nem ouviram o telefone. Não demorou muito e elas saíram do banheiro. E me deixaram com perguntas na cabeça: o que eu tenho que causa tanto ódio? Tanto asco? E desprezo? Por que as pessoas ou me odeiam, ou têm nojo de mim, ou me ignoram? Serei eu fadada ao desprezo e à solidão para todo o sempre? Ok, esta última pergunta foi bem dramática. Eu sou dramática mesmo. Só um pouco! Mas sou!

Sozinha eu não vou me sentir nunca mais. Agora tenho o Zeca e o Davi. Tenho mesmo. Suspirei, aliviada com minha constatação antes de deixar o banheiro, louca para voltar para casa na companhia do meu grande amigo.

Enquanto andávamos pelo movimentado bairro de Copacabana, fui contando ao Zeca tudo o que tinha ouvido no banheiro. Ele morava na rua Hilário de Gouvêia (não é hilário uma rua se chamar Hilário? Talvez não tenha nada de hilário nisso, mas só percebi quando externei meu sentimento em relação ao nome da rua. Eu escrevi "externei"? Geeeeente... Estou andando muito com o Davi mesmo. Fecha parênteses), paralela à minha, Siqueira Campos. Fomos pela Tonelero e ele me apresentou sua padaria preferida e o melhor pão de queijo do mundo. Enquanto comíamos, desabafei, frustrada:

— E eu achando que era só a sobrancelha.

— Não é — disse Zeca, supersincero. — Mas eu ia te falar aos poucos. A sobrancelha é só o que causa mais... como é que vou dizer? Impacto. Isso. Impacto.

— Mas eu não quero depilar a perna. Imagina a dor?

— Raspa, boba!

— Uma vez eu raspei e coçou tanto que nunca mais quis raspar.

— Coça no começo, mas depois você se acostuma.

Respirei fundo e baixei a cabeça.

— Que foi, Tetê?

— Nada.

— Nada não é. Ser sobrancelhuda tudo bem, mas mentirosa eu não aguento. Fala, doida!

Forcei uma risadinha.

— Fala, Tê! Que foi? — Zeca usou um tom mais carinhoso.

— Eu sou tão ruim assim? Deixa... Não precisa responder. Eu sei que eu sou.

— Claro que não. Beleza não é só o que tá por fora. Uma pessoa linda pode ficar feia em questão de segundos quando abre a boca. E vice-versa. Eu concordo com a Laís, você é malcuidada. Só isso.

— O que isso significa? Pode me explicar?

— Você não se cuida. Dá pra perceber que você não tem vaidade. E isso não é exatamente um defeito. Mas nos dias de hoje, de felicidade imensa no Instagram e no Snap, em que todo mundo julga pela aparência, em que ser magra é uma coisa quase necessária...

— Eu não ligo de ser gordinha. Tudo bem, eu ia me achar melhor mais fininha? Talvez. Mas antes de implicar com meu peso tenho tantas implicâncias com outras coisas: minhas espinhas, meu cabelo, minhas bochechas gigantes, meus dentes, meu joelho, meu tornozelo inchado...

— Parou, Tetê! Pa-rou! Não vou deixar você ficar enumerando assim os seus defeitos. Vamos tomar um sorvete de Nutella? Tudo passa depois de um sorvete de Nutella.

— Pode ser de outro sabor? Eu não gosto muito de Nutella.

— O quê? Quem não gosta de Nutella? Nossa, isso sim faz de você uma garota esquisita! Cruzes!

Rimos juntos, como amigos e cúmplices que já éramos, mesmo em tão pouco tempo de convivência. E seguimos andando por Copa.

A semana passou sem maiores contratempos e logo chegou a esperada sexta-feira, dia de... sobrancelha novaaaa!

Cheguei em casa da escola e Heloísa tocou a campainha uma hora depois que eu terminei de almoçar. Tirou minha sobrancelha e meu buço com linha, em uma técnica inacreditável, que eu não sabia que existia. Doeu muito. Muito mesmo. Lágrimas saíram dos meus olhos. E ficou muito vermelho depois! Mas o resultado foi uau! Incrível. Até minha avó elogiou:

— Nossa, como ficou bonita a minha menina!

— Mudou sua fisionomia, Tetê! Está linda! — minha mãe fez coro.

— Mas tá tudo vermelho... — comentei.

— Já, já passa — acalmou vovó.

— Estou gostando de ver, Tetê. Acho que tem namoradinho aí! — Foi o que o biso disse.

— Para com isso, biso!

Passei a tarde inteira me olhando no espelho de cinco em cinco minutos, para ver se o vermelho do meu rosto ia embora. Nos intervalos do espelho, aproveitei para fazer os deveres e estudar um pouco, deixar tudo em dia, para não acumular.

À noite, depois do jantar, fui para o quarto ler mais um livro. Um dia eu iria escrever meu próprio livro. Só precisaria ter coragem! Como eu amo ler e escrever!

Capítulo 10

O PRIMEIRO MÊS DE AULA PASSOU VOANDO. EU ESTAVA CADA DIA mais próxima dos meus novos amigos e me sentindo mais feliz do que nunca. Numa sexta-feira, meu avô sugeriu sairmos juntos à tarde para comemorar a minha "nova fase" e propôs me levar em uma feira de filhotes. Achei meio programa de criança, mas meu avô é o cara mais legal do mundo, então eu fui. Até porque ele me pediu com jeitinho:

— Vamos sair só eu e você? Não aguento mais sua avó reclamando da vida e fazendo fofoca. Preciso respirar.

Tadinho! Como dizer não a um pedido desses?

Fomos de ônibus logo depois do almoço. Após ver os bichinhos fofinhos mais bonitinhos do planeta, os visitantes ganhavam um pintinho amarelinho. Coisa mais linda.

— Ah, vamos levar, vovô?

— Hum, acho que sua avó vai ficar uma fera — ponderou ele.

— Mas eu nunca consegui ter um bicho de estimação!

Era a mais pura verdade. Meus incessantes pedidos por um bichinho de estimação foram sempre negados pelos meus pais. Tentei que eles me dessem de tudo: tartaruguinha, tartarugona, cachorro, gato, hamster, coelho, coruja... (Meu sonho era ter uma coruja. Qualquer semelhança com Harry Potter não é mera coincidência. Sou *potterhead* total!)

Como nunca me deram nada, certa vez, com uns 9, 10 anos, revoltada por não ter um bichinho para chamar de meu, resolvi criar formigas. Isso mesmo: formigas. Meu objetivo era dar a elas carinho, um lar, treinamento (já podia ver o cartaz "Tetê e suas fenomenais formigas adestradas") e açúcar. Muito açúcar. Esvaziei um estojo e coloquei água num cantinho, açúcar no outro e saí pela casa catando formigas. Eu era a louca das formigas. Tranquei várias lá dentro, passei a tarde conversando com elas (embora as mal-agradecidas teimassem em fugir do incrível lar que eu tinha criado) e até cantei para elas dormirem. Negócio de fofura, de amor. Eu sou assim. Ninguém me ama, mas eu amo geral. Até formiga. No dia seguinte, ao abrir o estojo, a surpresa: as palhaças tinham fugido. Sim, senhoras e senhores! Elas tinham ido embora, me dado as costas depois de tamanho acolhimento, de tanta doação de carinho de minha parte. Foi mais uma dor no meu histórico de filha única que sempre quis mas nunca teve bichinho de estimação.

— Você quer muito, não é, Tetê? — perguntou meu avô.

— Sim! O pintinho vai me dar alegria. Acho bem legal ter um serzinho pra cuidar, um bicho que dependa de mim — disse e sorri para o vovô.

— Então viva o pintinho, Tetê! Quero é ver você cada vez mais feliz, meu amor! — comemorou meu avô.

Ah, os avôs, esses anjos em forma de gente!

Avôs só... Porque as avós...

— Quando crescer vai virar um galo horroroso! E aí? Me diz? Me diz como é que a gente cria um galo dentro de um apartamento, Tetê? — reclamou minha avó assim que viu o bicho, quando chegamos do passeio.

Vó Djanira nunca prezou pela doçura e pela paciência, mas era uma boa pessoa. Juro que era.

Batizei o pintinho de Abenebaldo (e eu não queria zoar com a cara dele, juro! Foi de coração que dei esse nome), cuidei dele com o maior carinho, dei beijinhos e fiz muito cafuné. Na primeira noite, Abenebaldo piou, piou, piou e não deixou ninguém dormir. Devia estar com saudade da mãe. No sábado, levei Abenebaldo para passear, ele era tão pequenininho e frágil... Tão bonitinho... Na noite de domingo, nova choradeira de Abenebaldo, o pinto simplesmente não parava de piar. Mas tenho sono pesado e capotei mesmo com os pios. Meu biso, surdo, nem sequer ouvia os pios, então estava tudo bem.

Na manhã de segunda-feira, o silêncio imperava na casa. Todo mundo com cara de enterro olhando para mim. Sem suspeitar de nada, fui pegar Abenebaldo na caixinha onde ele dormia para dar bom-dia, mas... Abenebaldo não estava lá.

— Sua avó matou o pinto! — entregou meu pai.

— O quê?! — reagi, indignada.

— Foi sem querer, Reynaldo Afonso! — defendeu-se ela.

— Como é que se mata um pinto sem querer? Pisou nele, foi isso? — eu quis saber, com o coração a mil.

— Não foi bem assim... — respondeu ela, reticente.

— Ela botou o pinto na máquina de lavar! — dedurou meu avô.

— COMO É QUE É?! — reagi, com voz de megafone.

— É que ele não parava de piar, Tetê!

— Pinto pia, vó! Cachorro late, gato mia e pinto pia! Não é por isso que a gente bota um bicho numa máquina de lavar! Que crueldade foi essa? Ligar a máquina com o pintinho dentro? De propósito?

Eu estava exasperada, roxa de ódio e certa de que minha avó não era a boa pessoa que eu jurava que ela era algumas linhas antes.

— Imagina, Tetê! Você acha que eu sou louca? Eu não liguei a máquina! Só botei o bicho lá dentro e fechei, pra abafar o pio dele.

— Ah! Agora sim estou mais calma. Você não ligou a máquina mas ASFIXIOU O POBRE DO PINTO!!!

— Eu não conseguia dormir! — continuou minha avó. — Esse pinto estava me deixando louca!

— Por que você não me acordou?

— Porque o pinto não ia parar de piar por sua causa!

— Claro que ia! Eu ia ficar grudadinha com ele na minha cama até ele dormir.

— Não diga bobagem, Tetê! Pinto fede. Sua cama ia ficar uma fedentina! A área de serviço já estava fedendo!

— O Abenebaldo não fedia!

— Fedia, sim! Fedia e piava! Não era para ele morrer, entende? Era só para ele calar a boca. Mas o que é que eu posso fazer se ele morreu?

Comecei a chorar, com a certeza de que minha avó era a avó mais cruel do mundo!

— Não chora, filha... A gente vai à feira de novo e pega outro pintinho para você... — confortou meu avô.

— Eu não quero outro, eu quero o Abenebaldo! — berrei, cheia de dor.

— Ih, esse já era. Amanheceu azulzinho, coitadinho — relatou meu bisavô. — E era tão amarelinho...

Chorei mais. Muito mais. A ideia do meu pintinho morto me deu ânsia de vômito. Achei minha avó um monstro.

— Nunca mais falo com a senhora, vó! Nunca mais! — esbravejei, antes de sair de casa marchando.

Cheguei na escola com o nariz inchado, fui chorando até a sala de aula. Contei a história do assassinato do pinto para o Davi e ele se limitou a dizer:

— Olha, Tetê... Você tinha mesmo que ficar meio deprê. Essa sua família é inacreditável!

Erick se aproximou de mim enquanto eu conversava com Davi e colocou a mão no meu ombro.

Gelei.

— Tá tudo bem, Tetê?

Que lindo! Preocupado comigo!

— Mataram o pinto dela — resumiu Davi friamente.

— Minha avó matou meu pinto — completei.

— E ele só tinha alguns dias. Chegou na sexta, morreu domingo de madrugada. Pobrezinho... — relatou Davi.

— Você tinha um pinto de estimação?

— Tinha. Quer dizer... Tive. Por três dias, mas tive — contei, soluçando.

— Gente, quem é o idiota que tem um pinto?

— Ah, não, Valentina! — repreendeu Erick.

— Oi, amor. Quem tem pinto, gente? Peloamorrrrrr, me fala quem é o idiota que bota um bicho nojento desses dentro de casa?

— Eu fui a idiota que botou um pinto dentro de casa, Valentina — respondi, triste mas cheia de dignidade.

Valentina, sua arrogantina! Eu te odeio, sua vaquina cretina!

— Como é que você fala uma coisa dessas? Não vê que a menina tá chorando? — brigou Erick.

— Sério que você tá sofrendo por causa de um pinto? O mundo está perdido mesmo.

Erick pegou Valentina Insuportaveldina pelo braço e levou a menina para longe de mim. Saíram da sala no maior climão e deu para ouvir os dois discutindo do lado de fora.

— Não tô entendendo você com essa garota! Todo dia vai ser assim? Eu vou chegar e você vai estar lá grudadinho nela? — reclamou Valentina.

— Eu gosto dela! O que você tem contra a garota? — Erick se defendeu.

Pausa. Pausa!

Ele gosta de mim! Ele gosta de mim! Morri! Morri! A tristeza até diminuiu nessa hora.

— Tudo! — Ela aumentou o tom de voz. Aos poucos, a turma silenciava para ouvir o casal. — Eu só espero que, se um dia a gente terminar, você não fique com alguém como essa Teanira, Erick. Porque quem tem no currículo Valentina Garcia Silveira não pode descer degraus. Tem que subir, amor. Subir!

— Fala baixo! — pediu ele, sem sucesso.

— Eu falo do jeito que eu quiser! Tá na cara que a bunda quadrada tá apaixonada por você.

Bunda quadrada, cotovelo desidratado... Aquela ali tinha feito uma radiografia do meu corpo... Será que a minha bunda é realmente quadrada?

— Claro que não! Não diz besteira! Então esse ataque todo é ciúme?

— Ciúme da monstra do lago? Da orca assassina? Claro que não. Tenho ódio mesmo dessa sua amizade com ela e todos os nerds da sala.

Silêncio total. Todos se entreolhando, constrangidos, curiosos para ver o próximo capítulo da novela.

— Não fala assim! Que coisa horrível, você falando desse jeito, com tanto ódio, tanto preconceito! Você ia gostar da Tetê, ela é uma menina muito especial.

Confesso que meu coração derreteu.

— Tetê? O nome dela é Teanira, Erick! Teanira! Ela é ruim de berço! Ela é toda ruim!

"Toda ruim." É isso que eu sou? Devo ser...

Samantha, a fofa que me ajudou no dia do refrigerante, levantou-se indignada e foi para fora da sala. Não sei o que ela disse, mas Valentina não reagiu nada bem.

— Sai daqui, garota! Chega de encosto essa manhã! Quem te disse que pode sair se metendo na minha conversa com meu namorado? Que ódio! Que ódio dessa escola, dessa segunda-feira! Que ódio! — gritou.

Depois quem saiu da sala foi Laís. Certamente para ir atrás da amiguinha, para consolá-la.

— Você acha que eu devo ir falar com ela? Perguntar o que eu fiz pra ela me tratar assim? — perguntei para os meus amigos.

— Tá louca? Não vai a lugar nenhum! — bronqueou Zeca, que tinha acabado de chegar.

— Quero dizer pra ela se olhar no espelho e depois olhar pra mim. Não tem por que sentir ciúme de mim. E sou tão nada...

— Você não é nada! Ela que é insegurina — Zeca me confortou.

— E mulher bonita lá tem insegurança? — eu quis saber.

— Amorrrrr, você não entende nada da vida! Alou! São as que mais sofrem disso. É tudo doida! — sussurrou ele.

— Por isso mesmo acho que eu deveria falar com ela. Depois de anos de silêncio na outra escola, talvez seja a hora de conversar com quem me odeia, de tentar entender o motivo de tanto ódio.

— Fica quieta, Tetê. Essa gente não merece sua preocupação, sua amizade, seu carinho, nada. E esquece ela, esquece o pinto também! O Davi me contou a tragédia. Amorrrr, você tá sem bigode e sem sobrancelha! Tá linda e é isso que importa agora!

Dei um sorriso triste. Respirei fundo. Erick passou por mim antes de ir para o lugar dele no fundão e me olhou profundamente. Parou por uns segundos ao lado da minha mesa, segurou meu pulso que estava apoiado nela e disse, só com os lábios, sem emitir som algum:

— Desculpa...

Apenas balancei a cabeça e disse com os olhos para ele relaxar, que não tinha sido nada. Por dentro, eu estava arrasada, me sentindo muito mal. Coração acelerado, autoestima no pé e uma vontade imensa de chorar. "Ela é toda ruim." Essa frase não saía da minha cabeça.

Uns cinco minutos depois, Valentina voltou para a sala com Laís, as duas sentaram-se lado a lado, longe de Erick, e a cretina me olhou com raiva antes de se virar para a lousa. Baixei os olhos, quase pedindo desculpas para mim mesma por existir.

A professora de Português entrou, e a manhã seguiu calada e triste. Sem meu pintinho, sem atenção, sem nada que fizesse uma pessoa como a Valentina gostar de mim. A minha segunda-feira não tinha começado nada bem...

— Tão bonita e tão cruel — pensei alto.

— Esquece, Tetê! A garota não vale o chão que pisa! — ajudou Zeca.

— Mas é tão linda... Como pode? — desabafei, com um tantinho de inveja, admito.

— E seria muito mais bonita se fosse simpática — argumentou Davi.

— Algum defeito ela tem que ter — pensei em voz alta.

— É baixinha e odeia ser baixinha — contou Zeca.

— Sou alta, mas... De que adianta? Sou toda ruim...

— Ô, Tetê... Não fica assim... — consolou Davi.

Zeca se levantou para vir me abraçar e meu coração finalmente conseguiu sorrir aliviado naquele movimentado começo de dia.

Capítulo 11

NA HORA DO RECREIO, FOMOS PARA A QUADRA COM NOSSOS lanches. Estava rolando um jogo de basquete com o lindo do Erick, o Orelha e o Samuca, um amigo marrento deles, mas gente boa. Depois do recreio ia ter aula de Educação Física, então imagine meu humor.

Odeio Educação Física com todas as minhas forças. Nunca levei jeito para esporte. Com bola, então... Eu sempre fui um desastre. Parece que tenho manteiga nas mãos e, por isso, era a última a ser escolhida para um time. Na semana anterior foi um circuito idiota, com corridas, pulos, flexões e polichinelo. Tem coisa mais estúpida que polichinelo? Para piorar, naquela manhã fazia um calor senegalês! E eu suo mais que porca em abatedouro.

Enquanto devorava meu cachorro-quente com muito molho, mostarda e ketchup, Laís, Valentina e Bianca, outra do séquito da Valentina Cretina, chegaram na quadra com seus lanches *fit*. Andavam empinadas, como se, com o perdão da grosseria, peidassem bombom. Sabe gente que anda como se estivesse peidando chocolate suíço? Então, essas três são assim. Eu consegui ouvir o diálogo inteiro. Acho que Sua Majestade Idiotina falou bem alto de propósito, aliás.

— Vamos sentar aqui? — perguntou Laís.

— Perto dessa horrorosa? Deus me livre! Essa garota fede! — reagiu a sempre doce Valentina. — E quando não fede usa perfume de quinta!

— Ela tá uns cinco degraus acima na arquibancada, louca! — defendeu-me Laís.

— Pra você ver como ela fede. Dá pra sentir daqui.

Que mentirosa! Eu não estava fedendo. Juro!

Laís e Bianca gargalharam com sua rainha e a seguiram rumo ao outro lado da arquibancada. Não demorou muito para que uns garotos se levantassem para ceder lugar ao trio.

Perdi a fome na hora.

— Não vai parar de comer por causa dessa Valentina, né, Tetê? Se bem que eu pararia. Você tem que se alimentar direito, querida. Não só pelo visual, mas pela saúde, sabe? Não pode fazer bem comer salsicha e pão todo santo dia.

— Você tem razão. Vou passar a trazer umas frutas em vez de gastar dinheiro na cantina.

— Isso, isso mesm... Boa, Erick! Aêêê!!! Gente, o Erick ar--ra-sa no basquete — comentou Zeca.

— Espero que ele arrase no trabalho de História também. Se bem que... Mesmo quando ele comete uns lapsos, os professores o perdoam e dão notas boas. Eles adoram esse rapaz — comentou Davi.

— Sério? — perguntei.

— Sério.

— Não estou questionando o fato de adorarem o Erick, só tô chocada com o "rapaz"! — falei.

— É mesmo, Davi, "rapaz" não precisava, mas foi sofisti-cado, sabia? Lacrou! — Zeca entrou na brincadeira.

Rimos juntos, e voltei meus olhos para a quadra.

— Quem não adora o Erick? — suspirei, com olhos em formato de coração.

— Eu — rebateu Davi.

— Eu — repetiu Zeca. — Mentira, tô zoando. Adoro esse *rapaz*! — falou, tirando onda com a cara do Davi.

Sorri, feliz em me sentir acolhida e querida. E vale dizer que meu apetite logo voltou.

— Respira, Tetê! Come devagar! Se você não levar a sério a ideia das frutas, eu vou passar a trazer uns lanchinhos mais saudáveis pra não ficar se enchendo de bobagem da cantina. Você vai ver a diferença que faz se alimentar melhor! Vai ficar toda linda: corpitcho delicitcho, pele incrível, cabelo comercial de xampu e ainda vai dormir melhor!

Como não amar o Zeca?

O time do meu lindo ganhou, todos comemoraram com gritos e aplausos, mas acho que o meu coração foi o único que palpitou de felicidade. Nossa, que cafona! Mas é verdade! Fiquei tão feliz por ele com um simples jogo de escola que meu coração disparou. Até porque ele ficou lindo todo suadinho.

Nem saímos da quadra, pois a aula de Educação Física (argh!) seria lá mesmo. O professor Almir era um barrigudinho de olhos claros e postura de general. Falava grosso e, sem muita conversa, sem nem um bom-dia, mandou a gente aquecer correndo em volta da quadra. Samantha veio para o meu lado. Eu estava sem o Zeca e o Davi (a aula dos meninos era separada da nossa), havia perdido Abenebaldo, mas percebi que poderia ganhar uma nova amiga. A minha segunda-feira não estava tão ruim assim.

Depois de umas oitocentas voltas (foram menos, claro, mas sou exagerada) e dez flexões de braço (só tive força para duas), Almir logo dividiu as turmas em dois times. Não deixou ninguém escolher, formou as equipes e decretou:

— Handebol! Quero ver força, estratégia, foco! Vamboraaaa pro jogo! Uou!

Sim. Vambora e uou. Com direito a palmas enérgicas. Ele queria ser o Bernardinho, fato. Fiquei no time da Samantha, minha mais nova possível futura amiga. Logo no gol (eu que sou a maior mão furada de todos os tempos). Por que aquele professor estava me expondo ao ridículo de ficar no gol? Custava me botar no banco? Comecei a suar antes mesmo de a bola aparecer. Puro nervosismo. Só para ajudar a bola a escorregar ainda mais das minhas mãos.

— Não faz isso, *profe*! Meu time vai perder! — implorei.

E eu vou ser mais odiada ainda!, quis acrescentar.

— Quero que todo mundo jogue em todas as posições. Na próxima aula você fica no ataque.

— Não quero... — choraminguei.

— Não quer? Não quer? Dez flexões, então — ordenou o general. Ele adorava esse papel de mau.

— Desculpa, não era pra você ouvir, achei que tinha falado só na minha cabeça — confessei, já me encaminhando para o gol.

Começou o jogo. Laís passou a bola para Bianca, que passou para Valentina, que passou para Laís de novo, que passou para Fafá, que driblou Samantha e fez o primeiro gol contra meu time. Levei bronca das meninas e prometi ficar mais atenta e me esforçar ao máximo. Não demorou muito para que eu levasse outro e mais outro. Eu estava roxa de vergonha, sentindo-me a pior goleira do mundo. Eu nunca quis ser goleira! Estava mentalmente repetindo o mantra "vou agarrar todas", "vou agarrar todas", quando ouvi uma frase nada agradável.

— Segura essa, baleia com cara de cavalo!

Depois da agressão verbal, Valentina usou toda sua força e me deu uma bolada no peito tão forte que quase arrancou a alma do meu corpo. Fiquei alguns segundos sem respirar.

Mesmo com dor, comemorei. Sim! Eu agarrei!!!!! Logo a bola da Valentina Metidina! Mil exclamações se fazem necessárias! Pela primeira vez na vida eu tinha agarrado uma bola!!! E pulei, desengonçada, de olhos fechados como se não houvesse amanhã.

— Gorda! — gritou Valentina, sempre tão fina.

— *Gorda feliz que sabe agarrar!*

Não, claro que não tive coragem de dizer isso. Mas disse em pensamento e já me deu um alívio danado.

Por outro lado, Samantha puxou o corinho mais fofo do mundo:

— Te-tê! Te-tê! Te-tê!

Own... Tudo bem que ninguém fez coro com ela. Mas o que vale é a intenção!

A bola foi ao ar de novo e logo o nosso time fez gol! Yes! Agora o placar marcava três a um. Valentina Muito Vaquina estava bem irritada. Ficava perto do gol me olhando com desprezo e dizendo coisas como "Me aguarde, Teanira!". Depois veio uma nova bolada dela, dessa vez na minha cabeça. E doeu muito.

— Ai!

— Ai o quê? Deixa de ser fresca, sua gorda! — disse ela, carinhosa como sempre.

Quando o meu time já tinha virado (não estávamos ganhando por mérito meu, as meninas do time adversário que arremessavam mal, mesmo. Ainda bem!), outro ataque de Valentina. Dessa vez ela praticamente entrou com bola e tudo no gol e meteu a cabeça na minha boca. Para me defender, dei um empurrãozinho nela, para que ela se afastasse e eu pudesse colocar a mão na boca e ver se estava sangrando. Claro que estava. A mistura de gengiva, cabeçada, força e aparelho não podia dar em outra coisa.

— Você tinha que me agradecer, baleia. Devo ter endireitado seus dentes horrorosos.

— Valentina, por que você tá me tratando assim? — fiz uma tentativa sincera.

— O quê? Repete se você tem coragem! — Ela usou todo o potencial da sua garganta para gritar.

Almir apitou ao avistar o barraco armado e veio correndo na nossa direção.

— Sério, não entendo. Não fiz nada pra você...

— Ah, é?

— É! — respondi com toda a coragem que encontrei dentro de mim.

— É você que é tudo isso que tá falando de mim! Isso e mais um pouco. Sua falsiane louca!

E então ela partiu para cima de mim. E começou a puxar meu cabelo, a me arranhar, até soco na barriga ela me deu. E eu só pedia para ela parar, sem sucesso. Eu sentia dor, mas a dor maior era pela injustiça. O meu consolo era a esperança de que o professor Almir chegasse e tomasse providências ao testemunhar aquele teatro ridículo. Eu não via a hora de aquela menina levar uma bronca. Merecia, veio para cima de mim do nada, forjou um ataque verbal que nunca cometi...

— Acabou a palhaçada agora! — Almir botou ordem na quadra. Ufa!

— As duas para a coordenação! Agora!

— As duas?! — repeti, chocada, de olhos arregalados, com uma revolta no peito que não podia descrever.

— Como assim? Ela que me atacou, me xingou, disse coisas horríveis, você não viu? — disse a dissimuladina. — Eu só me defendi.

Caramba! Que mentirosa! Eu não estava acreditando que ela era capaz de tanto teatro!

— Eu... eu...

— Fala, Tetê! Conta pro Almir que você que começou! — provocou a cara de pau.

— Eu... Eu... — Eu não sabia o que dizer.

O professor deu a sentença:

— Eu que mando nisso aqui e as duas vão agora para a coordenação.

Nunca senti tanta vergonha, revolta e tristeza.

Capítulo 12

— NÃO POSSO ACREDITAR, FILHA! — BRONQUEOU MEU PROGENITOR. — No segundo mês de aula tem uma carta de advertência da escola?!

Em casa, na hora do almoço, com meu pai, meu biso e meus avós à mesa, fui obrigada a entregar aquele papel idiota, que era a prova de mais uma injustiça que eu sofria na vida, por causa daquela cretina que resolveu implicar comigo e eu não sabia nem bem por quê.

— A Marta foi jogar em Angola? Logo a Marta? Que pena...
— Claro que não, papai — retrucou minha avó. — Sua bisneta levou uma advertência.
— Por quê, querida? — quis saber meu avô.
— Porque se meteu em briga, seu José — explicou meu pai. — Na outra escola era ignorada e nesta se mete em confusão? Qual o seu problema, Tetê?
— Calma, Reynaldo. Deixa a menina explicar o que aconteceu. Tenho certeza de que não foi culpa sua, querida. Vovô conhece bem a neta que tem.

Eu amo tanto meu avô... Tanto, mas tanto... Então eu contei do jogo, das boladas, que eu só estava me defendendo, que a menina me chamou de gorda e tal, fez um teatrinho para justificar as agressões...

— Você não está gorda. Está só cheinha, já disse...

— Vó, meu peso é a última coisa que me incomoda nesse corpo ridículo que eu tenho...

— Não fale nunca mais assim, Tetê. É até pecado falar uma coisa dessas. Você tem saúde, isso é o que mais importa — confortou meu avô (sempre ele!).

— Meu amor, essa menina é uma desqualificada. Simulou uma discussão para te incriminar. Eu acho que vale você ir à escola para colocar os pingos nos is, Reynaldo Afonso — sugeriu minha avó.

— Não! Por favor, não! Só vai piorar ele ir lá me defender. Vai parecer que eu sou uma fraquinha que precisa do papai pra ser alguém.

— Então chama essa garota aqui pra eu dar uma coça nela! — brincou meu biso. — Só assim ela vai aprender.

Meu pai assinou a carta de advertência contrariado e eu, mais contrariada ainda, guardei na minha mochila para entregar para a coordenadora no dia seguinte. E passei o resto da tarde fechada no meu quarto lendo, lambendo minhas feridas, ouvindo "Clocks", do Coldplay, seguidas vezes. (*Am I part of the cure? Or am I part of the disease?*, diz a letra. E eu? Sou parte da cura ou da doença? Da doença, concluí sem titubear.) Estava triste com o que tinha acontecido, triste com o rumo que as coisas estavam tomando, triste com o futuro incerto. Mas existe futuro certo?

No dia seguinte, fiz de tudo para não trocar nem um olhar com a Idiotina e evitei ao máximo estar no mesmo ambiente que ela nos intervalos das aulas. Mas na hora do recreio tive a infelicidade de dar de cara com essa pessoa odiosa chamada Violentina ao sair do banheiro. Ela olhou bem para o meu rosto e disse olhando nos meus olhos:

— Só não encho essa sua cara horrenda de tapa porque não quero sujar minhas mãos com um ser desprezível como você.

Aí não aguentei. Não era possível eu deixar a Ciniquina sair por cima da situação e ainda achar que metia medo em mim. Respirei fundo, tomei coragem e fui atrás dela. Ah! Fui mesmo! E chamei:

— Valentina! Valentina!

Mas a Metidina nem se incomodou. Continuou andando pelo pátio. E eu berrei:

— Para de fingir que não está me ouvindo! Olha pra mim!

Ela se virou com a cara mais esnobe do mundo, com aquele cabelo de comercial de xampu, e não disse nada. Segui em frente, acreditando que estava fazendo o certo. E soltei:

— Por que você me trata assim?

— Você não entendeu ainda? Então eu vou fazer a caridade de te explicar. São vários motivos. O primeiro: você dá em cima do meu namorado descaradamente desde o primeiro dia de aula. O segundo: você fede. Terceiro: você é feia. Quarto: você é sem graça. Quinto: você me dá nojo. Sexto: seus dentes me irritam. E tem muitos outros motivos, mas não vou ficar aqui perdendo mais tempo me explicando pra você.

E a única frase que consegui dizer depois de todas as agressões foi...

— O que te fez ficar amarga assim?

— Amarga!? Ih, garota, sai de mim! Não quero que ninguém me veja conversando com você, não! Que mico!

E ela disparou andando na minha frente. Eu podia sentir seu ódio em cada célula do meu corpo. Se ela pudesse, com certeza me daria de novo uma bolada no peito. Fiquei paralisada ali no meio do pátio, pensando no que eu poderia fazer para mudar aquela situação. Será que a vida toda eu seria rejeitada pelas pessoas populares? O que havia de errado comigo? Então, de repente ouvi uma voz.

— Não liga. Ela não é amarga.

Levei um susto. Era Samantha.

— Na boa, cara, eu não entendo você! — esbravejei. — Se isso não é amargo, é o quê? Doce é que não é, pelo amor de Getúlio!

— Quem é Getúlio?

— Deixa pra lá, é uma longa história — respondi, com uma parte de mim satisfeita por ter pegado a mania do Zeca, mas ainda intrigada com o que a Samantha tinha dito. — Mas me explica: por que você defende tanto ela?

— Porque teve um tempo em que todo mundo meio que pegava no pé dela, sabe? — explicou Samantha, para o meu espanto.

— Pegavam no pé? Dela? Da Valentina Mentirosina? — falei, sem acreditar no que eu tinha acabado de ouvir.

— Ela sempre foi muito bonita, e meio marrenta também...

— MEIO? — debochei.

— Tá... Bem marrenta. Mas era na dela, não tinha amigas... O povo isolava ela legal. Só os meninos se aproximavam. Aí umas meninas começaram a falar que ela era... Que ela era... sabe?

— Era o quê? Assaltante? Mandadora de nudes? Vaca? Hermafrodita? Parida por uma jararaca? — ironizei.

— É, por aí mesmo. A palavra tem a ver com bicho sim... — Samantha estava sem jeito de me dizer.

— É o que eu tô pensando? O povo dizia que ela era... era... *piranha*? — pronunciei a última palavra em um tom mais baixo.

— Isso mesmo. Ela ficou com uma fama péssima, andava triste pelos cantos, chorava escondida no banheiro. O pai dela veio na escola e tudo, porque ela pediu pra sair quando começou a se sentir excluída.

— E aí?

Uau! Eu estava louca para saber o fim da história! Aquele assunto me interessava muito. Não tinha ideia de que gente bonita também podia sofrer bullying. Como assim a Valenti-

113

na sabia o que era se sentir excluída e fazia o mesmo comigo e com outras pessoas? Será que não tinha aprendido nada, a Valentina Burraldina?

— E aí que não adiantou. Mas...

— Mas o quê? Deixa de suspense, Samantha! Conta logo! — pedi, curiosa ao extremo.

— Daí que a sorte virou pro lado de Valentina Coitadina e ela começou a namorar o Erick no ano passado. Então todo mundo começou a bajular a Cretina. Todos passaram a *shippar* os dois. Erickina. Ou Valerick, como preferir.

Claro que não foi a Samantha que disse isso, né?

— Zecaaaa! Você estava ouvindo nossa conversa? — bronqueei, aos risos.

— Claro! Fofoca boa a gente tem que ouvir. Pra ver se a sua versão teve algum upgrade.

— E teve? — questionou Samantha.

— Não. Depois disso ela começou aos poucos a botar as asinhas de fora de novo e virou a rainhazinha da escola. Erick já era o rei. Só que ele sempre foi humilde e por isso querido por geral. Já a Metidina...

— Não entendo como uma pessoa que sofreu não aprende a lição. Ela devia ser bem mais legal — pensei alto.

— Ela é insegura! Eu acho que ela ataca pra se defender, pra evitar virar alvo de novo, sabe? — teorizou Samantha.

— Samantha, eu não te entendo! Você é muito boazinha, sabe? A garota era sua amiga, deixou de ser do nada, hoje te hostiliza e você segue defendendo a maluca? Eu, hein?! — atacou Zeca.

— Eu não gosto de fazer mal, de julgar ninguém... Sou assim... — argumentou. Fofaaaaa! Nesse instante seu celular tocou. Era a mãe da Samantha. — Vou ter que atender! Daqui a pouco a gente se fala, ou então encontro vocês na sala.

Zeca fez uma cara esquisita e hilária como todas as caras que ele fazia. Exagerado, careteiro.

— Que foi? — perguntei para ele.

— Ela não é essa santa toda, não, tá, Tetê? Parece que já teve um rolo com o Erick...

— Jura? E ele já estava com a Valentina? Ele traiu a Valentina com ela? Foi antes de ele ficar com a Valentina? Quem deu em cima de quem? Quando? Como? — perguntei, com olhos arregalados de surpresa.

Aquele recreio era o mais animado da minha vida.

— Ah, Tetê, muita pergunta! Não sei de nada... Não me comprometa! Só sei que deu ruim e elas se afastaram. Mas acho que nenhuma delas é mocinha nem vilã nessa história, sabe? Abre o olho, garota!

Rimos. O sinal tocou, e eu fiquei com a pulga atrás da orelha.

Capítulo 13

Já estávamos no meio de abril quando um dia cheguei em casa e nem acreditei no que estava acontecendo. Tive a maior surpresa dos últimos tempos. A maior alegria, o melhor momento...

Melhor que picolé de limão!

Melhor que um balde de batata frita com ketchup!

Melhor que meu macarrão com gorgonzola e nozes!

Muito melhor!

Ao abrir a porta do quarto, meu celular fez *plim*. Olhei para ele e... tchanããã! Era um convite! Para mim! Para minha pessoa! Sim! Sim! Isso mesmo!!!! Era a primeira vez na vida que um convite chegava para mim! E não era engano! E mais: não era convite de loja anunciando promoção, não! Era festa! Sim! Festa!!!

Alou, Brasil, Polo Norte e China!

> **ZECA**
>
> Aniversário do Orelha! Partiu? Clube Piraquê, dia 25 de abril, das 21h até o sol raiar. Vai encarar? 👂

Dei um berro.

Logo minha avó veio ver o que tinha acontecido.

— Que foi, minha filha? Se machucou? — perguntou, com desespero nos olhos.

— Não, vó! Fui convidada pra uma festa!

— Não!!

— Sim!!

— Ô, minha filha... Dá um abraço na vovó, dá?

— Eu ouvi bem? Você foi convidada para uma festa? — Era meu pai que chegava também.

— Fui, pai! Não é o máximo!?

— O máximo! — reagiu ele, genuinamente feliz.

As pessoas se dividem em duas categorias: as que são convidadas para tudo e as que não são convidadas para nada. Eu, obviamente, me enquadro no segundo grupo. Tenho plena noção de que um adolescente de 15 anos que vive indo aos mais variados eventos jamais entenderia minha imensa alegria por causa de um convite.

A única festa para a qual eu fui convidada me marcou como uma das piores experiências da minha vida. Nem teve convite. Soube na escola antiga que uma menina daria uma festa a fantasia e fazia questão que eu fosse. Lembro tanto da quentura de felicidade que subiu pelo meu corpo... Quase abracei a Suzana, a garota que me contou da tal festa. Era festão, salão de festas, superprodução. Fui de Mulher Maravilha, que eu amo (sempre quis ter um avião invisível para chamar de meu)! Obviamente, eu era a única fantasiada. Foi uma derrota. DERROTA. E a aniversariante nem tinha me convidado! Nem sabia da minha existência, mas disse que achou bom eu ir para "divertir o povo". Não consegui ficar nem cinco minutos. Saí me acabando de chorar enquanto os convidados se acabavam de rir. Nunca vou entender qual é a graça de fazer isso com alguém. E a Suzana nem pediu desculpas. Fez de maldade. Isso é maldade, né? Enfim... Acho que o Orelha não faria nada parecido comigo.

Até porque agora eu tinha como confirmar se ia ter festa mesmo com Zeca, Davi, Samantha e... meu lindo Erick.

Dali a alguns minutos, meu avô entrou no quarto e me entregou um envelope.

— O que é isso vovô?

— É para você. Para a festa. Compre uma roupa bem bonita, você merece!

Corri para dar um abraço apertado naquele homem que era tão especial para mim. Ele realmente não existia! Eu tinha muita sorte de tê-lo na minha vida!

Na manhã seguinte, na escola, para minha alegria, todo mundo só falava do aniversário do Orelha.

— É pra zoar até a madrugada! Quero ver quem aguenta! — repetia ele, com aquele sorriso que não saía da cara.

— Que tipo de gente você chamou, Orelha? — quis saber Valentina Intrometidina, aquela fofura de pessoa.

— Chamei geral. Até os professores!

— Professores? Eeeeca! — A cara de buzina torceu o nariz.

— Qual o problema?

— Que professor que vai à festa de aluno, Orelha? — perguntou Laís.

— Na boa, não sei como você consegue ser tão simpático com todo mundo — comentou a Metidina.

— Eu sou incrível, Valentina! E não me enche muito o saco que falta isso aqui pra eu te desconvidar — rebateu Orelha, sem pensar duas vezes.

E Orelha virou ali, naquele momento, meu maior ídolo.

— Ai, seu grosso! — resmungou a Rainha da Cocada Pretina.

— Uma festa sem a Valentina não é festa, Orelha — comentou Bianca.

— Vocês babam muito o ovo dessa garota. Pensa que ela tá com essa bola toda? Tá nada! Quero ver se no dia que ela e o Erick terminarem vocês vão puxar o saco dela assim — mandou Orelha.

— Eu e o Erick somos pra sempre, tá, seu invejoso? — Valentina tentou sair por cima.

— Eu não teria tanta certeza... — Orelha plantou a semente da dúvida na menina.

Valentina mudou drasticamente de fisionomia.

— Por que você tá falando isso? Ele comentou alguma coisa com você? A gente tá tão bem que... — ela desandou a falar, desconcertada.

— Claro que não, garota! Tô zoando! — falou Orelha, mas ninguém entendeu muito se era para zoar mesmo ou não.

E já era. A pulga tinha ficado atrás da orelha da Metidina. Todo o meu amor ao Orelha.

No outro dia, tudo correu bem, embora Davi estivesse disperso como eu nunca tinha visto. Não participou das aulas, não anotou muito as coisas... Parecia que não estava lá. No intervalo, perguntei se estava tudo certo.

— Mais ou menos. Meu avô não está muito bem... Mal saiu do hospital e já está ruinzinho de novo...

— Puxa, Davi... Não sabia. Posso ajudar em alguma coisa?

— Obrigado, Tetê. Vai ficar tudo bem, eu espero. Estou só triste. Mas o Dudu está voltando de Minas. Conseguiu transferência da faculdade e vai ficar no Rio direto agora, pra me ajudar a cuidar do nosso velhinho — contou. — Quando somos jovens não temos muita noção da nossa finitude, mas ao envelhecermos ela bate na nossa porta diariamente, com uma dor, uma doença, um amigo que se vai... A velhice tem dessas coisas, não é mesmo?

Como agir diante disso? Eu queria tanto ajudar meu amigo... Eu não queria ver o Davi triste, mas não sabia muito bem o que fazer naquela situação.

— É...

Foi tudo o que consegui dizer. Eu sou uma estúpida mesmo.

— O que é isso na sua boca, Tetê? Herpes? — chegou Zeca para levantar o astral. — Cruuuuzes!

— Ai, meu Deus! Não! Nunca tive! — Levei minha mão à boca instintivamente.

Mas Zeca se aproximou, tirou minha mão e colocou a dele perto dos meus lábios sem a menor cerimônia e limpou alguma coisa.

— Graças a Deus é só baba mesmo. Baba com restinho de comida. Olha só, amor, não adianta nada depilar o buço e a sobrancelha e ficar andando com baba gosmenta no canto da boca, tá? — implicou. — Hashtag fica a dica. E se joga nos meus braços que eu vou cuidar de você. Hoje à tarde. Combinamos ontem, não quero saber de desculpas.

Eu só ri.

— Eu sei, doido! Já avisei lá em casa que vou almoçar fora hoje.

Na saída, deixei Zeca "cuidar de mim", como ele disse que faria. Cismou de me produzir para a festa e para o dia de fazer o trabalho, que se aproximava. Tínhamos combinado de ir ao shopping Rio Sul comprar a roupa para a festa do Orelha.

— Se tem uma coisa que nasceu comigo, além da minha infinita beleza, é bom gosto e bom senso, Tetê — afirmou a pessoa mais divertida e menos modesta que conheci na vida.

— Por isso eu não ia su-por-tar te ver feia na festa do Orelha. Se você aparecesse toda mocoronga com uma roupa de hippie equivocada eu ia socar tanto a sua cara tanto, mas tanto...

— Nossa, que delicado da sua parte... — reagi, rindo.

Como não cair na lábia dessa doçura? Eu achei que seria um programa meio fútil, mas pensar em passar uma tarde toda com um amigo no shopping era um sonho para mim. Então confesso que fiquei bem animada. Chegamos ao Rio Sul, e eu sugeri comer no McDonald's, mas tomei outra bronca do Zeca, e almoçamos em um restaurante de comida saudável, por insistência dele. E, assim que passamos em frente a um salão de beleza, ele agarrou minha mão e me puxou para dentro.

— Surpresaaaaa!!

— Como assim? A gente não ia comprar roupa?

— A gente não pode comprar roupa com esse seu picumã, amor!

— O que é picumã?

— Cabelo, louca! Chega! Desapega. Já deu desse picumã de pagadora de promessa!

— Mas não tem que marcar hora?

— Eu já marquei, deusa! Por isso falei "surpresaaaa!". Ai, Tetê, acorda!

— Mas eu só trouxe dinheiro pra comprar roupa!

— Que dinheiro? É presente meu, fofolete!

Me deu um frio na barriga... Aquele cheiro delicioso de xampu de salão, o barulho dos secadores, todos ali alimentando a vaidade, enriquecendo a indústria dos cosméticos, cuidando da parte de fora para tentar ficar melhor por dentro. Travei com esse pensamento.

— Que foi, Tê? Vem! Marquei com o Tiago, ele é o melhor! Confia...

— Não sei se quero...

— Não quer o quê?

— Ficar igual a elas.

— Elas quem, Senhor?

— Ah... À Valentina, à Laís, à Bianca...

— Pelo amor de Getúlio! Claro que não! Por que você acha que eu ia querer te deixar como elas?

— Sei lá... Porque elas são tudo o que toda garota quer ser.

— Amor, esse slogan é da Barbie.

— É?

— Não sei, mas devia ser. Ter aquela cintura e um Ken pra chamar de seu é o sonho de todos os seres humanos de bom gosto. O cabelo dela é meio ressecado, mas quem liga?

Diante da minha cara, ele continuou, agora mais sério.

— Tetê, você não vai ficar igual a elas nunca. Sua essência é diferente. Relaxa e se joga.

Respirei fundo antes de dizer o que estava na minha cabeça:

— Você quer que eu mude pra que eu me sinta incluída? Porque não vou mudar pra ser aceita, nem vem, não quero que...

— Não! Para! Quero que você melhore o visual porque gosto de você e sei do seu potencial. Não quero te mudar! Quero só que você entenda que um corte de cabelo bem-feito muda a vida, muda a autoestima. Você vai se sentir melhor com o espelho, coisa que sei que você não gosta.

— Não passo nem perto.

— Pois é. E espelho é a melhor coisa da vida, você só não sabe disso ainda! Vem ser feliz ao meu lado!

Tiago e Zeca pareciam ser bem amigos. Segundo Zeca, o cabeleireiro era sua "pessoa favorita no mundo". Achei a coisa mais fofa! Sentada na cadeira, não falei nada. Apenas observei os dois discutindo sobre o formato do meu rosto e o tipo do meu cabelo. E consenti que Tiago seguisse as diretrizes de Zeca, meu amigo e, agora, *stylist*. Só avisei que não queria fazer nada de progressiva, essas coisas. Os dois falaram que nem pensaram nisso.

Como meu cabelo era bem comprido e reto, pude doar para uma instituição que faz perucas para pacientes com câncer. Foi tão bom fazer isso! Minha alma sorriu quando vi quase dois palmos de fios serem cortados da minha cabeça. Outras cabeças precisavam deles muito mais que eu.

Corta daqui, repica dali, um palmo de cabelo aqui, outro ali, uma franja para esconder a testa grande e espinhenta e... *voilà*.

Estava pronto. Era só secar e...

— Tetê do céu... Você tá linda... — elogiou Zeca, meio embasbacado.

— Outra pessoa! — complementou Tiago.

— Nossa! Tava tão ruim assim?

— Tava — responderam os dois em coro. Palhaços.

— Volta no fim da semana se quiser fazer umas luzes. Te dou uma hidratação de presente depois — ofereceu Tiago.

— Fofo! Nem sei o que dizer...

— Diga sim. Sou o melhor de luzes aqui dentro. E fora daqui também.

— Gente, onde você e o Zeca compraram essa autoestima tinha mais pra vender? — brinquei.

— Amor, se a gente não se ama ninguém ama a gente. Fica a dica — ensinou Tiago. — Vem fazer as luzes, boba. Seu cabelo vai ficar ainda mais bonito.

— Não sei... Não quero ficar loira!

— Quem falou em loira, garota maluca? Ele quer só dar uma iluminada no seu rosto.

— Ô, gente...

— Olha pro espelho e diz que você tá linda! Que tá se sentindo linda! Que se pegava toda! — Zeca se empolgou. — Bota a cara no sol, Tê! Bicha bonita não se esconde!

Fiquei roxa.

— Olha pra você! Ficou até mais magra!

— Não exagera!

Sorri, feliz. Naquela época tudo que eu queria era ser magra, especialmente depois de conhecer Valentina. Eu estava me sentindo tão bem, tão amada, gostando tanto daquela paparicação toda, daquela atenção inteira só para mim, daquele agrado no corpo e na alma, que nem estava tão ligada no resultado final. Aquilo tudo já estava tendo um valor tão grande que eu pressenti que minha vida nunca mais seria a mesma.

— Você tá se achando linda, não tá?

— Nem sei, Tiago.

— Como nem sabe? Olha pro espelho direito, menina! — ordenou Zeca.

Então resolvi dar uma chance e analisar detalhadamente meu reflexo. Nooooossa, eu estava mesmo diferente! O corte mudou bastante meu rosto. Fiquei mais leve, menos escondida... Minha sobrancelha até apareceu mais. Eu me sentia definitivamente mais feliz. Que loucura... Como pode ser isso? Um corte de cabelo tem esse poder mesmo, de mudar por fora e por dentro. Eu estava me sentindo mais bonita, sim. E nunca tinha me sentido daquele jeito. Aquilo dava uma confiança que eu nunca imaginei ter. Abri um sorriso com todos os meus dentes tortos à mostra e... chorei. Sim, chorei. Choro até em comercial ruim de detergente, imagina se não choraria ao ver a mudança que fez um corte de cabelo, ainda mais sendo presente de um amigo tão especial como o Zeca.

Os dois me agarraram cheios de sons fofinhos, tipo oooown, cute-cute, nhénhééé...

— *Coja masi malavilosa* dessa vida! — soltou Zeca. — Nem pensar em chorar — disse ele, enxugando a lagriminha que caiu do olho dele, sim, que eu vi. — Temos um vestido ainda pra comprar! Agora diz! Tá linda ou não tá?

— Ah... linda eu acho que nunca vou me achar...

— Tá linda ou não tá?

— Nunca vou...

— Tá linda ou não, garota chata?! Fala!! — insistiu o Zeca.

— Fala logo, Tetê, senão vocês não vão sair daqui! — pediu Tiago.

— Tô — disse, baixinho.

— Não ouvi. Tira o ovo da boca e fala, criatura.

— Tô! — respondi alto.

— Tá o quê?

Nossa, como era difícil verbalizar o que ele queria que eu verbalizasse. Minhas mãos chegaram a ficar suadas.

— Tá o quê? Anda, Tetê! Fala!

— Tá bem! Tô linda.

— De novo! — falaram os dois juntos.

— Tô linda!

— Mais alto! — gritou Zeca.

— Tô lindaaaa! — gritei, chamando a atenção das pessoas, que certamente me acharam louca.

E aquilo foi tão mágico e libertador, tão importante verbalizar aquelas palavras... tão forte... tão inédito... que eu até sorri falando. Não de nervoso, mas de felicidade. Por tudo: por ter a coragem de dizer aquela coisa maluca, por ter uma tarde de princesa com meu amigo, por ter um amigo e por estar me achando bonita (não linda, mas isso o Zeca não precisa saber) pela primeira vez em toda a minha vida. Zeca e eu nos despedimos do Tiago e saímos abraçadinhos pelo shopping. Eu estava toda feliz e emocionada. Parecíamos namorados, de tanto grude e sintonia. Mas era melhor que isso.

Zeca era meu amigo. Meu grande amigo.

Entramos numa loja e ele separou vários vestidos. Peguei um discretinho para experimentar e levei bronca.

— Ah, não! Nem pensar! Vai parecer um chuchu de hospital com esse vestido. Você é muito branquinha pra usar nude.

— Nude? Achei que era bege...

— Ai, Teanira! Em que mundo você vive, pelo amor de Getúlioooo?!

— Tá. E esse aqui?

— Ai, isso não é um vestido, é uma burca, amor, aprende. Tetê, realiza: você precisa mostrar o que tem de bom. Muita gente parece estranha de corpo e nem é; é só por causa das roupas que escolhe.

— No meu caso, eu sou estranha mesmo.

— De jeito nenhum! Você é toda bonitinha, toda proporcional, corpo violão. Tá gata, tá diva, tá gostosona.

E assim, depois de ouvir palavras de incentivo saídas não da boca, mas do coração do Zeca, entrei na cabine e fiz até desfile com as roupas que experimentei. Com direito a caras e bocas, fotos e produção completa: vestido, brincos, sapatos. Ai, que delícia de dia!

— Eu tô amando isso! Tô me sentindo a Julia Roberts fazendo compras na Rodeo Drive em *Uma linda mulher*. Sabe esse filme, Zeca?

— Como assim? Eu amo/sou esse filme! É o sonho da minha vida ter um milionário bancando minhas roupas e meu caviar com champanhe. Amuuuuu! — exagerou o Zeca.

— Sinceramente, tô achando o máximo passar a tarde com você! Não precisa ser milionário, não!

— Mas é muito louca mesmo. Essa aí bateu a cabeça na maternidade, não tem jeito, não!

— Sério! Tá melhor do que o melhor programa de transformação!

Foi uma tarde inesquecível. Sou exagerada, eu sei, mas juro que foi. Escolhemos um vestido verde-musgo bem bonito. Pernas de fora (ele me fez jurar que eu rasparia), marcado na cintura, com um decote redondo que, segundo Zeca, valorizava meu colo.

Nem Zeca nem eu tínhamos ideia do que viveríamos na festa do Orelha.

MACARRÃO COM GORGONZOLA E NOZES
DIFICULDADE: DÁ PARA FAZER DE OLHOS FECHADOS.

#OQUEVAI
MASSA DE SUA PREFERÊNCIA (EU PREFIRO PARAFUSO) • UM TRIÂNGULO GORDINHO DE GORGONZOLA • 30 ML A 50 ML DE ÁGUA • UM PUNHADO DE NOZES

#COMOFAZ
1. Bote a massa para cozinhar numa panela com BASTAAAAANTE água. Demora uns 10 minutos para ficar *al dente*. **2.** Enquanto o macarrão está na panela, pique as nozes com as mãos. CUIDADO PARA NÃO CAGAR A COZINHA TODA. JÁ CAGUEI E LEVEI BRONCA, POR ISSO O AVISO AQUI. **3.** Deixe as nozes de lado e coloque o queijo em outra panela para que ele derreta, acrescentando água aos poucos. **4.** Quando o gorgonzola estiver derretido e com consistência de molho, é só tirar do fogo, tacar as nozes e misturar com a massa. DELÍCIA QUE IMPRESSIONA. TODOS FAZEM MIL ELOGIOS DEPOIS DE COMER.

Capítulo 14

CHEGUEI EM CASA E FOI UMA ENORME FESTA NA MINHA FAMÍLIA. Todos elogiaram e adoraram meu corte de cabelo e a roupa que comprei. E ficaram curiosos para conhecer o Zeca, para quem eu estava fazendo minha especialidade, palha italiana. Precisava agradecer tanto carinho com comida (a melhor coisa da vida!).

Mas o grande impacto aconteceu mesmo no dia seguinte, ao chegar na escola.

Entrei na sala e já comecei a perceber os olhares. Não acusatórios ou debochados. Mas senti uma certa surpresa nas pessoas. Parece que todos viraram para mim e me olharam quando passei pela porta. Não sei se porque me acharam bonita ou se porque EU estava me achando muito melhor do que antes. Mas definitivamente foi uma sensação boa!

— Olha ela aí! Uau! Você está diferente, Tetê. O que aconteceu? Você emagreceu? — perguntou Davi.

— Não. Acho que não — falei, meio sem graça.

— Calça nova? — tentou adivinhar.

— Não também — respondi, achando muito divertida a cegueira masculina.

— Ela cortou o cabelo, Davi! Alou! — disse Zeca, assim que se aproximou de nós.

— Ah, claro. Sabia que havia algo diferente na Tetê. Ficou bonita!

— Eu acho que ficou muito bonita — rebateu Zeca.

— Ficou linda, Tetê — elogiou Erick.

Alou, Brasil, Polo Norte e China!

O Erick me fez um elogio! Erick, o divo. O lindo. O perfeito. O *deuso*. Quando virei para trás e vi que foi daquela boquinha carnuda que haviam saído as palavras mais sensacionais do mundo, não consegui dizer nada. Meu queixo caiu e caído ficou.

— O-bri-ga-da! — reagiu Zeca. — É assim que a gente fala quando recebe um elogio desses, Tetê! *Vai, menina!*

— Ah, desculpa. Erick... Não esperava ouvir isso de... de... de voc...

— De manhã! De manhã é a hora do dia que a gente mais se acha uó e tem certeza de que não vai ouvir nada de bom sobre nossa aparência! — Zeca entrou em ação para me corrigir. — Não é isso que você ia dizer, Tetê?

— É... É, sim... É que... Ah, Erick... Você é tão... tão...

— Gentil. Obrigado, de nada! Agora vem comigo lá fora que preciso te mostrar a raiz do meu cabelo — pediu Zeca, agarrando minha mão e me puxando para fora da sala.

Atônita, nem questionei a atitude do meu superamigo e me deixei ser arrastada para o corredor.

— Tetê, sai do transe e olha pra mim! Anda, garota! Olha pra mim! — ordenou Zeca, me sacudindo como se eu estivesse sob o efeito de alguma hipnose.

Eu devia estar mesmo. Parecia que o meu coração batia em câmera lenta. O mundo girava em câmera lenta. Tudo em volta estava devagar, como se o tempo não quisesse passar, como se eu quisesse fazer a sensação de receber um elogio do menino mais lindo do mundo durar o máximo possível.

— Que foi? — perguntei, quando enfim o planeta voltou ao ritmo normal.

— Esquece esse negócio de *Erick, seu lindo*, de botar o ego dele nas alturas.

— Mas ele me elogiou! Você viu?

— Pelo amor de Getúlioooo! Claro que vi, Tetê! Por isso te arrastei pra cá. Agora você tem que ser esperta e deixar de encher a bola dele. O cara já sabe que você é louca por ele.

— Eu não sou louca por ele.

— Dã! É, sim!

— Sou, sim.

— Então escuta: vai por mim. Garoto não gosta de menina babona.

— Eu não sou babona!

— Claro que é!

— Claro que sou...

— Então... Se você quiser ter alguma chance com o Erick, pelo amor de Getúlio, faz jogo duro! Isso dá certo desde o tempo da minha avó. E é inacreditável, mas continua dando certo até hoje. Então, segura esse olho brilhando e essa sua boca frouxa que só sabe elogiar o garoto!

— Você é gente boa, mas é meio louco, né? — falei para ele, achando que fazia muito sentido.

— Talvez maluquinho. Mas louco não sou, não.

— É, sim. Você é louco de achar que eu tenho alguma chance com o Erick! Ele namora a Valentina!

— A menina mais chatina do mundo? E daí? Aprende a se valorizar, chuchu! Você é linda por fora e, principalmente, por dentro. Só você que não sabe!

Apenas suspirei. O professor chegou e demos por terminada a conversa. Eu sorria por fora, meu peito sorria por dentro e a certeza de que eu nunca tinha sido tão feliz estava impressa no meu rosto. A vida vem em ondas mesmo, já disse Vinicius.

A semana passou voando e o sábado, dia da festa do Orelha, chegou com tudo! Zeca me convenceu a fazer as luzes para iluminar meu rosto e minha mãe implorou para que eu pintasse as unhas, então lá fui eu novamente me entregar aos cuidados de Tiago.

Ao chegar ao shopping, encontrei o Davi, que estava com um cara absolutamente lindo, maravilhoso, belíssimo e esplendoroso.

— Oi, Tetê! Que coincidência te encontrar aqui!

— Oi, Davi!

— Este aqui é o Dudu, meu irmão. Lembra que eu te falei dele?

Então aquele era o Dudu? Nossa, Dudu. Nunca pensei que Dudu fosse daquele jeito. Dudu era tipo... Uau! Duduau! Meu Deus! Como o Davi nunca tinha dito que o irmão dele era um pedaço de céu? Meninos não falam esse tipo de coisa, né? Não, não falam.

— Encantado — disse ele, tal qual o dia em que eu e o Davi nos conhecemos.

— Encantada estou eu... nossa...

Sim. Eu uni essas palavras e transformei em cumprimento na primeira vez que vi o Dudu. Eu devia ser banida do planeta, fato.

— É... — Ele ficou completamente sem graça.

Para, Tetê! Caramba! Não vai estragar as coisas!, briguei comigo mesma.

— Desculpa! É... Eu quis dizer prazer, encantada! Desculpa.

— Ah, sim... Prazer. — E ele estendeu a mão para me cumprimentar.

— Veio comprar presente pro Orelha? — perguntou Davi, salvando-me da saia justa.

— Já comprei. Vim só ao salão de beleza mesmo.

— Salão de beleza? Nem precisa! Você já é tão bonita... — comentou Dudu.

Meu Deus!!! O que foi que você falou?, tive vontade de perguntar. Ah... Está retribuindo meu *encantada*, com certeza. *Menino educado*, pensei, respondendo à minha própria pergunta. *Ou é isso ou não enxerga direito. Deve ser míope. Ou então é só doido*, concluí.

— Desculpa, tô brincando — corrigiu ele, diante da minha mudez.

— Sabia... — pensei em voz alta.

— Na verdade, eu não estava brincando... Quero dizer... Não nesse sentido...

— Arrã... — intrometeu-se Davi. — Então... Eu comprei pro Orelha um livro sobre física quântica. Acredito que ele goste do assunto. Quem não gostaria, não é mesmo?.

Uau! Quem GOSTARIA de ganhar um livro de física quântica no aniversário de 16 anos?

— Claro! Geral gostaria! — menti. — Ge-ral! — Eu sou péssima! Péssima! — Eu comprei uma camiseta mesmo. Não tem erro, né?

— Não tem — respondeu o Dudu, olhando para mim.

— Quer que a gente te acompanhe até o salão? — questionou Davi. — Vamos comprar uns docinhos portugueses no quiosque que fica no mesmo andar.

— Docinhos portugueses? Ora, pois, não sabia que gostavas...

— Não gosto — reagiu Davi.

— Nem eu. É pra nossa avó, pra ela ficar mais alegrinha — complementou Dudu.

Own... Que meninos mais fofos! Tão fofos que deu vontade de morder a bochecha deles. Sou meio doida, né? Tudo bem que ninguém deu a mínima para a minha quase perfeita imitação do português de Portugal.

— Claro! Vamos lá! — aceitei a gentileza.

Os irmãos fofura me deixaram na porta do salão. Perguntei se o Dudu iria à festa e ele disse que não sabia, já que estava se achando "velho" para esse tipo de comemoração. Fiquei decepcionada e dei um jeito de incentivar.

— Mas tem que ir pra se enturmar. Você quase não deve ter mais amigos aqui no Rio! Ficou quanto tempo em Minas?

— Praticamente dois anos. Mas agora voltei pra ficar.

— Oba!

Sim. Eu. Falei. Oba. Ele apenas sorriu. Eu disfarcei.

— Bom, obrigada pela companhia! Espero ver os dois hoje à noite na festa! — falei e fui me despedindo de longe, já entrando no salão.

Meu pensamento ficou estacionado naquela imagem do Dudu. E era estranho porque eu fiquei com muita vontade de voltar a vê-lo e torcendo o tempo todo para ele ir à festa. Só me distraí mesmo quando o Tiago chegou na recepção do salão de beleza.

E não é que meu segundo dia de dondoca na semana foi divertido? Ri muito com ele e com a manicure, a Elza. Ô, mulher engraçada. Quando eu elogiei seu cabelo, ela rebateu:

— Amor, não é só o cabelo, eu sou toda linda. Linda de bonita! — disse ela, que talvez não fosse considerada linda de bonita pela maioria das pessoas, mas seu bom humor a deixava especial.

Tiago cismou de fazer escova no meu cabelo para que eu conseguisse "visualizar melhor" as luzes. Ai, ai, esses cabeleireiros. Mas, realmente, com o cabelo mais liso (não muito, porque nunca gostei de cabelo muito liso, acho que fico com cara de biscoito recheado) as luzes apareceram mais. E pude encher a boca para dizer:

— Ficou lindooooo!

Em seguida, dei um abraço apertado no cabeleireiro mais fofo do mundo e fui toda confiante (linda) e serelepe para casa.

PALHA ITALIANA
DIFICULDADE: EASY, BABY!

#OQUEVAI
1 LATA DE LEITE CONDENSADO • 4 COLHERES DE SOPA DE CHOCOLATE EM PÓ • ½ COLHER DE SOPA DE MARGARINA • 1 PACOTE DE BISCOITO MAISENA

#COMOFAZ
1. Taque numa panela o leite condensado, a margarina e o chocolate. **2.** Misture tudo até começar a ver o fundo da panela (É, O BOM E VELHO BRIGADEIRO MESMO). **3.** Viu? Então apague o fogo, pique os biscoitos (GROSSEIRAMENTE, UMA COISA MEIO SHREK) e jogue sobre o brigadeiro. **4.** Misture tudo e coma com colher, ainda quentinho. Mas mesmo depois que esfria é bom. O LANCE É COMER DE COLHER. DE COLHER, ENTENDIDO? GORDICE NA VEIA!

Capítulo 15

EU ESTAVA ANSIOSA, QUICANTE. PERDI ATÉ A FOME DURANTE A semana, algo inédito na minha vida. (O que achei ótimo, para falar a verdade. Emagreci pelo menos um quilinho. Ok, sempre fui gordofóbica comigo mesma, horrível, eu sei, pode me julgar.) Comecei a me empenhar em receitas mais saudáveis, como aconselhou Zeca. Substituí o pão branco de todos os dias por uma incrível tapiolete (mistura de tapioca com omelete). Uma delícia saudável e que me mantinha de pé e sem fome até a hora do recreio.

Era a minha primeira festa de verdade, com amigos de verdade. Demorei um tempão para me arrumar. Tomei banho com o maior cuidado para não estragar o cabelo, coloquei o vestido com a ajuda da minha mãe, que me deu uma mãozinha também com a maquiagem, uma coisa que eu nunca tinha usado. Pedi para ela não exagerar, para eu não ficar diferente do que eu sou normalmente, mas adorei o resultado. Parecia um ritual tudo aquilo, e eu estava curtindo cada minuto de felicidade por ter uma festa para ir, por gostar de me preparar para ela, por contar os segundos para me divertir com minha turma. Na hora de sair, meu pai e minha mãe resolveram me levar (eles tinham parado de brigar e pareciam mesmo querer ficar juntos), e meu pai teve uma ideia genial.

— Eu vou entrar com você no clube, tá, Tetê?

— Não mesmo, pai. Pra quê? Não é festa de criancinha! — reagi, enfática.

— Pra sentir o ambiente, Tetê! — interferiu minha mãe.

— Mãe, o ambiente é de gente da minha idade, não da de vocês, por favor! Vocês querem me constranger na frente dos meus amigos?

— Aliás, vamos dar carona pra Samantha e pro Zeca, que estão chegando, já me mandaram mensagem — insisti, já morrendo de vergonha do show que eu ia protagonizar.

— E se eu ficar de longe espiando a boneca do papai? A boneca loira do papai?

— Para, não tô loira! E podem tirar essa ideia da cabeça! — protestei.

— Tudo bem. Mas que a minha princesa está linda, está! — elogiou mamãe.

Ainda bem que eles desistiram daquele absurdo. Respirei aliviada. O Zeca chegou todo estiloso, de tênis prateado, calça diferentona e camiseta divertida. Aquele ali tinha estilo. Quando me viu, soltou uma de suas pérolas.

— Me amarrota que tô passado! Você está divaaaaa! Esse cabelo vai tombar todos os cabelos da festa!

Apenas sorri, mas meu pai logo cortou a empolgação dele.

— Então você é o famoso Zeca?

— Em carne, osso e purpurina.

— Vocês estão namorando? Quero respeito com minha pequena, hein?

"Minha pequena" foi forte. Fortíssimo. Eu sei. Eu sei!

— Deus me livre! Eu estou é cuidando da sua filha para que ela, quem sabe, arrume um namorado.

— Ah... Ok... Mas... não entendi o "Deus me livre".

— Pai! — briguei.

— Não deixe as crianças constrangidas, Reynaldo — minha mãe aliviou a barra.

"Crianças" é óóótimo!

— Obrigada por cuidar da nossa menina. Ela realmente está linda. Nunca a vi assim — elogiou papai.

Sorri com a boca inteira.

— Até sorrindo ela está! Você fez milagre, Zeca! — complementou minha progenitora, toda feliz com minha felicidade.

Quando Samantha chegou e me viu, também deu um escândalo:

— Meu Deus! Quem é essa garota linda? Gata, você tá incrível! Nem parece você!

Uopaaaa!

— Desculpa! Desculpa! É que você tá muito bonita mesmo! Amei tudo! Roupa, cabelo, maquiagem.

— Maquiagem foi por minha conta — entregou minha mãe.
— Suave como deve ser. Tetê ainda é uma criança. Mesmo usando esse sutiã com enchimento, parece uma menina de 10 anos.

— Mãe!

— Tá bom... Doze e não se fala mais nisso.

Entramos todos no carro e fomos ao clube onde o Orelha comemoraria o aniversário. Meu pai só foi embora quando acenamos lá de dentro para ele. Pais, esses seres preocupados e superprotetores...

Ao entrarmos no salão, estávamos certos de que seria uma festa animada. Mas foi bem (beeeeem) mais que isso.

Chegamos cedo, ainda estava bem vazio. Os pais do Orelha tinham grana, fizeram o maior festão, coisa chique e despojada ao mesmo tempo. Amo quem consegue ser chique e despojado. Na próxima vida, quero vir assim. E com a cara da Angelina Jolie. A festa era uma ode ao Flamengo: decoração, bandejas, garçons, doces, móveis. O aniversariante logo veio nos saudar com sua alegria habitual:

— Faaaaala, galera!

— É festa temática? Sério? Achei que só crianças faziam isso! — alfinetou Zeca.

— Meus pais me tratam como criança. O que eu posso fazer? Mas pelo menos me deixaram chamar umas gostosas tipo dançarina de programa de auditório pra ficar nos queijos.

— Queijos? — estranhei.

— É como se chamam os palquinhos de boate de striptease, Tetê — explicou Zeca. — É uma ingênua, essa menina.

— Eu também não sabia o que era — revelou Samantha.

— Não tem uns boys magia dançando também? Que ser humano horrível é você, Orelha! — brincou Zeca.

— Concordo! Tinha que ter! — completei.

— Seus pais acharam normal ter mulher dançando de short e camiseta do Flamengo? — questionou Samantha.

— E meião e chuteira? Claro que não! Quer dizer, meu pai adorou, já minha mãe... — comentou, caindo na gargalhada.

Orelha fez questão de nos apresentar para os pais e os avós (todos foférrimos e simpáticos como ele) antes de irmos para o lado de fora ver a vista. E que vista! A Lagoa ali, aos nossos pés, sorrindo para nós. Como é lindo o Rio de Janeiro, meu Deus! E a noite estava incrível, lua cheia!

— Mandei fazer pra vocês, olha que romântico eu sou! — Orelha fez graça.

Ficamos ali um tempo até que o aniversariante soltou a frase que me fez congelar:

— Alá quem chegou! Faaaala, Erick!

Eu nem olhei para trás. Não queria ver meu lindo chegando com a Estupidina. Um oco tomou conta do lugar onde fica meu coração. Foi o vazio mais estranho que senti. Era impressionante. O simples fato de saber que eu e ele estávamos no mesmo recinto mexia comigo.

— Fala, Orelha! Fala, Zeca! Beleza? — cumprimentou meu lindo. Continuei olhando para a Lagoa com o corpo quente e o coração a mil, tentando desacelerar e aparentar normalidade.

— E aí, Samantha? Tudo bem?

— Oi, Erick. Tudo, e você? — Samantha devolveu o cumprimento.

— E essa quem é? Sua amiga? — perguntou ele.

Caraca! O Erick não me reconheceu de costas! Caraca! Mil vezes caraca!

— *Nossa* amiga. Não reconhece? Sério? Tô bege! — Zeca se espantou.

E então eu me virei. Envergonhada, mas confiante. Confiante como nunca havia estado na vida.

— Tetê?! Uau!! Como você está bonita!

Erick usou uau. Brasil, Polo Norte e China! Erick, o divo, usou UAU para me elogiar! Fiquei roxa.

— Eu? Ah, que é isso... Bonito tá você.

— Bonitos estamos todos, mas nada perto dessa vista. Ela sim é a definição de boniteza — filosofou Zeca, para me cortar e não me deixar elogiar mais meu príncipe.

— Mas você tá muito bonita mesmo, Tetê.

Erick estava realmente impressionado, pelo jeito.

— O aniversário é meu mas quem tá de parabéns é ela, né não, Erick? — brincou Orelha.

— Ô se tá...

Pode parecer exagero, mas o Erick nem piscava. Ele parecia estar muito chocado. Mal conseguia falar.

— Rolou uma... Desculpa. Nada — Erick começou a falar.

— Fala, seu lin... Desculpa. Fala, Erick — pedi. Como eu ficava idiota na frente dele!

— Não quero te magoar, nem nada mas... Mas você tá... Sei lá, tá... Diferente. Rolou uma transformação aí? — Ele procurou ser delicado ao falar.

— Claro que rolou. Corte de cabelo, luzes, unhas feitas, pernocas depiladas, maquiagem, roupa incrível... Resolvi mostrar pra essa garota que não existe mulher feia, existe amigo que dá conselho ruim! — brincou Zeca.

— Imagina... Eu nunca tive amigo... Nem pra dar conselho bom nem pra dar conselho ruim. — Baixei os olhos.

— Você está linda, Tetê! — elogiou Dudu.

Sim! Duduau tinha acabado de chegar com o Davi.

Eu arregalei os olhos. Três elogios assim? Do nada? Será que eu estava realmente bonita? Ou será que era um sonho bom?

— Acabei de dizer isso pra ela, Dudu — comentou Erick.

— Não, não! Você disse que ela estava bo-ni-ta, não linda!

Quá! Quase que eu disse isso. Mas obviamente não disse. Quem disse foi o superZeca.

— Que erro gravíssimo, então. Você está linda, Tetê! — Erick se corrigiu, com as duas bochechas levemente rosadas. — Linda! — enfatizou, olhando bem no fundo dos meus olhos por intermináveis e sensacionais segundos.

Para o mundo que eu quero descer! Dois deuses falando pra gorducha dentuça aqui que eu estava linda? Não pode ser, alguma coisa está errada, pensei.

— Tá Diva Master das Galáxias! Isso que ela tá, meninos! — comentou Zeca, fazendo o povo rir, inclusive eu.

— Brigada, gente... — agradeci. — Cadê a Metidina? Ups! Desculpa! A Convencidina! Ai, mil perdões! A Valentina! Ai, meu Deus! Desculpa, Erick! Desculpaaaa!

Eu era uma burra mesmo. Agora o menino ia me odiar para o resto da vida. Mas, para surpresa geral, Erick, o lindo, caiu na gargalhada.

— Metidina? Convencidina? Nunca vou contar isso pra ela, mas que é engraçado, é. Nada de contar pra ela que eu ri desses apelidos, hein?! — pediu, contorcendo-se de rir. — Maluquina. Ciumentina. Maletina! — complementou.

Zeca me olhou com uma cara esquisita, querendo rir, querendo alfinetar. Parecia que nos conhecíamos havia tempos. Sabia o que ele queria dizer só de olhar para ele.

— Quem é essa? — perguntou Dudu.

— A namorada do Erick — respondeu Davi, que estava bem mauricinho, de camisa polo preta, mas muito fofinho...

E, quando eu ainda acreditava estar sonhando, a realidade me deu um tapa na cara.

Valentina, Bianca e Laís adentraram a festa. Lindas. Magras. Impecáveis. Indefectíveis. Esvoaçantes. Pareciam plumas que desfilavam atravessando o salão. Nossa, atravessando o salão é péssimo, o cúmulo da breguice. Mas elas estavam o oposto de bregas. Quando viu Erick, Valentina correu em câmera lenta na sua direção com os braços abertos e o sorriso mais branco do mundo e o abraçou forte. Como eles eram lindos juntos... A inveja bateu, confesso. Ah, bateu mesmo.

— Como você tá lindo, meu amor!

— Linda está você — devolveu ele, todo apaixonado, partindo meu coração. — Tem certeza que quer continuar comigo? Mesmo eu parecendo um mendigo perto de você?

— Quero você pra sempre!

— Pra sempre é muito tempo! — alfinetou Zeca. Valentina Cretina deu a língua para meu amigo.

— Tetê! Que espanto! Nem te reconheci. O que houve? Lipo? Plástica? Botox? Progressiva? *Extreme Makeover*? — perguntou a namorada do meu lindo, simpática como sempre.

— Nada disso. Rolou uma fada-madrinha! Ou seja, eu! — rebateu Zeca. — E, se eu fosse a sua, teria dito que Deus é justo, mas esse seu vestido é mais ainda, né, não, Valentina?

— O que é bonito é pra se mostrar, ok? — rebateu ela, irritada.

— A Valentina tem as pernas mais lindas do mundo, tem mais é que mostrar mesmo — comentou Laís, a maior puxa-saco da Cafonina.

— Ai, amo essa músicaaaa! Vamos dançar! — pediu Bianca.

— Bora! — disseram todos.

Não! Voltem aqui!, implorei em pensamento, sem sucesso. *Eu sou péssima dançando. Só danço em casa. Sou sem ritmo, desengonçada, pareço um hipopótamo perneta!*

— Vem, Tetê!

— Vou, não, Zeca. Vou ficar aqui!

— Ufa! Que alívio. Também vou ficar. Não suporto essa música — disse Samantha, para minha infinita alegria.

Quando todos já tinham ido, Samantha me puxou para o canto e sussurrou:

— O Orelha falou que tem aquelas bebidas com um pouquinho de vodca. Anima?

— Nem um pouco. Sou zero álcool.

— Mas é pouquinha coisa... E tem UTI móvel na saída, caso alguém exagere.

— Obrigada, mas vou passar. Não suporto nem o cheiro de bebida alcoólica.

— Ai, Tetê. Que criança! — desdenhou Samantha. — Mas você pode me fazer companhia até o bar?

— Vão servir vodca pra você?

— Claro! Só pedir com jeitinho e dizer que tenho 18.

Uau! Que surpresa. E eu achando que a Samantha era toda certinha. Primeiro ela pediu uma caipivodca de lichia, com muito gelo. Depois uma de maracujá. Ambas "bem fraquinhas", segundo ela.

— Praticamente dois sucos — decretou depois de tomar as duas praticamente num gole só. — Agora estou boa pra dançar. Bora pra pista?

Fui. Fazer o quê? Eu é que não ia lá para fora ficar sozinha olhando para a Lagoa. Até o Davi estava dançando! E muito direitinho, para minha surpresa. Todo timidinho, jeitoso com braços e pernas, cantando as músicas. Fofo!

— Uhuuuuu! — gritou Samantha ao entrar na rodinha onde estavam Davi, Dudu e Zeca.

Ao lado, Valentina dançava praticamente pendurada no meu lindo (que ódio!) e Bianca e Laís sensualizavam como se estivessem num ensaio fotográfico.

Todos olharam para Samantha, que estava mais feliz que o normal. Valentina, então, olhou com um desprezo que nossa senhora!

— Odeio essa garota! — disse a Metidina para o Erick e para quem mais quisesse ouvir.

— Também te amo, sua linda! — rebateu Samantha, a irônica, tascando um beijo na bochecha de sua arqui-inimiga.

Os olhares, cabreiros e espantados com a cena, estavam todos sobre minha amiga, (bem) mais animada que o geral, um tantinho descontrolada e louca para bater bundinha com alguém. E quem foi a eleita? Quem?

— Não! Bundinha, não! — reclamei, quase chorando.

— Deixa de ser boba, Tetê. Funk tem que ter *bateção* de bunda!

Uhuuuu! Vem, novinha, vem, novinhaaaa!

Ui...

A novinha aqui ficou roxa de vergonha, mas achou melhor concordar logo e fazer dancinha de nádegas com ela. (Adoro a palavra nádega também. Taí. Eu sou estranha mesmo.)

— O que houve com a Samantha? — sussurrou Zeca no meu ouvido.

— Ela bebeu? — sussurrou Davi no meu outro ouvido.

— Arrã. Vodca que parecia suco — respondi.

— Isso não vai dar certo... — comentou Duduau, o gato, pegando minha mão para dançar com ele e me salvar da louca da Samantha-batedora-de-nádegas.

Minhas mãos começaram a suar. E eu, de cabeça baixa, megaenvergonhada, fiz o que sabia fazer: um passinho para a direita, outro para a esquerda. Um para a direita, outro para a esquerda.

— Você dança bem, hein?

— Você andou bebendo também, Dudu? — fiz graça.

Nossa, eu estava confiante e piadista!

— Não! Eu não bebo! Eu só queria dizer que...

— Foi uma brincadeira, Dudu. Relaxa! O que eu quis dizer é que danço supermal, só um bêbado pra achar que danço bem...

— Ah... Desculpa... Eu sou meio lento pra captar ironia... — argumentou ele. — Suas mãos estão suadas...

Droga! Ele tinha notado. Claro que estavam! Pensa que alguma vez na vida um menino pegou na minha mão para dançar numa festa? Era a minha primeira festa!

— É que meu refrigerante estava num copo bem gelado — tentei justificar.

— Tudo bem suar. Eu suo muito também. Especialmente na nuca. E você, sua na nuca também?

E então ele rapidamente levou uma das mãos até a minha nuca. E eu me arrepiei toda. Inteirinha! Da cabeça aos pés! Meu Deus do céu! Brasil, Polo Norte e China, uma mão masculina estava pousada sobre a minha nuquinha!

— Não, você sua mais nas mãos, mesmo — diagnosticou ele, olhando no fundo dos meus olhos e deslizando aquela mão de dedos longos e veias incríveis pelo meu pescoço e braço até chegar novamente à minha mão.

Morri. Morri mil vezes. Não aguentei a pressão daquele olhar e desviei meus olhos dos dele. E eles caíram justo nos olhos de quem? Do Erick, que olhavam para mim! E pensa que o Erick desviou o olhar do meu? Nananinanão! Ficou lá, me olhando dançar. Olhando seriamente. Fixamente. E eu amei olhar para ele me olhando. Foi tipo... a melhor sensação da vida! Eu não queria acordar daquele sonho bom! Mesmo com a Vaquina Estupidina pendurada no pescoço do meu lindo, falando coisas que meu lindo parecia odiar, meu lindo só tinha olhos para mim. Mentalmente, criei hipóteses para tal olhar:

Alternativa A: meu vestido rasgou.

Alternativa B: tô com meleca no nariz.

Alternativa C: tem comida no meu dente.

Só pode ser uma dessas coisas, pensei. Mas meus olhos desviaram dos olhos do Erick, meu lindo, assim que Dudu, meu lindo 2, me puxou e me jogou para trás. E eu caí. Sim, eu caí na pista. Com ele. Todos rindo muito, gargalhadas intermináveis. Nossa, realmente muito engraçado duas pessoas se estabacando no chão. Rá. Rá. Rá.

— Desculpa, Tetê. Mil desculpas. Queria só fazer um passo que aprendi na aula de dança de salão com minha ex-namorada.

— Imagina, Dudu!

— Como deu pra ver... Tenho dois pés esquerdos, né?

— Que é isso? Eu é que tenho!

Sim, senhoras e senhores! Dudu e eu tivemos essa conversa sentados na pista. *Dudu é tudo!*, pensei, sem ligar a mínima para o mico de ter caído.

Quando já estava em pé, uma mão gelada segurou a minha e puxou. Era Samantha.

— Passando mal, amiga. Muito. Preciso vomitar. Vem comigo no banheiro, por favor!

— Mas eu odeio vômito. Se vejo vômito, vomito também! — alertei, quase vomitando com a palavra vômito.

— Arrã! Anda! Vem!

Sem alternativa, torcendo muito para que ela não vomitasse no caminho da pista ao toalete, fui correndo com ela. Amigo é para essas coisas, né?

Chegando lá, demos de cara com uma pequena fila (sim, a festa do Orelha estava bombando!).

— Não consigo esperar!

— Não, Samantha! São só três pessoinhas, aguenta aí, pelo amor de Deus! — implorei, apelando para o diminutivo, que sempre conquista as pessoas.

Não conquistou a Samantha.

Ela agarrou meu braço e me puxou para fora do banheiro.

— Louca, esse é o masculino! Não vou entrar aí com você — sussurrei.

— O que você bebeu, Samantha?

A pergunta foi feita pelo Erick. O divo, *deuso*, espetacular e meu lindo Erick, que estava saindo do banheiro quando viu a doida querendo me levar para dentro do toalete masculino.

— Vodca que parecia suco! — respondi por ela. — Ela quer vomitar! E eu odeio vômito! Não sei lidar! Não sei lidar! — reclamei, beirando o desespero.

— Então deixa comigo. Vem que eu te ajudo, Samy. Tetê, vigia a porta pra gente.

Atônita, fiz que sim com a cabeça enquanto os dois entravam para o momento vômito. Argh! Tensa do lado de fora, fui obrigada a ouvir aquele barulho típico de quem está vomitando e quase golfei a maravilhosa coxinha que tinha acabado de devorar. Ia ser um desperdício, porque não tem coisa melhor que coxinha.

Que cena surreal tomar conta do banheiro dos homens para sua amiga vomitar sem ser interrompida. Os barulhos de vômito cessaram e nada de os dois abrirem a porta. Comecei a ficar nervosa. Teria Samantha desmaiado, batido com a cabeça e morrido na mesma hora? Erick desmaiou ao ver

Samantha morta e estirada no chão? Os dois estão mortos no chão frio do banheiro?

— Viu o Erick, Tetê? — perguntou Malevolina.

— Vi, tá aí dentro com a Samantha. Ela tava passando mal e...

— O quê? Como assim você deixou os dois entrarem juntos no banheiro?

— Ela tava passando mal e ele se ofereceu pra ajudar porque eu contei que não suport...

— Cala a boca e me ajuda a arrombar essa porta!

— Não, Valentina! Ela está passando mal!

— Duvido!

— Está sim, bebeu duas vodcas!

— Mentira!

— Claro que é verdade! Eu vi, eu tava com ela!

— Acabei de ouvir a mãe do Orelha contar pra uma amiga que botou água nas garrafas de vodca pra gente não consumir álcool!

Arregalei os olhos, chocada.

— Mas...

— Deixa de ser tonta! A Samantha é louca pelo Erick, sempre foi! Mais que você, até!

— Mais que eu? Alou! Eu...

— Cala a boca e me ajuda a arrombar essa porta, Tetê! Erick, sai daí com essa garota! Erick! — Valentina berrava, socando a porta repetidamente com toda sua força. — Samantha, eu sei o que você tá fazendo! Você tá mentindo que está bêbada pra pegar meu namorado. Larga do pé dele, sua estranha! Ele não te quer! Nunca te quis! Aceita que dói menos! — Eram as palavras de Valentina.

Eu estava bege. Zeca chegou e foi logo querendo saber:

— O que é que tá acontecendo? Por que você tá esmurrando a pobre da porta?

— Porque a dissimulada da Samantha veio atrás do Erick. Me ajuda, Zeca?! — implorou Valentina.

Zeca me olhou com cara de "Ih, deu ruim!". Eu devolvi o olhar com uma cara de "tô cho-ca-da com isso tudo".

— Fingir que está bêbada é muito golpe baixo! — gritou Metidina. — Erick! Erick! — gritava, esmurrando cada vez mais.

De repente, a porta se abriu.

TAPIOLETE LIGHT DO ZECA
DIFICULDADE: ZERO DIFICULDADE (ATÉ NISSO É LIGHT).

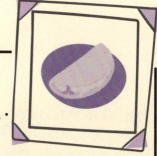

#OQUEVAI
2 COLHERES BEM CHEIAS DE GOMA DE TAPIOCA • 1 COLHER DE SOPA DE CHIA • 2 OVOS

#COMOFAZ
1. Misture tudo num pote com um garfo e taque na frigideira.
2. Cozinhe em fogo médio. Fica pronto em poucos minutos e é uma verdadeira delícia. Se quiser, pode tacar queijo, presunto e tals, mas eu prefiro assim, simples. Sem glúten, sem lactose, SEM CULPA, SEM CELULITE.

Capítulo 16

SAMANTHA ESTAVA COM A CARA PÉSSIMA. NÃO. PÉÉÉÉÉSSIMA. E o inusitado aconteceu. Antes mesmo que uma palavra de explicação fosse dita, Valentina Barraqueirina voou para cima de Samantha e começou a puxar o cabelo dela. Aquela ali gostava de uma briga, hein?

— Gente, que bafo! Até perdi a vontade de ir no banheiro — comentou Zeca.

Olhei feio para ele.

— Ah, entendi. Tem que ajudar a separar as moças, né?

— É! — respondi, ríspida.

Zeca e Erick tentaram, sem muito sucesso, separar as duas. Samantha dava uns tapas barulhentos na Valentina enquanto seu cabelo era violentamente puxado.

— Parou agora! Parou! — gritou Erick, com a veia saltando do pescoço.

Aliás, que pescoço lindo, ô, lá em casa!

— O que vocês estavam fazendo no banheiro? Anda, conta, Erick! — pediu a nervosina Valentina.

— Eu estava passando mal!

— Mentira, Samantha! Não tem vodca na festa, botaram água nas garrafas de bebida, você tomou suco, sua falsa!

— O quê? — estranhou minha amiga, com os olhos arregalados. — Não, eu fiquei tonta mesmo, não pode ser!

— Não ficou, não! Você simplesmente esperou o Erick sair de perto de mim pra vir atrás dele com essa desculpa esfarrapada!

Caramba... Samantha era essa pessoa ardilosa mesmo? Cho-ca-da!

— Que horas o Erick veio pro banheiro? — perguntei baixinho para o Zeca.

— Pouco depois de você cair com o Dudu. Pelo menos ele viu o tombo do século — respondeu o palhaço, matando minha curiosidade.

O clima estava tenso. Muito tenso.

— Valentina! O que está acontecendo? Estou te procurando há séculos. Tá tudo bem? — Laís estava muito agitada.

— Não, Laís, não tá tudo bem.

— Valentina, a Samantha passou mal e eu ajudei. Foi só isso — insistia o Erick.

— Passou mal com suco, Erick? Sério? Você acha que eu caio nessa?

— Eu não tenho por que mentir pra você!

— Então por que está mentindo? — Valentina estava fazendo um escândalo.

— Ele não está. Juro que passei mal! — explicou Samantha.

Seria ela uma falsa ou uma menina apaixonada? Ou nenhuma das duas opções? Eu estava confusa.

— Se não tinha bebida, eu então passei mal com outra coisa, mas juro que vomitei. Você acha mesmo que eu ia seduzir alguém fazendo a bêbada?

— Acho a sua cara! — respondeu Palhacina na lata.

— Eu também — fez coro Laís.

Erick tentou dispersar a confusão.

— Vamos, meu amor. Tá tudo bem agora. —

— Não me venha com "meu amor", Erick Senna d'Almeida! Isso tá muito mal explicado, eu não ouvi vômito nenhum!

— Eu ouvi, Valentina. E quase vomitei aqui fora — defendi minha amiga.

Será que ela era minha amiga mesmo? Ou se aproximou de mim para tentar conquistar o Erick, pois tinha visto que o divo era sempre tão gentil, educado e querido comigo?! Como diria Zeca... Que bafo! Mas eu podia jurar que ouvi barulho de vômito...

— Não vamos discutir aqui, Valentina. A festa é do Orelha, e a gente não quer estragar o dia dele.

— A gente já tava discutindo na pista! O que mudou? Acho que estava no nosso destino discutir hoje à noite! — reagiu ela, raivosa.

— Vamos lá pra fora. Mas sem gritos, por favor — pediu Erick, já conduzindo a namorada pelo braço.

Valentina olhou para trás e, enigmática, soltou as seguintes frases:

— Eu sei quem você é, Samantha. Eu sei do que você é capaz.

U-a-u! Mil vezes u-a-u! Fala sério! Esse fim de barraco foi melhor que a melhor novela mexicana! Zeca e eu ficamos estáticos, boquiabertos.

— Tô no chão! — comentou Zeca. — Geeeente... Que babado foi esse?

— Que vergonha! Que vergonha! — chorou Samantha.

— Não fica assim... Você não tem culpa de nada... — consolei.

— Ou tem? — Zeca deixou escapulir.

Samantha o encarou com ódio.

— Não acredito que *você*, Zeca, ache que eu posso ter inventado uma situação dessas pra me aproximar do Erick. A Valentina tudo bem. Mas você? Que decepção...

— Ué, Samantha. Ficou estranha mesmo essa história. Até porque parece que você e o Erick já tiveram um rolo no passado, não tiveram? — questionou Zeca.

— Não, a gente nunca teve nada! Nada! — respondeu ela, aos prantos. — Eu quero ir embora. Vou ligar pro meu pai pra ele me buscar.

— Ai, Zeca, para. A Samantha já falou que eles não tiveram nada. E se ela falou, a gente acredita nela, não é? — falei, para consolar a menina. — E tem mais. O Erick não faria isso. Ele não trairia a namorada. Ele é um cara legal — ponderei.

— Tá certo, é verdade. Desculpa, Samantha. Bom, mas agora deu vontade de ir ao banheiro de novo. Já volto — disse Zeca, entrando no banheiro masculino.

Sozinha com Samantha, dei a mão para ela.

— Quer conversar?

— Quero chorar. Posso? Ou será que vão duvidar do meu choro também? — espetou ela.

— Ninguém vai duvidar de mais nada, fica tranquila...

E Samantha desatou a chorar por alguns minutos. Eu só esperei. E tentei consolar, abraçando-a. Quando ela se acalmou um pouco, tentei engatar uma conversa.

Em alguns minutos, o Zeca voltou saltitante.

— Migas! Não acredito que vocês ainda estão aqui! Vamos já dançar pra esquecer esse barraco. Adooooooro essa música — falou, como se surgisse de uma nuvem de purpurina.

E foi nos puxando endiabrado, já separando nosso abraço e nos arrastando para a pista onde todos dançavam "Worth It", do Fifth Harmony, como se não houvesse amanhã.

— Vou lavar meu rosto. Encontro vocês lá.

— Beleza, Samantha. Vem, Tetê!

E Zeca (sempre ele!) me puxou pelo braço.

— Que foiê? Que cara é essa? Ela te contou alguma coisa? — perguntou ele, o futriqueiro.

— Não, né?! Tava só chorando, tadinha.

— Sei... Mas essa aí não me engana, não! Mas chega desse assunto! Vamos dançar, Tê!

Quando chegamos na pista, Dudu me esperava com um copo de refrigerante na mão.

— Onde você estava? Peguei pra você, mas já deve estar quente.

Own... O refri era para mim! Que garoto mais fofo! E eu pensando no Erick e em todas as informações que eu tinha acabado de ouvir.

— Assim que passar outro garçom eu pego um mais gelado pra você.

— Obrigada...

— Que foi? Você de repente ficou dispersa...

— Nada... É que...

Eu não conseguia tirar os olhos da parte externa do salão, onde Valentina e Erick discutiam gesticulando muito. Como eu queria ser uma mosca para saber o que estava acontecendo.

Dudu virou-se para trás:

— Que foi? O casal discutindo tirou sua atenção daqui?

— Mais ou menos... Desculpa... É que acabei de presenciar uma cena louca e queria saber o desfecho dela.

Ele foi cavalheiro:

— Se quiser ir lá pra fora, eu vou com você.

— Imagina...

O que eu poderia fazer lá fora? Por que eu queria tanto ir lá para fora quando do lado de dentro estava tão bom? Fiquei tão obcecada com o Erick — e com a Valentina, confesso — que não dei atenção para aquele menino lindo, educado, que falava que nem um senhor de 75 anos, irmão do meu amigo Davi. E que era um charme. E que me tratava com tanta delicadeza... Por que é que a gente é assim?!

— Vamos ficar aqui... Me fala de você. Como foi morar em Minas?

— Foi bom, só não terminou muito bem. Prefiro falar disso outro dia. E você? Me fala de você...

Então eu falei. Pela primeira vez na vida, alguém parecia de verdade querer saber de mim. E foi tão bom... Falamos de vida, estrelas, café com leite, pudim, cheiro de chuva, música, livros (ele também leu *A culpa é das estrelas* umas mil vezes, olha que máximo!), antialérgicos, perebas em geral (sim, perebas), família, caspa (sim, caspa), espinhas (elas atazanaram o Dudu uma época da vida, então eu fiquei com esperança. Ele até me deu o contato do dermatologista dele), sapato apertado, guarda-chuva estampado, carnaval com Netflix, os intermináveis 90 minutos do futebol... Como o assunto rendia com ele! Nem vi o tempo passar. E tampouco me lembrava da existência do casal Valerick.

— Você devia fazer locução. Sua voz é tão doce — elogiou Dudu.

Doce?! Minha voz? Que elogio original... Ownnnnn...

— Nossa, que lindo. Obrigada. Nunca ninguém disse isso da minha voz.

— Bando de insensíveis. Insensíveis e surdos — brincou ele.

E eu ri como se o Dudu tivesse contado a melhor piada do mundo. Alguma coisa acontecia dentro de mim. Alguma coisa qualquer estranha. Maravilhosamente estranha. Estranhamente maravilhosa.

— Vocês não vêm? — perguntou Davi, aproximando-se da gente.

— Pra onde? — perguntamos Dudu e eu em coro.

— Cantar parabéns, ué!

— Já?

Caramba! O tempo realmente tinha voado.

O Orelha era o aniversariante mais empolgado do mundo. Cantava animadamente parabéns para ele mesmo e se deu o primeiro pedaço do bolo.

— Agora vocês se virem! — avisou, antes de voltar para a pista. — A festa continua, meu povo! Só cantei parabéns pra velharada que quer dormir.

— Velha é a sua avó, menino! — brincou a avó do Orelha, uma senhora muito elegante loira.

— *Mals* aí, vobs!

Vobs! Eu ameeeeei *vobs*!

— Eles foram embora! — anunciou Zeca.

— Quem foi embora? — perguntei sem entender direito.

— Como "quem"? O Erick, seu lindo, e a Valentina, sua horrendina, que brigaram.

— Brigaram?

— Sim. Valentina jura que Samantha e o Erick ficaram, Tetê. Ela estava furiosa. Foi uma discussão... — soltou ele.

— Jura? Cadê a Samantha, aliás?

— Foi embora também. Saiu à francesa, não falou com ninguém. Gente, mas você não viu nada? O papo com o Dudu tava bom, né? — perguntou ele, em um tom bem insinuante.

— Tava... — respondi sorrindo.

— Hum... Tô achando que Erick, seu lindo, perdeu.

— Paraaaa! — bronqueei, dando um tapinha no Zeca.

— Tô pensando em ir daqui a pouco também. O Dudu ofereceu carona mais cedo pra gente, e eu já te fiz o favor de aceitar por nós dois tá? De nada. Teu bofe dirige, amor! Boy magia com carro tem peso dois!

— Que horror, Zeca!

Nesse momento, chegou Dudu com um pedaço de bolo para ele e outro para mim. Ele trouxe bolo para mim! Quase derreti. Fomos apreciar a vista enquanto saboreávamos o sensacional bolo com recheio de doce de leite e damasco. Massa leve, perfeita, sem granulado, que eu odeio, doce sem ser enjoativo. Dos melhores bolos que comi na vida.

— Bom demais estar aqui com vocês. Mesmo eu me achando o tiozão da galera — comentou Dudu.

— Que tiozão? Você tem 18 com cara de 16, garoto louco! — disse Zeca.

— Viu? Ninguém acredita quando eu digo que você tem 18. Carinha de menino. Acho até que pareço mais velho que você — falou Davi.

— Também não exagera, Davi! — brinquei.

Eu estava tão gaiata e piadista. Que noite incrível!

Na hora de ir embora, fomos até o estacionamento para pegar o carro, eu, Zeca, Davi e Dudu. E eu fiquei abismada quando o Dudu simplesmente abriu a porta do carro para a minha pessoinha! Sim! Ele é ESSE tipo de garoto! E me fez sentar na frente, ao lado dele. Vagalumes dourados saíram do meu estômago. Ai, que delícia de sensação! Que inédita sensação!

Assim que entramos no carro do Dudu, o Davi apagou no banco de trás. Dormia e babava como se estivesse na cama. Morro de inveja de quem dorme assim, rápido. Morro. Primeiro o Dudu deixou o Zeca, depois foi a minha vez. Ele parou na frente do meu prédio e olhou bem para mim.

— Foi um prazer conhecer você melhor, Tetê — disse ele.

— O prazer foi meu...

— Espero te ver mais vezes.

— Eu também. A gente vai se ver esta semana. Tenho um trabalho pra fazer com seu irmão que tá marcado na sua casa.

— Oba!

Ai, meu Deus!!! Ele disse "oba"!

Apenas sorri. Aos poucos eu começava a aprender que quando não temos nada de bom a ser dito é melhor ficarmos calados.

— Boa noite, Dudu — falei sorrindo.

— Não vai me dar um beijo?

Oi? O quê? Como? Quando? Onde? Que pergunta é essa?! Nossa Senhora dos Cupidos Errantes, me ajuda!!! O meu sangue subiu para a cabeça e, mesmo com o ar congelante do carro, eu suava toda. Bunda, cabeça, nariz, sola dos pés. Que beijo? Esse menino quer me beijar? Mas eu sou BV! Completamente BV!

E ele veio para cima de mim! Ai, não! Não! Não tô pronta! Não sei se quero! Quero! Não quero! Quero, sim! Ai, que vergonha! Fecho o olho? Faço um biquinho com a boca? Abro a boca? Escondo a boca? Então eu tapei a boca com uma das mãos. Sim, eu fiz isso e não gostaria de desenvolver esse assunto por motivo de... vergonha.

— Que foi?

— O quê? — perguntei, sem disfarçar meu espanto misturado com nervosismo, ainda com a boca tapada.

— Por que você colocou a mão na boca? Achou que eu ia te beijar sem seu consentimento?

— Você não ia me beijar?

— Eu só queria me despedir. Ainda se despede com dois beijinhos aqui no Rio, não é?

Tetê, sua anta! Sua louca de pedra! Sua doida varrida!, gritei mentalmente. Óóóbvio que ele só queria me dar dois beijinhos. Só eu, louca, para achar que aquele projeto de Ashton Kutcher ia querer beijar essa boca horrorosa que eu tenho!

— Claro, beijar pra se despedir eu quis dizer... Mas me deu dor de dente! — foi o melhor que eu consegui inventar na hora.

— Sério? Quer que eu te leve na farmácia pra comprar um analgésico?

Ownnnn... Para de ser tão fofo!

— Não, imagina! Obrigada... Tem em casa. Um beijo, tchau — disparei, engolindo as palavras e a vergonha e saindo rapidamente do carro.

Mas não acaba aqui. Não, claro que não. A história é sobre mim: Tetê, a garota atolada.

Ao saltar do carro, eu tropecei e caí na calçada (sim, caí na calçada de cara no chão), de tão afobada que estava.

Droga! Eu faço tudo errado! Tudo errado! Que ódioooooo!

Dudu saiu do carro rapidamente, deu a volta e logo veio me acudir. Coisa lindaaaa!

— Está tudo bem? Você se machucou?

— Não! Tô bem. De repente quebrei um dente, mas ele tava doendo, mesmo — fiz piada.

— Você caiu de cara no chão. Vem cá, deixa eu ver — pediu, aproximando-se de mim e colocando as mãos no meu rosto.

Eu conseguia sentir sua respiração. Estávamos literalmente respirando o ar um do outro.

Eu tremia por dentro.

— Foi só o susto — decretou. — Seu rosto continua lindo e intacto.

— Obrigada...

— Vai lá. Vou esperar você entrar.

E eu corri para a portaria como a Cinderela corre no baile antes de dar meia-noite. A sensação era de que eu estava flutuando.

E de repente eu já estava na sala de casa, e nem sei como cheguei lá. Não vi elevador, não vi como abri a porta, não vi mais nada. Só despertei do meu transe quando ouvi a voz do meu pai, que me recebeu com tom de bronca:

— Tetê! Você demorou!

— Que susto, pai!

— Posso saber por que não ligou? A gente não tinha combinado que você me ligaria pra te buscar?

— Mas a gente voltou com o irmão do Davi. Ele tem 18 e dirige. E não bebe.

— Tá bem. Mas não faz mais isso! Fiquei preocupado.

— Desculpa... Foi a minha primeira festa, pai...

— Eu sei.

— Dancei e tudo, acredita?

— Você? É mesmo?

— Vou tomar um banho e dormir. Tô morrendo de sono. Boa noite, paizinho.

Dei uns passos na direção do banheiro e parei.

— Pai... Me dá um abraço?

— Claro, meu amor...

E a gente ficou um tempão ali abraçadinhos. Abraço esmagado, abraço gostoso demais da conta... Como há muito tempo eu não dava nele. E aquele abraço me lembrou de quando eu era criança e ele me protegia dos meus medos, dos perigos, do escuro, e me dava carinho por motivo nenhum. Como era bom!

— Segunda eu tenho uma entrevista. Torce para o papai arrumar emprego logo? Não quero ser um inútil. E quero te dar uma vida bacana de novo, que você tenha um quarto só seu...

— Ô, pai... Eu sei... Mas você tem que parar de apostar. Esse negócio de cavalo é tão caído.

— Eu sei, querida. Pode ficar tranquila. Aprendi a lição. Nunca mais piso no jóquei — afirmou. — Torce por mim?

— Vai dar certo. Já deu — incentivei. — Te amo, tá?

— Também te amo.

No banho, a água quente caía na minha cabeça e amornava meu coração.

Que noite! Que noite...

Capítulo 17

ACORDEI DOMINGO NA ESPERANÇA DE RECEBER UM TELEFONEMA ou uma mensagem do Duduau. Não rolou nem uma coisa nem outra. Ah, tudo bem. Por que ele ligaria para a louca que tapa a boca e se estabaca no chão e só fala besteira? Mas a verdade é que eu não conseguia parar de pensar nele. E cada vez que eu pensava, sentia um frio na barriga. Mas eu pensava também no Erick, e fiquei imaginando se ele tinha mesmo terminado com a Valentina, e se estava finalmente livre da cretina. Será que um dia eu teria uma chance com ele? Nossa, quantos sentimentos misturados.

Fui para a mesa tomar café e a família estava toda reunida. Parecia que estavam me esperando para começar o interrogatório.

— Foi boa a festa, filhota? — perguntou minha mãe.

— Maravilhosa! — respondi, feliz da vida.

— Você está tão bonita, minha querida... — disse meu vô lindo.

— Um tipão — ratificou meu biso.

— Obrigada, mas vocês são suspeitos!

— Não precisa de peito nenhum, não fala bobagem, menina! Vocês não podem dar peito de presente pra essa menina, hein? Peito de silicone é muito artificial! — desandou a falar meu biso, levando a gente à gargalhada.

— Que peito, papai? A Tetê falou que VOCÊS SÃO SUSPEITOS!

— Aaaaahhh... Faz mais sentido mesmo.

— Mãe, peguei o telefone de um dermatologista ótimo. Posso marcar?

— Claro, boneca! Se quiser, eu vou com você.

— Muito bem! Vai se livrar dessas pipocas! — entrou na conversa minha avó.

— Mamãe! Não fala assim! Ela já tentou da outra vez!

— Tô brincando, Helena. Mas e então, algum namorico ontem?

— Namorico? Vó, quem é que fala namorico? — debochei.

— Eu, ué. E não desconversa. Teve namorico? Teve bitoquinhas?

Suspirei, revirando os olhos.

— Não, vó!

— Então o que é esse olho brilhando aí? — perguntou meu avô.

Fiquei azul de vergonha.

— Ih! Olha aí! Eu estava blefando, mas parece que a festa foi boa mesmo, hein! — decifrou ele.

— Você beijou alguém? — perguntou minha mãe.

— Você ficou? Você ficou com algum, algum, algum garoto? Ficou? Ficou? Fic...

— Não, pai!

— Mas beijou de língua?

— Vó! Não! Se eu não fiquei eu não beijei ninguém! Ai, gente! Como vocês são chatos! Vamos mudar de assunto, por favor? Obrigada, de nada.

Família...

Meu celular fez *plim*. Dei um pulo. Será que era o Dudu? Ai, senti um frio na barriga e meu coração disparou.

Mas não era.

SAMANTHA
Amiga, pode falar?

TETÊ
Claro! Você sumiu ontem!

— Filha, celular na mesa neeeem pensar — brigou minha mãe.

TETÊ
Te chamo daqui a pouco. Vou só terminar de tomar café.

Droga! Eu tava doida para saber o que tinha acontecido, se ela sabia alguma coisa do Erick e da Valentina! Tudo bem que, com a entrada do Dudu em cena, eu me esqueci disso, mas agora já estava de novo mortinha de curiosidade. Terminei o café e fui para o quarto.

TETÊ
Já posso falar. Quer por áudio?

SAMANTHA
Agora quem não pode sou eu. Tô subindo a serra com meus irmãos e meus pais e enjoo digitando. A gente se fala segunda.

TETÊ
Segunda?

Eu queria ter colocado um emoji de espanto depois do ponto de interrogação, mas acho que ela ia me achar fofoqueira. Mas poxa... Como assim só "segunda"?

SAMANTHA
O sinal é péssimo aqui em Vassouras...

TETÊ
Ah tá

Drogaaaaaaa! O que fazer com a curiosidade? Eu só ia saber segunda? Que mundo injusto e cruel! Como eu ia saber se o Erick e a Metidina ainda estavam juntos ou não?

Resolvi ler um pouco, mas eu não conseguia me concentrar muito, relembrando as cenas da noite anterior. E um sorriso bobo brotava no meu rosto. Cochilei um pouco à tarde e depois fui ao teatro com meus avós (sim, eu gosto de teatro). No meio do espetáculo, senti um tremelique no meu aparelho.

Ah, deve ser a Samantha que conseguiu sinal, pensei. *Finalmente vou saber do casal.*

Mas era outra boa notícia.

DUDU
Oi. Tudo bem? Só pra saber se está tudo bem com a senhorita ou se algum galo resolveu cantar na sua testa.

O meu coração disparou. Era o Dudu! O espetacular Dudu! O fofo e inteligente Dudu. Gentil-e-que-abre-a-porta-do--carro Dudu!

Quase morri.

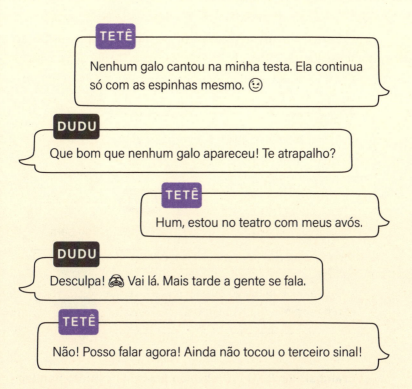

Tarde demais. Perdi Dudu. Droga! E perdi para sempre porque ele não fez nenhum contato mais. Deve ter se arrependido de trocar mensagens comigo. Ou devia ter mil coisas melhores para fazer do que falar comigo pelo WhatsApp. Passei o resto da noite esperando uma mensagem dele que nunca mais chegou. E não consegui tirá-lo da cabeça.

Na segunda-feira, todos os comentários na escola eram sobre a festa do Orelha. E sobre a briga da Valentina, da Samantha e do Erick, obviamente. Não sei como as pessoas ficaram sabendo, mas o fato é que o MUNDO soube do barraco do banheiro, e agora toda a escola se fazia a mesma pergunta: Erick e Samantha ficaram ou não ficaram, afinal? Era viagem da cabeça da Valentina?

— Geral comentando o barraco! — fofocou Zeca. — Geral querendo saber de Valerick.

Eu ia dar minha opinião, mas nessa hora meu celular apitou.

DAVI
Tetê, não vou conseguir ir à aula, mas está tudo certo pra hoje à tarde lá em casa, ok?

TETÊ
Ok, mas tá tudo bem?

DAVI
Ontem à noite meu avô passou mal e teve que vir pro hospital. Edema pulmonar. De novo. 🥺

Caramba! Por ISSO o Dudu não fez mais contato comigo ontem... Tadinhos! E os dois têm que cuidar sozinhos do avô e resolver um monte de coisas. E são tão novinhos! Eu não sei se eu conseguiria fazer isso.

TETÊ
Puxa... Quer ajuda?

DAVI
Obrigado. Meu irmão tá aqui comigo. A gente se fala mais tarde. Bjs

Ai, Dudu estava lá com ele. Dudu. E eu me perdi de novo nos meus pensamentos.

De repente, Erick entrou na sala e a sensação que eu tive foi de que todo mundo meio que prendeu a respiração. Mas ele não chegou sozinho! Chegou de mãos dadas com a Valentina, que estava com o nariz mais *empinadino* que nunca. Então, eles ainda eram namorados? E eles não tinham terminado nem brigado?

Que decepção...

O casal vinte sentou no fundo da sala, como era de costume. E ambos pareciam mais apaixonados que nunca. Mas, ao contrário de outras manhãs, estavam silenciosos. Nem um pio da voz estridente da Chatina. Que estranho...

Não demorou muito para chegar Samantha, que adentrou o recinto com Orelha. Não! Eles não estavam ficando, só chegaram na mesma hora! De novo geral prendeu a respiração. Todo mundo olhando sem piscar para o casal e para Samantha. Para Samantha e para o casal. Para o casal, para Saman... Ah, você entendeu.

Valentina virou de costas e abraçou Erick. Samantha parecia bem. Sem culpa, sem ressentimentos. Sentou-se ao meu lado.

— E aí? Como foi seu domingo? — perguntou ela, como se nada tivesse acontecido.

— M-meu domingo? Ótimo. E o seu? — respondi, tentando aparentar naturalidade.

— Melhor impossível. Adoro serra com calor. Tô até com marquinha de biquíni, olha.

— Arrã. Marquinha, ok.

Não resisti e fui direto ao ponto:

— Tá todo mundo sabendo da sua briga com a Valentina...

— Eu sei. Mas tenho que ignorar e fingir que não estou morta de vergonha e destruída por dentro. E você, como amiga, precisa me ajudar a parecer natural — falou ela, mostrando a maturidade que eu já tinha percebido nela.

— Claro.

— Ri!

— O quê?

— Finge que eu contei uma coisa engraçadíssima pra você, Tetê! Anda! Ri! — implorou ela, baixinho.

E eu dei uma gargalhada que, sinceramente, mereceria o Oscar de Melhor Gargalhada Falsa. Arrasei. Simplesmente descobri naquele momento um dom meu. Nasci para dar gargalhadas falsas. Com direito a tapa na mesa e tudo. Foi muito engraçada mesmo a não história que a Samantha me contou. Que sucesso! Descobri que podia ser uma excelente atriz naquele minuto.

— Menos, Tetê. Tá doida? — bronqueou Samantha.

Tudo bem, se dependesse dela eu não ganharia o Oscar de Melhor Gargalhada Falsa. Escrevi para ela no caderno: #chata #insensível. Mostrei e ela fez uma careta para mim. O professor chegou e o clima tenso e pesado da sala logo foi amenizado. Mas o relógio naquela manhã andou a passo de cágado!

Capítulo 18

— VOCÊ VAI CHEGAR SOZINHA NA CASA DO GAROTO, TETÊ?

— Vou. O que é que tem, pai? É só um trabalho em grupo. A gente não vai morar lá.

— Os pais dele vão estar em casa? Eu quero falar com eles... Você é a única menina desse trabalho de História... Quero saber onde está pisando, mostrar pra eles que você tem pai, família...

Sorri sem mostrar os dentes tortos. Um sorriso pequeno, do meu modo, mas eu estava genuinamente feliz com a preocupação paterna. Era a primeira vez que ele se envolvia com meus problemas, com meus estudos, com minha vida. Se bobear... era a primeira vez que eu estava sentindo que meu pai era... meu pai.

Engraçado... Mesmo com menos grana, morando de favor na casa dos meus avós, meus pais pareciam mais leves, mais felizes. Até o casamento parecia ter melhorado. Como isso era possível? Que bom que isso era possível. Eu tinha uma família louca, mas com a qual eu me acostumava mais a cada dia. Até com o ronco do meu biso eu estava me acostumando.

— Tá bom. Vou te passar o telefone do Davi já, já. Ele mora com os avós, e, pelo que ele fala, são dois fofos — contei. — Mas o avô está no hospital, então só a avó dele, dona Maria Amélia, vai estar em casa.

— Tá bom, Tetê, me passa o telefone que eu vou falar com ela. Mas eu já falei com sua avó, e ela vai te acompanhar até a casa desse menino, ok?

— Pai, você não acha que é um pouco de exagero, não?

Mas ele não achou. E, na hora de sair, minha avó disse que a vizinha do andar de cima, a Zélia, também iria com a gente até a casa do Davi. Assim elas aproveitavam o passeio e colocavam a conversa em dia.

Subimos um andar, apanhamos a Zélia e, quando pegamos o elevador, demos de cara com a Lucinha, uma menina que devia ter no máximo uns 18 anos e morava lá no prédio.

— Querida, há quanto tempo! — disse minha avó, sorrindo com toda a boca.

— Nossa, como está bonita, Lucinha! — cumprimentou Zélia, mais simpática do que nunca.

— Está aproveitando a tarde ensolarada? Muito agradável o dia de hoje, não? — engatou minha avó.

— Nossa, tá uma delícia. Vou tomar uma água de coco com meu namorado na praia e depois vamos ao cinema.

— Olha! Você está com namoradinho?

Lucinha baixou os olhos, envergonhada, e fez que sim com a cabeça.

— Que bom, minha querida! — comemorou Zélia. — E que sortudo!

— Ter uma menina como você é uma dádiva nos dias de hoje. Viva o amor! — gritou minha avó, um tanto exagerada.

— V-viva... — repetiu Lucinha, bem baixinho, um tanto assustada com a empolgação vespertina das duas. — Tchau, gente. Tchau, Tetê. É Tetê, né?

— Iiiih! Olha aí, Tetêêêê! Lucinha sabe seu nome e tudo! Que bacana!!! Viu só? Aos poucos as pessoas ficam sabendo da sua existência, coisa rechonchuda da vó!

Eu quis tacar um rolo de plástico-bolha na boca da minha avó nesse minuto, obviamente. Em vez disso, apenas acenei para Lucinha.

A porta do elevador se abriu, saímos todas, e, no que Lucinha se distanciou de nós, elas iniciaram um diálogo surreal.

— Não dá, né, Zélia?

— Não dá, Djanira!

— Não dá o quê, gente? — eu quis saber.

— Essa pele! Não dá! Tá pior que a sua, Tetê!

— Muito pior! Chega a ser anti-higiênico! — atacou Zélia.

— Agora me diz, como é que essa menina tem namorado?

— Não sei, Djanira. Tanta menina bonitinha encalhada, e ela, com essa pele e esse nariz do tamanho de um bonde, tem namorado.

Eu estava chocada. Zélia e minha avó eram duas falsianes de carteirinha.

— E tem bafo. Já sentiu o bafo dela? — perguntou minha avó.

— Ô... — reagiu Zélia.

Lição daquela tarde: os mais velhos também fazem bullying.

O mundo está perdido mesmo.

— A vida é uma injustiça. Uma boa de uma porcaria! — decretou Zélia.

— Ninguém presta, ninguém vale nada, ninguém leva nada a sério! — completou minha avó.

Claro. O mundo inteiro não valia nada, só elas, com todo aquele amor para dar. Tsc, tsc, tsc... Diante do meu silêncio, vovó falou:

— Viu só como foi bom vir com a vovó e com a Zélia? A gente papeia, vê o movimento e você ainda se diverte. Porque eu e Zélia somos ótimas! Do balacobaco! — comentou, com zero modéstia. — Não foi muito melhor vir com a gente do que andar sozinha por Copacabana?

Não, não foi. Não foi nada legal ver minha avó resmungando e maldizendo a vida e ainda falando mal de uma pessoa tão inofensiva. Mas em silêncio eu estava e em silêncio continuei.

Chegamos ao prédio do Davi, me despedi das duas (apesar da insistência da vovó para ir comigo até o apartamento) e subi.

A casa dos avós dele era uma graça, cheia de fotos dos dois na parede, em quadrinhos delicados. Que casal lindo... Até suspirei. Quem atendeu a porta foi a avó do Davi, dona Maria Amélia, que me recebeu com os braços abertos e um elogio ao meu pai.

— Que pessoa simpática, o Reynaldo Afonso, seu pai. É tão raro ver pais preocupados assim hoje em dia. A juventude está tão desgarrada da família...

Fiquei felizona. Felizona, tipo, quase de sorrir com os dentes à mostra, sabe?

— Ele é fofo mesmo... — corroborei. — Fui a primeira ou a última a chegar?

— Só falta o Erick. O Zeca já está lá dentro com o Davi.

— Ah...

— Eu levo você lá, querida.

— Claro. É... O... O D-dudu... Ele não tá em casa?

— Ah, você conhece o Dudu?

— Conheci na festa do Orelha.

— Tão lindo o meu Dudu... Ficou no hospital com o avô para que eu pudesse descansar um pouco. Aquelas camas de acompanhantes são um martírio para a coluna da gente!

— Ah...

Eu fiquei tão triste com aquela informação... Tão triste. Egoísta! Em vez de achar muito legal o garoto estar fazendo companhia para o avô, só consegui pensar na pena que era os meus olhos não cruzarem com os dele. Como eu queria olhar para aqueles olhinhos apertadinhos de novo e matar a saudade enorme que eu estava sentindo...

— Meus netos são uma bênção divina, Tetê.

— O Davi tem verdadeira adoração pela senhora.

— Tetê! Olá! — saudou Davi, aparecendo na sala. — Vejo que você e minha avó já se conheceram.

— Já...

E nesse momento tocou a campainha. Era Erick, o lindo. Erick, o maravilhoso, tinha chegado no recinto! E eu teria algumas horas perto dele sem a bestina da namorada por perto! E meu coração deu uma acelerada.

Ele entrou, cumprimentou a avó do Davi e veio nos cumprimentar. Quando ele me deu dois beijinhos na bochecha eu quase desmaiei. E voltei a mim com a voz escandalosa do Zeca, que ia aparecendo na sala e bradando:

— Erick, que pena que você não trouxe sua simpática namorada! Nós todos gostamos tanto dela...

Eu quis rir alto. Mas não ri. Fiz a fina e só sorri.

— Namorada? Que namorada?

Pausa! Pausa, Brasil, Polo Norte e China!

Que namorada? O Erick disse "Que namorada?"!

Se isso fosse uma novela mexicana, a música de fundo subiria e o capítulo acabaria com o close nos meus olhos arregalados. Como "Que namorada?", se eles estavam juntinhos e apaixonados hoje de manhã?!

— Gente, mas o que aconteceu? Vocês estavam no maior grude mais cedo na escola! — *Zeca, sempre ele!*, disse tudo o que eu queria ter dito. — Explique-se, Erick Senna d'Almeida!

Ok, esse "explique-se" eu jamais teria coragem de dizer.

E, nesse exato momento, meu celular fez *plim*. Quem poderia ser? Seria a Samantha? Ou a Valentina, me atacando e colocando em mim a culpa do fim de seu relacionamento sério por causa do lance da porta do banheiro?

Gulp!

Não, não era nem Samantha nem Valentina. Ufa!

Era o doido do Zeca, que estava na minha frente, mas arrumou um jeito de comentar comigo à parte. E eu adorei.

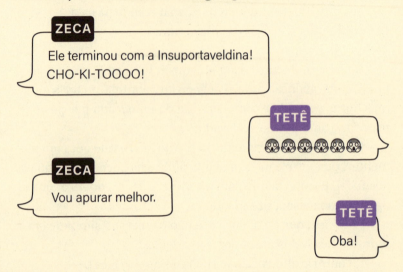

— Tô off-white, Erick! Conta esse bafo a-go-ra! O que fez você terminar com a Bruxina? — Zeca fez o prometido, perguntando justamente o que eu gostaria de saber.

— Acabou, ué. Mas não tô a fim de falar sobre isso, valeu? — encerrou ele, sendo elegante e discreto.

— Claro — disse Davi, mais elegante ainda.

E eu quis matar o Davi! E o Zeca também quis, com certeza.

Não! Não é isso que tem que acontecer agora!, eu berrava em pensamento. Agora é a hora de demonstrarmos preocupação com o amigo, de oferecer ombros e ouvidos. Não é possível que só eu queira saber algumas informações do Erick. Coisa pouca. Coisas banais do tipo: como eles terminaram? Por quê? Foi por mensagem? WhatsApp? Olho no olho? Celular? Quando exatamente? Que horas? Onde? Que palavras foram ditas? Era definitivo ou tinha chance de volta? Rolou discussão ou foi civilizado? Quanto tempo durou a conversa? O que os dois estavam vestindo? Teve choro? De que parte? De quem foi a iniciativa do término? Teve "Não! Por favor, não!!!"? Vocês ficarão amigos ou inimigos para sempre?

— Sério? Ninguém quer saber mais nada? — perguntei. Ah! Não resisti. Eu sou humana, pô!

— Garotos não desenvolvem esse tipo de assunto, Tetê — explicou Davi.

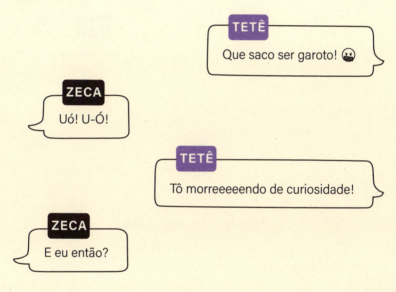

E assim, desse jeito besta, o assunto término-do-Erick morreu. Ficou mortinho no chão da sala do Davi. Mas...

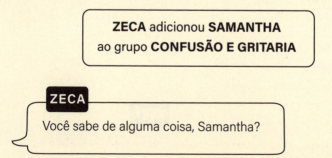

SAMANTHA
Não! Sei de quê? O que aconteceu? Que confusão? Que gritaria?

ZECA
Metidina e Erick terminaram, muléééé!

TETÊ
Ele te contou?

SAMANTHA
Não! Claro que não! 😱😱😱

— Larga esse celular, gente! Bora fazer o trabalho! — pediu Erick.

CONFUSÃO E GRITARIA

SAMANTHA
Posso adicionar a Laís no grupo?

ZECA
Óbvio que não, doida. Ela é a melhor amiga da Vaquina!

SAMANTHA
Parece que foi bapho!

TETÊ
Oba! Conta! Conta tudo!

SAMANTHA

Não sei de nada. Só sei que ela já mudou o status dela no Face pra solteira. 🙄

ZECA

Que mais? Nenhuma indireta para alfinetar ele? Nada relacionado a você? Ou nem isso você sabe?

SAMANTHA

Nem isso eu sei. Rsrsrs! Mas acho que não, né? A festa foi sábado e eles chegaram apaixonados hoje na escola...

ZECA

Você é péssima detetive. Péssima! Tchau!

ZECA saiu do grupo

Ai, ai! Esse Zeca me mata de rir!

Capítulo 19

COMEÇAMOS A FAZER O TRABALHO. ENQUANTO NOS CONCENTRÁVAMOS nas diferenças entre as várias democracias, eu não conseguia parar de olhar para o Erick e pensar que ele estava solteiro. Justo agora que tinha outro cara legal como o Dudu no meu pensamento, o menino lindo que preenchia meus sonhos até outro dia agora estava livre. Livrezinho da silva! Eu poderia admirá-lo de longe sem culpa, sem o peso de ele ter uma namorada. Ainda mais uma insuportável como a Metidina. Que loucura a vida! Logo agora que o Dudu apareceu na minha vida!

Louca! Ele não apareceu, ele só veio de Minas Gerais pra cuidar do avô. Ele não quer nada com você, se enxergaaaaa!, o meu lado são brigou com o lado doido. *Nenhum dos dois vai ter nada com você nunca!*

Daí, do nada, quando estávamos listando os princípios da democracia, Erick, o lindo, me sai com essa:

— Você tá tão bonita, Tetê...

— Oi? O quê? Eu? — Arregalei os olhos, assustada.

— E olha que já te achei linda na festa do Orelha, mas tinha maquiagem, vestido e tal. Essas coisas de mulher. Mas vendo você falar aqui, toda estudada e culta... Sei lá... Acho que sua inteligência te faz ficar mais bonita do que você já é.

O Erick me acha bonita e inteligente! Bonita e inteligente, bonita e inteligen... Tá, parei.

— Inteligente é você, que terminou com a Metidina — reagi, para logo depois tapar minha boca enorme com as duas mãos.

Davi arregalou os olhos. Zeca arregalou os olhos.

Por que você faz essas coisas, Tetê? Por quê? Conserta isso antes que ele responda! Você não tem nada a ver com o relacionamento deles, garota!

— Todo mundo odeia ela, você sabe, né? — foi a minha frase para consertar as coisas. Ai.

Oi? O quê? O que foi que eu disse? Meu Deus! Eu precisava de um médico urgentemente. Que vergonhaaaa! Por que eu falei isso!? O que eu falo agora? Nada! Não fala nada, sua demente! Quando eu estava prestes a forjar um desmaio (seria minha única maneira de escapar ilesa do sincericídio), Erick se manifestou:

— Eu sei. Só eu que não via quem era a Valentina. Silêncio.

Que frase forte foi aquela? Brasil, Polo Norte e China em estado de choque!

Zeca quebrou o silêncio. Ufa!

— Quem era a Valentina que você não via, Erick? — perguntou Zeca com a precisão impecável de sempre.

— Alguém com um jeito de tratar as pessoas que eu não gosto, especialmente a Tetê.

Mor-ri!!! E morta continuei enquanto ele seguia sua explicação:

— Não entendo todo o ódio que ela é capaz de sentir. Hoje, depois da escola, ela destratou uma senhorinha no shopping. Ficou chateada porque eu dei passagem pra senhora entrar no elevador. Depois, veio com papinho de TPM. TPM não tem nada a ver com falta de educação e de gentileza, né?

— Nada a ver! — respondemos eu e Zeca em coro, nos olhando com cumplicidade.

Mais, fala mais, seu lindo!, eu queria ter coragem de pedir.

— Mas foi só isso? — Zeca falou no meu lugar.

— A gente nunca termina por causa de uma coisa só, Zeca. Foram vários os motivos, foi o conjunto, as coisas foram acumulando. Eu cansei, sabe? E ela odeia a minha mãe, que nunca fez nada pra ela. É sempre grossa com a coitada, que só pensa em agradar... Acho que eu estava acomodado na relação e acabei ficando com a Valentina mais tempo do que deveria. E teve o lance com a Samantha também...

Que bom que os anjinhos da língua solta ouviram minhas preces e ele desandou a falar. Obrigada, anjinhos, seus lindos!

Mas espera... Samantha? Ele falou o nome da Samantha? Que lance com a Samantha? Zeca! Zecaaaaa!

— O que tem a Samantha? — Zeca não falhou em perguntar. Obrigada, Zeca, seu maravilhoso leitor de pensamentos!

— Ah, elas eram superamigas, e, do nada, a Valentina limou a garota da vida dela. Não gosto do jeito como ela lida com as pessoas. Joga elas fora como se fossem papel de bala.

— E pra complicar teve a história do banheiro... — soltei.

— Pois é. Aí piorou. Mas a gente conversou depois da festa e ficou tudo bem, passamos um domingo ótimo. Mas hoje ela cismou que eu olhei diferente pra Samantha na escola. E depois o shopping. Pra mim, deu. Na boa, mulher é um bicho muito chato.

— Concordo! — brincou Zeca, quebrando o clima tenso.

E meu lado de encantamento com o Erick brilhou forte nesse exato momento! Por um instante, eu só pensava que ele precisava de uma namorada bonita e inteligente! Uma namorada fofa, que desse valor a ele e que amasse as pessoas e os animais. Nem todos os animais, mas quase todos. E essa pessoa... Essa pessoa... era eu!!!! Eu! Vamos namorar, seu lindo!

— Agora chega. Fiquei muito tempo amarrado, quero pegar geral. Não quero namorar com ninguém tão cedo.

Hum... Tá. Ok, perdi. Mas sem drama! Sei perder, são anos de prática.

Ah, mas puxa vida! Eu era a menina mais bonita do planeta. Digo, mais feliz do planeta. Porque Erick, o lindo, disse que eu estava bonita.

Eu fiz a sobrancelha e o buço. Já cortei e clareei o cabelo, fiz luzes, vou ao dermatologista, estou me alimentando melhor... Quero me cuidar mais. Olha só, você querendo pegar e eu querendo cuidar. Me cuidar. Opa! Aí teeeeem! Hahahahahahahahahaha! AH! HAHA HAHAHAHAHAHAHAHAHAHAHAHAHA!

Sim, esse foi o pensamento que passou pela minha cabeça depois da revelação do meu Erick. Na boa, eu sou a pessoa mais sem-noção do mundo. Fato. O assunto acabou e ele não se manifestou mais sobre o fim de seu relacionamento sério com a Metidina. Voltamos à democracia e não se falou mais nisso.

Terminamos o trabalho, deu tudo certo, iríamos tirar uma nota boa, eu tinha certeza.

Quando já estávamos nos despedindo, Dudu chegou. E, assim que eu olhei para ele, ele exerceu um efeito estranho sobre mim. Sei lá, parece que meu coração amoleceu. Ele estava cabisbaixo e tristonho, por mais que tentasse transparecer o contrário. Ele foi simpático com todo mundo e abraçou demoradamente a avó.

— Vozinha, o vovô quer que você durma lá hoje de novo. Vim te buscar.

— E como ele está agora, meu filho?

— Melhor — respondeu Dudu, com pouca convicção.

E eu quis abraçar muito ele naquela hora. Era uma mistura de sentimentos acontecendo no meu peito. E eu não sabia direito identificar. Nem expressar.

— Vai dar tudo certo — foi o que consegui dizer.

— Obrigado, Tetê — agradeceu ele, vindo na minha direção e abrindo os braços para me abraçar.

E eu derreti. Senti minhas pernas molengas, senti meu coração esquentar. Respirei fundo e, quando ele me envolveu com seu corpo grande, senti um cheiro muito bom. Cheiro de banho.

Como era carinhoso e querido aquele menino... E que abraço bom! Até fechei os olhos.

Enquanto nos abraçávamos, dona Maria Amélia desabafou:

— Não me conformo!

— Ele vai ficar bem, vó!

— Eu sei, Dudu. Estou falando da mocreia mineira que te traiu e te trocou por outro.

O quê? O que ela estava dizendo? Alguma mocreia mineira tinha tido a coragem de trair o Dudu? Como alguém em sã consciência trocaria esse deus grego por outra pessoa? Garota burra!

— Ah, vó...!

— Desculpa, querido... Você pediu que eu não expusesse sua vida... Mas é que eu estava te olhando e... Foi só um desabafo momentâneo. Vovó te ama.

— Eu sei... Também te amo. Mas não precisa ficar falando de mim pras pessoas...

— Você está certíssimo. Mas, olha... Deixa eu te dizer uma última coisa, não briga com a vovó.

— Fala, vó...

— Foi bom até, viu? Você era muita areia para o caminhãozinho dela.

— Tenho certeza — entrei no papo. Sim! Eu disse isso! Que vergonha. Eu tinha que ser impedida de falar, eu devia ter nascido muda, isso sim. Mas aposto que eu seria a muda mais sem-noção da face da Terra com a linguagem dos sinais. — Ops, desculpa...

Dudu riu. Riu! E, melhor: me abraçou mais! É! Ele me abraçou mais. Com aqueles braços fortes e sarados. E morenos e cheirosos. E aí eu me dei conta de que tinha passado horas pensando no Dudu. E mesmo ali, na frente do Erick, eu só conseguia pensar nele. E apesar de ele ser menos bonito que o Erick, a falta de perfeição do Dudu era... perfeita. O nariz ligeiramente batatudo, a sobrancelha falhada (tem coisa mais linda que sobrancelha falhada? Tá! Tem pelos menos 892 coisas mais lindas que sobrancelha falhada, mas a do Dudu era espessa, bem preta), os olhos pequenos apertadinhos, os cílios enormes, um sinal sensacional na bochecha esquerda e outro menor na direita. Não podia mais negar para mim mesma: eu estava claramente encantadinha pelo Dudu. Não digo apaixonada porque não faço mais esse tipo de coisa. Sou contra paixão. Sou mesmo!

— É bom te abraçar, Tetê. Você tem o abraço bom, apertado, de verdade.

E foi nesse momento que eu parei de sentir minhas pernas. E acho que também parei de respirar.

— O seu abraço que é ótimo — falei sem pensar. Eu disse isso? Iei! Viva eu!

— Desculpa minha avó. Pra tentar minimizar o problema do meu avô, ela se entretém com a minha vida. Não posso culpá-la — falou ele baixinho no meu ouvido. Ai.

"Culpá-la". Own...

E de repente percebi que o Erick estava olhando para nós de longe, enquanto conversava com o Zeca e o Davi. *Mas... quem era Erick mesmo?*, pensou um lado do meu cérebro. Então eu voltei para o planeta Terra e enxerguei Erick, e lembrei quem era Erick, e lembrei que ele estava solteiro, que ele era meu lindo, meu primeiro lindo, que ele tinha me achado bonita...

Confusa, eu? Indecisa, eu? Perdida, eu? Louca, eu? *Magiiiiina!* Terminei o abraço meio sem jeito, olhando para o Erick, e o Dudu soltou a pergunta:

— O meu avô está internado no Hospital Copa d'Or. Posso te levar em casa depois de deixar minha avó lá. Quer carona? Assim a gente conversa mais um pouco.

A fada do meu cérebro berrou: *Quero! Quero! Já é! Vai, Tetê!*

Mas outra pergunta foi feita naquela sala:

— Eu tenho que ir agora pros lados da sua rua, Tetê. Ia perguntar se você não quer ir andando comigo, eu te acompanho até sua casa — disse Erick.

Meu. Deus. Do. Céu! Eu estava sonhando. Claro que estava. Não. Não estava. Que situação inédita e maravilhosa! O impossível pode, sim, acontecer! Vrá! Mil vezes vráááá!

Mas... E agora? O que fazer? Vou com Erick ou vou com Dudu? E um milhão de dúvidas sobre com quem voltar para casa invadiram minha cabeça. Era como se uma chuva de meteoros em forma de pontos de interrogação sambasse no meu cérebro naquele momento. *Respira, Tetê. Respira! Pensa... Agora a situação mudou um pouco...*, a fada que mora na minha cabeça mandou. Aí rapidamente pensei e imaginei com quem eu corria mais risco e, sem respirar, sem muito pensar, respondi na lata:

— Vou a pé com o Erick. Estou assim agora, preferindo caminhar a andar de ônibus e carro, subindo escada em vez de ir de elevador. Geração saúde, sabe? A caminho do posto de musa fitness 2027 — fiz graça e tentei disfarçar meus critérios de escolha. — Mas obrigada, Dudu.

Ai, sei lá se fiz bem ou não, mas agora já foi.

Erick e eu nos despedimos de todos, descemos o elevador e meu estômago gelou. Borboletas dançaram todos os ritmos latinos enquanto caminhamos uns minutos em silêncio pela movimentada Copacabana. Minhas pernas tremiam, minhas mãos transpiravam, a ponta do meu nariz suava. E um sorriso muito, muito feliz queria aparecer no meu rosto, mas eu o escondi, para não deixar meu lindo convencido demais. Foi difícil não suspirar também.

Que incrível andar do ladinho do Erick. Só nós dois!

Desde que eu vi o Erick pela primeira vez, eu sonhei com esse momento, mas nunca imaginei que ele fosse se tornar realidade... Eu andando na rua com o cara mais bonito do mundo?

E o Erick está solteiro. Solteiro! SOLTEIROOOOO!

— Você gostava de morar na Barra, Tetê? — Erick quebrou o gelo e interrompeu meus pensamentos.

Respondi meio sem pensar, imaginando quanto tempo a gente ainda tinha junto antes de chegar ao meu prédio, que não era tão longe dali. Queria que o relógio andasse devagar.

— Nem sei direito, sabe? Eu não saía de casa, só ia da escola pra casa e de casa pra escola, então não aproveitei muito isso de vizinhança, rua. Mas, por mim, posso morar na Barra, aqui ou em Brás de Pina, o bairro não importa desde que eu tenha meus livros e minha música.

— Cara, odeio ler!

Oi? Jura? Odeia ler? Ah, Erick... Por que falou isso? Por quê? Estava indo tão bem! Vou ter que tirar pontos de você. Tudo bem, ninguém é perfeito.

— Mas em música eu me amarro.

Ufa! Ganhou pontos de novo.

— Reggae? Rap? — perguntei.

— Gosto de rock, hip hop, gosto de coisas novas.

— Eu amo tudo que me encante.

— Se quiser me apresentar umas músicas qualquer dia, tamos aí, Tetê!

Por que não tinha ninguém por perto para ouvir aquele diálogo? Ou eu estava muito louca, ou o Erick tinha acabado de dar mole para mim!

Quer ouvir musiquinha comigo? Alou!

Não! Que viagem! Claro que não, o Erick me vê como amiga. Uma amiga bonita e inteligente. Só isso. Não quer dizer que isso vá evoluir para algo romântico!

— O que eu não suporto é música brasileira.

— Eu amo! — disse, decepcionada com o gosto musical do Erick, mas ainda encantada com ele, com o momento, com tudo.

E então, o garoto mais lindo do mundo disse a frase que dividiu minha vida em duas partes: ATH e DTH (Antes do Trabalho de História e Depois do Trabalho de História).

— Posso amar se você me mostrar suas músicas preferidas. Você tem bom gosto, só deve gostar de músicas iradas.

Para tudoooo! O Erick estava dando em cima de mim mesmo? É isso, Brasil? Sim, eu acho que sim! Mas como ter certeza? Como? Qual era o próximo passo? Eu deveria mudar de assunto completamente? Deveria seguir com a música? Como eu deveria reagir ao comentário? Deveria reagir ao comentário? Como? Como lidar com uma situação para a qual você nunca se preparou, por ter certeza de que jamais viveria? O que eu faço agora, produção?

— Eu... eu... eu...

De repente, senti um puxão no meu braço direito. Um puxão delicado e firme ao mesmo tempo. Erick me parou na calçada da Tonelero e segurou meus braços. O ar me pareceu faltar. Eu inspirei e expirei umas duzentas vezes por segundo. Eu nem piscava. Ele olhava para mim e eu, assustada, com os olhos arregalados, tentava dizer para ele: "O que está acontecendo?".

As mãos de Erick deslizaram dos meus braços para o meu rosto com tanta gentileza, com tanto carinho...

— Dizem que beijo bom é beijo roubado. Mas... como você é uma menina especial, eu quero saber se posso te dar um beijo.

— Você quer me dar um beijo? Tem certeza?

— Absoluta.

— Por quê?

Por que eu perguntei por quê? Por quê? Eu sou uma anta mesmo!

Eu sou BV! Eu sou BV! Eu sou BV! Como assim meu primeiro beijo seria com um garoto lindo, que já deve ter beijado meio Rio de Janeiro?

— Porque me deu vontade — respondeu, sincero e maravilhoso. — Posso?

Meu coração virou um bumbo tocado por um instrumentista muito empolgado. Mais acelerado que a mais acelerada bateria de escola de samba.

Falo ou não falo que sou BV? Falo ou não falo que sou BV? Falo ou não fa...

E meus pensamentos foram interrompidos pela boca quentinha e carnudinha do Erick. Sim, ele era todo quentinho. E foi muito doido sentir pela primeira vez outros lábios encostando nos meus e uma língua encostando na minha!

Meu Deus! Eu agora integrava a parcela da humanidade que beija! Sim, senhoras e senhores! Sim, Brasil, Polo Norte e China! Eu, Tetê, Teanira, sou, a partir de hoje, uma pessoa que BEIJA! BEI-JA! Passei para o outro lado!

E que coisa boa é beijo. É estranho, mas é bom! Eu fiquei com o maior medo de babar, acho que estiquei pouco a língua e espremi muito meus lábios. Foram 15 anos sem beijar, sem ter ideia de como é! Mas, quanto mais eu beijava, mais natural e gostoso ficava.

Como é bom beijar!!!

— Que beijo bom, Tetê — sussurrou Erick no meu ouvido, enquanto me dava vários beijinhos no bochecha.

Não consegui dizer nada diante dessa tão inacreditável frase.

Abracei forte o meu lindo e ri com todos os dentes, por todos os poros! Será que ele não tinha desconfiado que eu era BV?

Agora eu não apenas tinha amigos. Eu estava fi-can-do com o Erick! Gente, quem diria, eu!

Depois do beijo, nós conversamos, brincamos e rimos. E paramos para mais um beijo, que foi incrível, melhor ainda que o primeiro. Então fomos abraçadinhos até o meu prédio e lá demos o terceiro e último beijo da noite, o terceiro da minha vida!

Eu lembraria do Erick para sempre. Ele agora fazia parte da minha história, acontecesse o que acontecesse dali em diante. Erick agora era o cara com quem eu tinha perdido meu BV. Melhor impossível!

Subi no elevador me olhando no espelho enquanto passava levemente a mão pelos lábios. Eu tinha beijado! E tinha beijado o Erick!

Cheguei em casa sem sentir o chão. Mal vi minha família. Parecia que eu caminhava dentro de uma enorme bolha de sabão. Leve, colorida, flutuante, feliz. Num silêncio pra lá de aconchegante.

Impossível não passar aquela informação adiante. Perder o BV aos 15 anos com o cara mais lindo do planeta foi a coisa mais inesperada da minha vida. Eu precisava dividir aquilo com alguém!

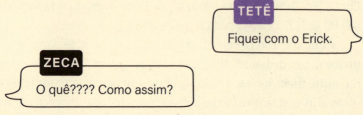

Enquanto eu teclava a resposta, Zeca ligou. Não aguentou. Perguntou tudo, com detalhezinhos! E eu adorei contar!!! E eu estava numa paz tão gostosa! O problema era a dúvida: estou namorando? Ou não estou namorando?

— Deixa rolar — aconselhou Zeca. — Lembra que ele falou que quer pegar geral? Prepare-se pra não namorar.

— Tá bom — disse, resignada.

— Ai, que mania de vocês de criar expectativa. Vocês, meninas, precisam dar nome pra tudo! Esquece! Namoro, beijo, casamento, ficada, rolo, teretetê... Não importa o nome. O que tiver que ser será.

Eu ri.

— Obrigada, tá?

— Pelo que, sua louca?

— Por ter me ajudado a mudar.

— Eu só te ajudei a mexer no lado de fora, mas a mudança que aconteceu em você foi interna. Bem lá no fundo.

— Não, senhor! Você me deu um corte de cabelo, me fez melhorar, me alimentar melhor...

— Você não mudou tanto quanto pensa, Tetê. Acredita em mim: o que mudou foi dentro de você. Você passou a se olhar de outra forma. Viu que era possível se olhar de outra forma.

— Own...

Desliguei e pensei se ligava ou não para Samantha.

Mas preferi fazer um jantar para a minha família! E um jantar saudável: macarrão de abobrinha e cenoura com peixe grelhado. Afinal, pouca coisa me deixa tão feliz quanto a alquimia da cozinha. Nossa! Alquimia foi forte! Mas eu estava tão feliz que queria transformar felicidade em comida para as pessoas que eu mais amava na vida.

MACARRÃO DE ABOBRINHA E CENOURA
DIFICULDADE: FÁCIL. MAS SE EMPENHA AÍ, VAI!

#OQUEVAI
1 CENOURA • 2 ABOBRINHAS GRANDES •
5 DENTES DE ALHO PICADINHO •
2 COLHERES DE AZEITE DE OLIVA •
SAL MARINHO A GOSTO • PIMENTA-DO-REINO A GOSTO

#COMOFAZ
1. Corte a cenoura e a abobrinha usando um cortador de legumes, tirando fatias finíssimas. Refogue no alho e no azeite de oliva por uns cinco minutos. **2.** Coloque sal a gosto. **3.** O peixe grelhado é fácil! Só tacar um filé de linguado ou namorado na frigideira com um pouco de azeite e grelhar até ele ficar marrom-clarinho por fora. **4.** Tempere só com sal e pimenta-do-reino a gosto.

Capítulo 20

FOI DIFÍCIL DORMIR COM TANTAS COISAS NA CABEÇA. E QUANDO enfim peguei no sono, sonhei com o Erick e com o Dudu. Dudu correndo suado num corredor de hospital, vestido de branco, e Erick se afogando com uma onda. Eu querendo ir ao encontro dos dois, mas estava presa numa torre na Noruega. Ou na Escócia. Sei lá, em algum país frio.

Acordei assustada com o despertador. Que sonho angustiante. Assim que me refiz dele, só conseguia pensar no dia anterior. Como seria encontrar com o Erick agora de manhã na escola? Como eu deveria falar com ele? Ele falaria comigo? Como eu deveria cumprimentá-lo? E o Dudu, hein? Ai, que dúvidas felizes e inéditas na minha cabeça!

Ao chegar no colégio terça de manhã, não foi difícil perceber que só se falava em uma coisa. O fim do namoro de Erickina/Valerick era tema de todas as rodinhas de todas as turmas. Até as crianças do jardim de infância pareciam saber da fofoca do ano e debatiam o assunto.

— Já tá sabendo? — perguntou Samantha, com olhos esbugalhados, assim que me viu entrar na sala.

— Ai, meu Deus! Do término? Doida! Eu e o Zeca que te contamos ontem, lembra?

— Término? Que término? Isso já é passado! — rebateu ela. — Tô falando da foto.

— Que foto? — questionei, espantadíssima. — Do Erick?

— Não!

— De quem?

— Da Va-len-ti-na.

— Que foto é essa? Como é a foto? — indaguei.

— É um quase nude.

— Para! Mentira! Um quase nude? Como assim?

— E o babado maior: tão dizendo que foi o Erick que mandou pra todos os meninos.

— Não!!! O Erick jamais faria uma coisa dessas! Tem certeza? — exclamei num ímpeto.

— Bom, ele assinou a foto! Depois espalhou, né? Mas pensa: se uma pessoa xinga a sua mãe, você não faria qualquer coisa pra revidar?

— Ela xingou a mãe dele, Samantha? — Eu me espantava a cada revelação.

— É o que está todo mundo dizendo... A mãe dele nunca gostou da Valentina e a Valentina resolveu chamar a mulher de periguete pra baixo depois que eles terminaram. Parece que o barraco foi feio.

— Tô begeeee! — foi o que saiu da minha boca. Eu estava pegando manias do Zeca.

E, nesse momento em que uma avalanche de informações adentrava meu ainda sonolento cérebro, meu celular fez *plim*. Era a tal foto da Valentina Metidina chegando para mim também. OMG! Alguém a pegou em um ângulo desfavorável, descendo de saia uma escada vazada no colégio, em que dava para ver as pernas dela e boa parte da sua calcinha. Ela tinha uma mancha de nascença na batata da perna que não deixava dúvidas. Era a Valentina mesmo. Na legenda, a frase:

> Livre pra voar. Não tô mais pegando, mas geral pode pegar a goxxxtosa. Ela finge que é liberal, mas é uma mosca morta. Nem beijo bom ela tem, nem nudes ela manda. Estou passando adiante. Quem vai? Abração do Erick

Não era possível. Aquele número de quem veio a foto não era do Erick! Nem aparecia o nome dele!

— Não foi ele! Com certeza não foi! Ele jamais faria isso! — defendi, mesmo que estivesse cheia de pontos de interrogação na cabeça.

— Amiga, foi, sim. Ele está com muita raiva! Com raiva a gente faz essas coisas — argumentou Samantha.

— Gente, que bafão! Esta escola nunca mais vai ser a mesma. Já tem um monte de *memes* rolando com a foto! — comentou Zeca, assim que se aproximou de nós. — Cadê a Peladina, gente?

— Não fala assim... — pedi, com uma pena genuína da Valentina. — Ninguém merece um vexame desses. Nem ela...

— Pelo amorrrr, o que foi que a Coitadina fez pra esse garoto pra ele ficar com tanta raiva e mandar a bunda dela pra todos os meninos da escola? Até os professores receberam!

— Mentira que até os professores...! Que vergonha! — exclamei, chocada.

— Ela xingou o pai dele! — respondeu Samantha na maior certeza.

— Não foi a mãe, Samantha? — corrigi.

— Ela não xingou ninguém, gente! — defendeu Laís, a fiel escudeira da Valentina, que surgiu ali como em um passe de mágica.

— Cadê a Bundina Pequenina? Não chegou? — Zeca sempre fazendo sem medo a pergunta que todos gostariam de fazer.

Eu também estava louca para saber onde estava a coitada da Valentina. Nem consegui rir do Bundina Pequenina. Era pequena, mas não tinha uma celulite para contar história. Ai, que ódio! Adoraria ter bunda pequena... Foco para a resposta, Tetê!

— No banheiro, Zeca. Ela não para de chorar, não quer sair de lá por nada. Tô com muita peninha. Nem comigo ela quer falar. Nem com a Bianca. Fui na coordenação chamar a Conceição pra conversar com ela. Isso é crime, e vão pegar o Erick — falou a Laís.

— Mandar um quase nude é crime? Deixa de ser louca, Laís! — bronqueou Zeca.

— Não foi o Erick! Ele não é esse tipo de gente! — insisti.

Eu não podia acreditar que aquele príncipe que me beijou no dia anterior fosse um mau caráter.

— Você por acaso conhece o Erick, Tetê? Ele não é esse bonzinho que vocês pensam, não! — atacou Laís, furiosa.

— Alguém já ligou pro telefone que mandou a foto? — perguntei.

— Claro que já. Dá aquela mensagem de "este número de telefone não existe".

— Então não é dele — falei, meio aliviada.

— É da mãe dele, que tem mil telefones porque é empresária riquinha — afirmou Laís. — Tetê, aceita que dói menos. O Erick pegou um aparelho que ela usava pouco, mandou a foto e cancelou a conta ou desligou pra sempre o aparelho, sei lá.

Meu mundo caiu. Expor a ex-namorada dessa forma brutal era uma falha grave de caráter. Eu estava atônita, sem saber o que pensar... Será que meu sexto sentido tinha se enganado tanto assim? E o Erick, onde estava?

— Aposto que o covarde nem vai vir — opinou Bianca, entrando no papo.

— Não vamos julgar sem saber o que de fato aconteceu, meninas... A Tetê está certa — atenuou Samantha.

— Gente, na boa... Tá difícil defender o Erick... — argumentou Zeca.

Eu só conseguia pensar na Valentina. Nos dedos apontados para ela. Nas risadas que dariam pelas suas costas. Nas inevitáveis fofoquinhas. Em tudo o que falariam dela e da bunda dela. O que pensariam. Eu sei bem o que é sentir isso. Dói. Imagina como seriam daqui para a frente suas tão disputadas e comentadas festas? Certamente vazias e deprimentes, como a festa surpresa que minha mãe deu para mim dois anos antes. Ninguém foi, apesar de todos da minha turma terem recebido convite. Foi um dia bem triste.

Erick chegou e logo foi abordado por Orelha e Samuca, que lhe mostraram a foto em seus celulares. Os olhos de todos estavam sobre os três. O mundo queria ver a reação do Erick.

— O QUÊ?!! — gritou ele. — QUEM FEZ ISSO?! QUEM FEZ ISSOOO?!

Orelha tentou acalmar o amigo.

— Alguém que te odeia, cara. Ou odeia a Valentina.

— Ou odeia vocês dois, o que é mais provável — opinou Samuca.

Erick ficou realmente indignado. Revoltado. Irado. Extremamente irritado. Desesperado.

— QUEM FEZ ISSO VAI TER QUE PAGAR!!! EU NUNCA FARIA UMA COISA DESSAS!!! — gritava ele, à beira do descontrole. — QUEM FEZ ISSO TEM QUE ASSUMIR! VAMOS DESCOBRIR DE QUEM É ESSE NÚMERO!

A raiva nos olhos dele era nítida, a veia saltava do pescoço. Deu pena. E eu fiquei com o coração um pouco mais leve querendo acreditar que ele estava falando a verdade. Mas tinha uma semente da dúvida plantada em mim... E se ele estivesse mentindo?

Eu já não sabia de mais nada...

— Dá número inexistente, Erick — Zeca entrou na conversa. — Por isso tá todo mundo falando que é da sua mãe.

— Estão achando que minha mãe fez isso?!! Que absurdo!!!

— Claro que não! Todo mundo acha que *você* mandou a foto com um aparelho da sua mãe — explicou Laís. — Ela tem vários aparelhos, não tem? Todo mundo viu na sua festa de aniversário do ano passado.

Ele baixou a cabeça. E deu um soco na mesa. Socão. Socão de filme. Não! De peça do Shakespeare. Não! De novela! Isso. De novela. Sem respirar, a turma observava o desespero do garoto mais bonito da escola enquanto ele saía feito um furacão da sala. Pelo jeito, meu sexto sentido estava mesmo certo: o Erick não tinha feito aquilo. Claro que não tinha.

— Tetê, eu agora tô com você. Não foi esse bofe que mandou a foto — falou o Zeca.

— Claro que não! — chegou Davi. — Aquele texto não é coisa do Erick. Ele nunca aprendeu a diferença entre mais com i e mas sem i. Nunca. Nem sabe usar vírgula. Além disso, ele abrevia tudo no celular. E certamente escreveria "finge" com j. Não foi ele — decretou.

Finge com j? Sério? Erick tinha descido uns degraus no meu coração. Erros de português acabam com qualquer pessoa. Bom, ele já tinha dito que odiava ler, não me espanta que não escrevesse direito... Será que ele tinha dislexia, o coitado? Que vida louca, que vida que gira... Para de filosofar, Tetê! Atenção para o que realmente importa!

— Gente, mas a questão é: quem foi? — indaguei.

— Sinceramente? Pra mim, isso é coisa de mulher.

— Uau, Davi! Aplausos! Faz todo sentido! Um monte de garotas odeia a Bundina Pequenina! — concordou Zeca.

— A gente também odeia, mas nunca faria uma coisa horrorosa dessas — comentei.

— Depende do grau de ódio, ué — pontuou Davi.

— Será que... Não. Deixa pra lá — teorizou Zeca.

— Agora fala, Zeca! — pedi, brava.

— Não. Esquece. Viajei.

— Fala! — insisti, agora com a ajuda de Davi, que chegou atrasado mas sabia da história toda e parecia tão curioso quanto eu.

Zeca se jogou no chão.

— Me ajuda a procurar minha lente aqui, vocês dois! — pediu.

Abaixamos na hora.

— Você não usa lente! — sussurrei.

— Claro que não, bobona, é só pra disfarçar. Aliás, o próximo passo é fazer a senhora usar lentes, dona Tetê!

— Lentes nem pensar! Me arrepia toda a ideia de enfiar o dedo no meu olho todos os dias. Mas uma armação nova que tenha mais a ver comigo do que essa que a minha avó me deu, eu superquero.

— Você realmente acredita que nós três de quatro aqui no chão chamamos pouca atenção? Sério mesmo? — debochou Davi.

Zeca revirou os olhos, irritado com a ironia do nosso amigo.

— Pelo menos a gente pode falar baixinho que ninguém vai escutar — justificou Zeca. — Pensei na Samantha.

— Na Samantha?! — repetimos Davi e eu em coro.

— Claro que não! — defendeu Davi.

— Ela jamais faria isso — falei, indignada.

— Como você sabe?

— Não é a cara dela — argumentei.

— Mas ela odeia a Valentina! Foi BFF dela e depois demitida do posto de BFF. Isso é grave! — rebateu Zeca.

— Será? Mas tem que ter muito ódio envolvido pra fazer isso... E ela está colocando o Erick em situação pior ainda. Pensa — ponderou Davi.

— Que nada, Davi! Ela é escorpiana! Escorpião é vingativo, escorpião é louco, escorpião não vale o chão que pisa! — mandou Zeca.

— Eu sou de escorpião — revelou Davi.

— Mentiraaaa! Nossa, você não tem a menor cara! Deve ser por causa do seu ascendente... Precisa ver isso aí... — analisou Zeca, incrédulo.

— Não sei o que é ter cara de escorpiano, mas voltemos ao foco do problema. Então se a Samantha mandou essa foto, ela também tem sérios problemas com o Erick — Davi analisou.

— E não tem, menino? Já teve um trelelê ali que eu sei. Não sei detalhes, não sei a intensidade, mas que teve coisa, teve. Acho que eles ficaram um tempo e a Valentina roubou ele dela.

— Hum... Então faz sentido ela odiar os dois — falou Davi.

— Claro. Odiar e querer o mal dos dois. Querer os dois na lama. Na la-ma! E ainda teve a história do banheiro, que tá muito mal explicada!

Meu Deus! Que bafooo! Não podia ter sido a Samantha! Ou podia?

— Classe, classe! Que balbúrdia é essa? Todos em seus lugares! Agora! — brigou Suzana, a professora de Química. — Ah, não vão calar a boca? Teste surpresa! Agora! — avisou, causando o maior silêncio que aquela turma já tinha presenciado.

Caramba! Teste surpresa? Enquanto a turma se mordia de ódio da Suzana, eu só conseguia pensar na foto. E no Erick que não tinha voltado. E no Orelha que foi atrás dele. E na Valentina. Onde eles estavam? O que acontecia do lado de fora da minha sala de aula? Que dúvida! Numa hora dessas é que eu queria ter o superpoder de ficar invisível. Por que superpoderes não existem? O mundo é injusto mesmo.

O tempo passou e nem sombra de Valentina e Erick. Orelha voltou sozinho e levou um susto quando percebeu que fazíamos um teste surpresa. Chegou a dar meia-volta para sair da sala, mas Suzana olhou feio para ele, que lentamente se dirigiu para sua carteira.

Quando ele passou por mim, perguntei:

— Cadê o Erick? Ele tá bem?

— Você quer ganhar um zero, Tetê?

— Não, professora. Desculpa.

Droga! Onde estavam Erick e Valentina? Será que estavam conversando? Brigando? Será que tinham ido embora? O tempo não passava. A aula de Física começou, depois teria Geografia. Nada do ex-casal mais comentado da história mundial das escolas.

Capítulo 21

NA HORA DO RECREIO, ASSIM QUE EU, DAVI, SAMANTHA E ZECA fomos para o pátio, vimos a Valentina a uns quatro metros da gente, rodeada do seu séquito de sempre, Laís e Bianca, falando sem parar, e ouvimos o Thales, o engraçadinho da turma, chegar perto dela e soltar uma frase que ele não deveria ter falado, no tom mais irônico do mundo.

— Parabéns, hein, Valentina?
— Parabéns por quê?! — respondeu ela furiosa.

Ele e mais um grupinho de meninos começaram a rir e medir a Valentina com o olhar de cima a baixo. Só que ele tinha mexido com fogo.

— Fala, idiota! Fala se tem coragem que eu te meto a mão! — E ela foi pra cima dele, espumando.

Nesse momento, uma confusão se formou. Um grupo enorme rodeou os dois, e nós também nos aproximamos. E a Valentina começou a gritar mais.

— Só porque você foi um dos muitos que viram minha calcinha e minha bunda? — reagiu ela, mandando às favas sua elegância e soberania características. — Todo mundo aqui viu pelo jeito! E daí?! Pelo menos a minha bunda é bonita e eu não tenho vergonha dela! E vou descobrir quem fez essa maldade comigo! — E de repente o olhar dela encontrou o meu. E ela começou a gritar com raiva, olhando para mim. — E aposto que quem fez isso foi alguma mulher recalcada! Alguma feiosa que não tem bunda bonita pra mostrar. Ouviu, Tetê?

Oi?

— É isso mesmo! Você é minha principal suspeita e eu vou fazer de tudo pra provar que eu tô certa. Foi você, sua horrorosa! Tenho certeza!

— Você tá louca, Valentina? — perguntei, abismada.

— Louca? Pensa comigo: gorda, feia, inútil e apaixonada pelo Erick, que agora tá livre. Vai lá então! Se é que já não tentou, né? Pena que você é burra, porque, sem saber, ainda por cima ajudou o cara a ficar com sua amiguinha aí, que tem um globo terrestre no lugar de cada peito.

Como é que é?

— Valentina, se segura. O que foi que a gente combinou? — Laís não sabia mais o que fazer.

— Caguei pro combinado! Não tenho sangue de barata pra aturar todo mundo me olhando esquisito e fazendo piadinha! Parou! Parou com essa palhaçada! Eu podia dizer que não é a minha bunda, mas é, sim! Todo mundo sabe que é! Mas quem vai resolver esse assunto é a polícia.

— Polícia? — Eu não estava entendendo mais nada.

— É isso mesmo! Você vai pra cadeia, ok? Isso é cibercrime! Eu vou te denunciar!

— Você não me conhece mesmo, Valentina! Eu jamais mandaria uma foto daquelas pra alguém! — gritei, bem revoltada com a palavra cadeia. — Além do mais, sou menor de idade, menores de idade não vão pra cadeia. Se você estudasse e fosse mais esperta, saberia.

Nunca suei tanto na vida. Não acredito que tive coragem de rebater a Valentina Insuportaveldina daquele jeito! Mas era muita raiva, simplesmente não consegui engolir as ofensas.

Ela estava achando que *eu* tinha sido a responsável! Que menina sem noção!

— Você é que deveria ser mais esperta e ver quem está do seu lado, em vez de encobrir amiga falsa! — esbravejou ela. — A tonta apaixonadinha pelo Erick não enxerga a falsiane do lado! — debochou Valentina, olhando agora para a Samantha. — Se não foi você, foi a sua amiguinha falsa do peito de melancia!

— Para de agredir as pessoas, Valentina! — brigou Davi, que chegou com ira no olhar. — Não foi nenhuma das duas!

— Como você sabe, quatro-olhos cabeçudo? — perguntou a sempre doce e querida Vaquina. — Agora eu tenho certeza! Foram as duas juntas!

— Valentina, você está passando dos limites. É melhor se acalmar. — Eu quis aplacar a situação e terminar com aquele barraco, mas ela piorou tudo.

— Cala a boca, Teanira! — ordenou Valentina. — Eu só não meto a mão na cara de vocês, suas mocreias, porque não vale a pena me sujar por causa de umas fracassadas! Uma é recalcada e a outra, além de falsa, é ladra de namorados, né, Samantha?

— Eu? Eu sou a ladra? — Samantha se manifestou.

— É, sim. Você ficou com o Erick na festa do Orelha!

— Claro que não. De novo essa história, Valentina? — defendi minha amiga.

— Ela só passou mal! — Zeca entrou na discussão.

— Uhuuu! Briga de garotaaaa! Briga de garotaaaa! — berrou Orelha ao chegar e dar de cara com a confusão armada.

Aquilo não podia terminar bem...

Foco na Samantha. De repente, a menina respirou fundo e disse com todas as letras o que parecia estar entalado desde aquela festa:

— Querem saber mesmo? Tá bom, eu vou contar. Eu fiquei com o Erick, sim!

Ãhn? Como assim?!!!

— Você ficou com ele depois de vomitar? — perguntou Valentina espantada, com cara de nojo.

— Não teve vômito, idiota! — respondeu Samantha.

— Não...? — foi tudo o que eu consegui dizer.

O quê? Então a Samantha ficou mesmo com o Erick? Ela tinha mentido para mim?! E me fez ficar de guarda na porta do banheiro? E eu defendendo a garota até o fim? Acreditando nela na maior ingenuidade? E o Erick tinha ficado com a Samantha e com a Valentina na festa? E continuou de boa com a Valentina depois de ter ficado com a Samantha? E depois ainda ficou comigo? E eu achando que era um príncipe e o deixei tirar meu BV? Ai...

Gente, como eu sou burra!!! Como eu sou ingênua!!! Eu sou uma anta mesmo!!! Estou pagando de boba faz um tempão!!! Comecei a ficar enjoada.

— Tetê, sei que foi péssimo, que você está decepcionada comigo, mas estou me sentindo vingada. Eu precisava fazer isso.

— Vingada por quê?

Eu não podia acreditar no que estava ouvindo. Eu estava meio paralisada. E passando mal.

— Porque o Erick disse que ficou mexido comigo. Que sempre gostou de mim... Mas que as circunstâncias acabaram levando ele pra Valentina...

— Não escuta ela, Valentina! Vamos embora! — disse Laís, tentando puxar a amiga.

— Nem pensar! Agora quero ouvir o que essa traíra tem a dizer — rebateu Traidina, segura.

— O Erick só engatou namoro com você porque você tinha uma certa fama de...

— Fama de quê, garota?! Eu vou voar em cima de você! Eu vou te matar! — Valentina estava vermelha.

Então eis que aparece no meio da muvuca o ex-príncipe encantado Erick.

— Eu acho que ela tem motivos pra querer se vingar de você, Valentina. E não só ela. Então tudo bem, dá pra entender essa foto sua aí. Agora o que eu quero saber é quem quer ME ferrar. Quem tem motivos pra isso — disse Erick, irado, pondo lenha na fogueira.

— Eu escutei direito, Erick? Querer se vingar de mim tudo bem? — repetiu a Queridina.

— Você xingou minha mãe, foi grossa com uma senhorinha e trata mal toda e qualquer pessoa que se aproxima de você. Entendo totalmente alguém querer te fazer mal — reagiu ele.

— Você é um monstro, Erick! — atacou Valentina.

— Monstro é você — reagiu ele.

— Acha pouco ser humilhada com a foto da minha bunda no celular de todos os garotos dessa escola? — Valentina irritou-se no grau máximo.

E logo começou a gritar mais, a xingá-lo, as amigas seguravam a menina, foi uma confusão só. O clima estava tenso, dava para sentir o peso do ar.

— Porrada! Porrada! — fizeram uns meninos que viram o barraco de longe.

— Acabou a brincadeira!!! Valentina, Teanira, Samantha, Thales, Erick e Laís, pra sala da Conceição! Já! Vambora! — gritou Janjão, o inspetor que chegou para resolver o barraco armado.

Eu fui andando, mas com a certeza de que o Erick tinha morrido para mim. E a Samantha também. Pensava que ele era um garoto legal, mas na verdade era alguém que ficava com duas numa festa tranquilamente, sendo que uma era a namorada oficial. Ou seja, não valia nada. E eu não conseguia entender como a Samantha ainda tinha coragem de querer ficar com um cara assim.

Eu estava paralisada. Nenhuma palavra mais saía da minha boca.

Capítulo 22

CHEGUEI EM CASA ACABADA. NÃO BASTASSEM TODAS AS MINHAS decepções recentes, perdendo uma amiga que eu achava que tinha, um amigo que eu achava que era legal, e reconhecendo que eu era a mais pateta dos seres humanos por não ter um pingo de percepção das coisas, para piorar, na Coordenação, a Conceição disse para todo mundo que daria uma semana para o culpado se entregar ou se explicar. Se isso não acontecesse, haveria uma reunião com os pais e suspensão por três dias, que pegaria inclusive provas. E ela consideraria prova dada. Ou seja, a gente ia ficar com zero.

Eu não queria dar esse desgosto para a minha família. Não depois de tudo o que tinha acontecido. E ainda mais agora que as coisas estavam tão calmas na minha casa. E parece que quando as coisas vão mal o destino pisa em cima da nossa cabeça para piorar. Assim que eu abri a porta, meu pai veio na minha direção com um sorriso nos lábios e um maior ainda nos olhos. Ele mal conseguia falar. Abraçou-me forte e disse, emocionado, no meu ouvido.

— Consegui, filha! Arrumei um bom emprego!

Ai, eu nem conseguia ficar feliz como ele merecia. Era a pior hora do mundo para receber uma notícia legal como essa.

— Parabéns, paizinho! — foi tudo o que consegui dizer.

— Obrigado por ter tido paciência comigo e com minha autoestima torta.

— Imagina! Sempre acreditei em você, pai.

— Assim como eu sempre acreditei em você, garota. Você só me dá alegria.

Aquela frase foi uma punhalada na minha barriga.

— E aí? O cargo é legal? A grana é boa? — tentei disfarçar.

— É tudo legal, filhota! Vou poder voltar a pagar sua escola sozinho, sem ajuda dos seus avós, vou poder voltar a te dar mesada, a sair pra jantar com você e sua mãe... Vou voltar a ter dignidade, Tetê!

Nossa! Como ele estava feliz! E como eu queria estar feliz como ele. Mas achei que ele merecia meu esforço.

— Então temos que comemorar! Vou fazer meu estrogonofe fit pra você, paizinho!

— Opa! Estou amando essa sua fase geração saúde. Eu e você estávamos mesmo precisando comer melhor!

— Ai, pai, te adoro!

— Já avisei para a sua mãe. Começo só na semana que vem, então terei os dias livres para procurar um apartamento para a gente.

Opa!

— Pai... Promete que a gente vai ficar por aqui no bairro? Perto da vovó, do vovô e do biso? E da minha escola? Eu não quero mudar de escola de novo — pedi, com todo o meu coração.

A verdade é que mudanças sempre me assustaram. O medo de que as coisas piorassem me impediu a vida toda de tomar atitudes que representassem qualquer tipo de risco. E com a ida para Copacabana e a entrada num novo colégio, descobri que mudanças podem, sim, vir para o bem. Além disso, foi tão gostoso conviver mais com meus avós... E com meu biso roncador e surdinho... Mesmo com todos os perrengues, foi muito bom me sentir amada e protegida por eles. Inclusive conhecer melhor minha avó e ver que mesmo gente mais velha e querida nossa não é cem por cento boazinha o tempo inteiro. Aliás, existe gente cem por cento boazinha o tempo inteiro? Não, claro que não.

Vovó Djanira pode ter mil defeitos, mas lembro até hoje o dia em que ela disse que fazia questão que eu estudasse numa escola bacana, que eu era muito inteligente e tal, que queria me ver passar para as melhores universidades e que com ensino ela não economizaria. Achei tão bonito. Minha família nunca foi rica, mas nunca me faltou nada. Pensei naquela hora que eu era uma menina de sorte no quesito família. Eles eram loucos, eu sabia. Mas que família não é?

À noite, meu pai fez questão de levar todo mundo (o biso, inclusive) para jantar no Braseiro, um restaurante incrível no Baixo Gávea. Eu estava muito dividida. Me sentia arrasada com tudo o que tinha acontecido durante o dia, mas não podia deixar transparecer.

Só me restava ficar vendo minha família se acabando de comer! Filé à Oswaldo Aranha, arroz de brócolis, batata frita e farofa de ovo. (Um adendo: nunca entendi farofa de banana. Amo banana, mas odeio banana na comida. Fato.) Foi muito bom ver a família reunida e feliz.

E me senti na obrigação de não dar desgosto para eles. Eu tinha que resolver de qualquer jeito a minha situação sem deixar que eles soubessem o que estava acontecendo. Mas não fazia ideia de por onde começar. E eu só tinha uma semana.

Cheguei à escola no dia seguinte, quarta-feira, e na sala dei de cara com o Davi arrumando as coisas para sair, antes mesmo de a aula começar.

— Ué, Davi. Mal chegou e já vai?

— É... o meu avô piorou. Recebi uma mensagem agora. Vou pro hospital ficar com meu irmão e minha avó.

— Ah, não! — lamentei.

— O quadro do vovô requer muitos cuidados. Hoje cedo acharam melhor levar ele pra UTI. Agora só vamos poder ver meu avô uma vez por dia. E por pouco tempo. Não permitem que os visitantes fiquem muito com os doentes na Unidade de Terapia Intensiva.

Davi estava arrasado. O rosto dele, sua postura, tudo exalava uma tristeza tamanha.

— Vai ficar tudo bem, Davi. Calma — tentei consolá-lo.

— Espero que sim, Tetê. Espero que sim. Ele está há mais de dois anos nesse entra e sai de hospital. É muito desgastante pra ele, pra vovó, pra todo mundo.

— Eu imagino — disse. E tomei coragem para pedir: — Posso te dar um abraço?

— Claro que sim. Eu estou precisando mesmo.

E a gente se abraçou forte e demoradamente.

Zeca chegou e viu nosso abraço. Logo me encarou com os olhos arregalados e as mãos no rosto enquanto perguntou sem emitir som e sem que Davi o visse:

— Morreu?

Fiz que não com a cabeça. Ele fez um "graças a Deus" aliviado e se juntou a nós no abraço.

— A gente pode fazer alguma coisa pra te ajudar?

— Obrigado, Zeca. Meu irmão está lá. Se precisar eu aviso, pode deixar — agradeceu Davi. — Tô indo pra lá ficar perto dele. Rezem! — pediu, tenso, com o suor brotando na testa.

E então Davi baixou a cabeça e chorou. Contido, mas chorou.

— Não posso perder meu melhor amigo... — lamentou, como se estivesse falando com ele mesmo.

— Não vai perder! — aumentei o tom de voz.

— Vira essa boca pra lá! — bronqueou Zeca.

O Davi estava péssimo. Tadinho...

— Manda um beijo pra sua avó. E pro Dudu.

— Eu mando sim... E olha Tetê, eu soube ontem do que rolou na sala da Conceição. O Erick me contou. Depois me manda mensagem no Whats, eu sei um jeito de te ajudar. Mas agora não tenho cabeça, tá?

— Lógico, nem pensa nisso. Vai lá.

E o Davi foi embora murcho feito uma planta sem água. De cortar o coração.

O professor entrou na sala e começou a dar a aula. Erick chegou uns minutos depois, pediu licença e foi até sua carteira, sem olhar para os lados. Todo mundo olhava para ele, mas ele estava meio distante. Uns lançavam olhares acusatórios, outros, de pena. Valentina estava do outro lado da sala, e nem olhava para os lados também. Samantha estava em outro canto. Eu fiquei na frente com o Zeca, como sempre. E durante o dia inteiro fingimos que não nos conhecíamos, nem olhar uns para os outros olhamos.

O clima estava bem tenso.

Naquela tarde, tinha agendado o dermatologista que o Dudu tinha me indicado. Fui com a minha avó e o médico foi superotimista em relação à minha pele. Prometi que seguiria à risca o modo de usar os produtos e não pararia de tomar o remédio por conta própria (como fiz num tratamento anterior porque fiquei sem paciência de esperar) em hipótese alguma. E na outra semana eu tinha já marcado um oftalmologista. Estava decidido: eu faria um exame para ver se meu grau continuava estabilizado e compraria com a minha mesada óculos que tivessem a minha cara. A minha cara nova, a cara de uma menina que agora estava mais confiante do que nunca. Sempre gostei de óculos. Não via por que deixar de usá-los.

Cheguei em casa e, como não tivera notícias ao longo do dia, antes do jantar mandei mensagem para o Davi para saber do avô dele.

> **TETÊ**
>
> Espero que seu avô esteja melhor.
> Dá notícia quando puder, tá?

Fiquei olhando para o celular. Um minuto. Dois. Cinco. Dez. Quinze. Nada de o Davi ler minha mensagem. Esperei dar meia hora e passei por cima da vergonha para mandar a mesma mensagem para o Dudu.

Em menos de cinco segundos, recebi a resposta.

> **DUDU**
>
> Oi, Tetê. Ele deu uma piorada hoje à tarde, teve uma crise de pressão alta, as coisas estão muito difíceis por aqui. Eu e o Davi vamos entrar na UTI daqui a pouco e vamos saber mais do quadro dele. Dou notícias. Obrigado pela preocupação. Beijos.

Minha mãe percebeu como eu estava e foi perguntando:

— Tudo bem, Tetê? Aconteceu alguma coisa?

— É o avô do Davi... Ele não tá nada bem... — resumi, sem mencionar as outras causas da minha tristeza.

E nessa hora me deu muita vontade de chorar. Não podia acontecer nada com o seu Inácio... Ele era tudo para os meninos.

Mas eu também precisava dar um jeito de resolver meus problemas mais urgentes.

E nesse minuto chegou uma outra mensagem:

DAVI

Oi, Tetê. Desculpa não responder antes, fui tomar um lanche, estava sem sinal. O Dudu disse que já te respondeu né?

TETÊ

Sim, respondeu, obrigada, Davi.

Eu estava muito sem jeito de perguntar para o Davi sobre o que ele tinha falado de manhã, sobre a foto, mas eu estava muito desesperada para deixar passar. Então resolvi arriscar.

TETÊ

Davi, desculpa te perguntar, mas é que eu estou precisando mesmo... Você disse que tinha um jeito de me ajudar com o negócio da fotografia...

DAVI

Ah, tenho sim, é uma pessoa muito fera em computador. E que vai adorar te ajudar.

Uau! O Davi era todo quietinho, mas conhecia alguém com habilidade para descobrir uma coisa dessas? Eu não saberia nem por onde começar.

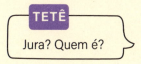

Jura? Quem é?

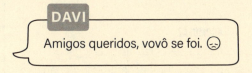

Ih, estão me chamando pra entrar na UTI pra ver meu avô, Tetê. Depois a gente se fala.

TETÊ
Lógico, vai lá.

Mas se passaram várias horas até que eu recebesse uma nova mensagem do meu amigo. E ela só chegaria no meio da madrugada, quase quinta-feira de manhã.

DAVI
Amigos queridos, vovô se foi. 😞

Abaixo da mensagem, ele escreveu informações sobre o velório e o enterro, que aconteceriam à tarde.

Que notícia triste. Que notícia triste, meu Deus...

E tudo o mais, a escola, a Valentina, o quase nude, o Erick, a Samantha... Tudo estava tão pequeno agora... tão insignificante...

ESTROGONOFE FIT

DIFICULDADE: NÃO É FÁCIL MAS TAMBÉM NÃO É DIFÍCIL (RSRSRS).

#OQUEVAI

300 GRAMAS DE PEITO DE FRANGO CORTADO EM CUBINHOS • 1 DENTE DE ALHO PICADO • 1 XÍCARA DE MOLHO DE TOMATE • 2 COLHERES DE SOPA DE REQUEIJÃO LIGHT OU CREAM CHEESE LIGHT • SAL E PIMENTA-DO-REINO A GOSTO

#COMOFAZ

1. Refogue o alho e doure o frango sem óleo, apenas jogando um pouquinho de água quando o frango começar a grudar da panela antiaderente. **2.** Acrescente o molho de tomate e deixe cozinhando em fogo baixo por 10 minutos. **3.** Tempere com sal e pimenta-do-reino, desligue o fogo e taque o requeijão light (ou cream cheese light). **4.** Misture tudo. Está prontinho!

Capítulo 23

No dia seguinte, o cemitério estava cheio. Seu Inácio era muito querido, com certeza. Muitas cabecinhas brancas lamentavam a perda do amigo e se lembravam de histórias engraçadas e curiosas protagonizadas por ele.

Era a primeira vez que eu ia a um enterro. Quando minha bisa morreu, eu preferi não ir, não quis vê-la morta de jeito nenhum. Mas agora eu me sentia madura para dar apoio aos meus amigos. Não tinha que ver o caixão. Eu só precisava dar um abraço apertado no Davi e no Dudu e mostrar que meu ombro estava ali para o que desse e viesse.

Ao contrário do que pensei, Davi e Dudu estavam calmos, serenos. Visivelmente mal, mas tranquilos na medida do possível.

— Ai, nem sei o que dizer numa hora dessas... — falei, ao chegar ao cemitério São João Batista com o Zeca.

— Eu sei. Meu tio me ensinou. Faz assim, ó: abraça, chega perto do ouvido deles e diz *nobujo ganpan* ou algo parecido — falou o pirado do Zeca.

— Ãhn? O que isso quer dizer? — questionei.

— Não quer dizer nada, sua louca! Em enterro e velório tá todo mundo tão transtornado que ninguém presta atenção no que você diz. As pessoas dão valor mesmo pra sua presença, não pras palavras que você fala. Então, na dúvida, diz qualquer coisa que não dê pra entender, e eles vão agradecer do mesmo jeito.

— Eu não acredito que até no cemitério você consegue fazer piada, Zeca! — pontuei.

— Alguém precisa descontrair! — disse ele. — Mas sério agora. Fala que sente muito e abraça forte. É isso que as pessoas mais querem. Abraçar.

E assim foi feito. Primeiro abracei dona Maria Amélia, a avó do Davi, tão arrumadinha e engomadinha, fofa recebendo os pêsames das pessoas, mas triste de dar dó. Depois abracei Davi.

— Obrigado por ter vindo, Tetê. Você foi muito bacana comigo nessa batalha.

— A gente se conhece há tão pouco tempo e eu já te considero tanto... Não queria que isso tivesse aconteci...

— O guerreiro descansou, minha amiga — afirmou ele, antes de respirar fundo para prosseguir. — Além dos edemas consecutivos, uma falta de calcificação nos ossos do pé estava prejudicando demais a vida dele. Andar era uma dificuldade, respirar era uma dificuldade, tomar banho era uma dificuldade, ir ao banheiro... As coisas mais simples estavam tão difíceis pra ele, coitado... Viver não estava mais tão bacana, sabe?

Enquanto o Davi falava, eu só pensava: *Que pessoa madura*. E como ele estava certo. Querer que uma pessoa fique viva, mesmo sofrendo, é uma espécie de egoísmo. Só ali entendi isso. Que, quando o relógio biológico começa a dar sinais de que vai parar, é melhor entender e não se revoltar. Apenas deixar o Senhor Tempo agir e cuidar de tudo.

— Foi melhor assim. Ele já estava muito velhinho, teve meu pai tarde... Aproveitou muito a vida sem filhos com a minha avó antes de o meu pai morrer. Foi um "baita cara batuta", como ele se autodenominava. Mas ele nunca superou a perda do único filho. Agora eles vão matar a saudade lá em cima. Será um encontro emocionante, tenho certeza. Vai fazer falta, o meu velhinho — concluiu, deixando escapar uma lágrima sentida.

— Chora, chora mesmo, Davi. Não prende — aconselhou Zeca, que se aproximou da gente depois de falar com o Dudu.

— Já chorei e vou chorar muito. Embora ele tenha pedido pra gente cantarolar Noel Rosa quando desse vontade de chorar. O meu avô adorava um sambinha.

Sorri triste. Suspirei e dei mais um aperto nele antes de me dirigir ao Dudu.

— Oi, moça bonita. Que bom que você veio — disse ele, testa franzida, o rosto todo querendo chorar.

E eu voei para os braços dele para dar o melhor abraço que eu podia dar. O mais sincero, o mais sentido. E ele chorou baixinho, os soluços causados pela perda entraram no meu ouvido e me fizeram chorar também. Para ele, não consegui dizer nada. Absolutamente nada. Ficamos ali um tempão abraçados enquanto o velório acontecia. Eu não quis ver o corpo. Seria demais para mim. Isso é normal?

Não sei, só sei que optei por respeitar minha estranheza em relação ao tema. E só então me dei conta de que conheci seu Inácio apenas por fotos. E preferi que na minha memória ele continuasse feliz como nos retratos espalhados pela casa e no celular do neto. Quando chegou a hora do enterro, preferi ficar mais distante, acompanhando de longe. Mas me emocionei muito quando o Dudu puxou, mesmo com a voz trêmula, "Samba da bênção", pérola do Vinicius de Moraes que diz que "é melhor ser alegre que ser triste, alegria é a melhor coisa que existe". Cantada por um coro emocionado, a música, uma das preferidas de seu Inácio (soube depois), foi um adeus tocante, bonito, abençoado.

Se eu mandasse uma mensagem para alguém para definir o que eu estava sentindo naquele momento, ela teria apenas um emoji. Este aqui: ☹.

Depois do enterro fomos para a casa do Davi, onde poucos e bons amigos do seu Inácio foram reavivar suas memórias e resgatar as lembranças de um passado que não voltaria mais. Mas todos tinham uma certeza em comum: Inácio viveu intensamente. Aproveitou cem por cento tudo, cada segundo que esteve entre nós, ao contrário de muita gente que prefere ver a vida passar pela janela.

Chegada a hora de ir embora, eu me despedi do Davi, do Dudu e da avó deles com um abraço caloroso e silencioso, e fui para casa a pé. No caminho, fiquei pensando nos meus amigos, no seu Inácio, nos meus problemas, nos problemas que todo mundo tem, na vida e em como ela pode acabar num segundo. E por isso nós devemos aproveitar ao máximo a convivência com nossos entes queridos. Não porque são família, mas porque a gente ama essas pessoas desde que a gente nasce. A gente se acostuma com elas e, de repente, descobre que elas são... humanas. Frágeis, suscetíveis a todo tipo de problema. Mortais.

Pisei em casa e fui logo agarrar meu avô com todas as forças. Essa história do avô do Davi me deixou muito emotiva.

— Ai, Tetê, assim vai sufocar seu avô! Ele é velho, garota! Assim você quebra as costelas do coitado! — bronqueou minha avó.

— Velha é você, Djanira! Velha e botocada! — bronqueou ele, tirando de mim uma gargalhada. — Pode abraçar o vovô quantas vezes você quiser, meu amor! Estou adorando essa fase de abraços! Sua avó está é com inveja do nosso amor infinito! — disse, com aquela voz doce que só os avôs têm.

Na sexta-feira, Davi não foi à aula, o que era bem compreensível. Mas eu estava absolutamente aflita, nervosa, preocupada, porque o prazo de uma semana que a Conceição tinha dado para resolver o assunto ia se esgotar na terça-feira. Eu não havia feito nada para resolver meu problema nem fazia ideia de como iria sair daquela enrascada. Eu estava na pior. Meus dias de felicidade foram muito breves mesmo.

À tarde, depois da escola, resolvi mandar mensagem para o Davi, minha única esperança. Se ele conhecia alguém fera no computador, eu precisava saber quem era. Mas e se o tal cara quisesse cobrar caro pelo serviço? Eu não ia ter como pagar. E se demorasse? E se ele não conseguisse? E se não tivesse tempo? Eu acho que estava mesmo ferrada...

TETÊ
Oi, Davi, tudo bom? Desculpa te incomodar, assim, no seu luto... é que eu estou mesmo precisando. Lembra do cara que você falou que é fera no computador?

DAVI
Oi, Tetê, tudo bom, não tem problema não. Eu estou de boa. Eu lembro sim.

TETÊ
Então, você pode me dar o contato dele?

DAVI
Ahh, é um cara muito difícil de encontrar.

TETÊ
Ai, jura? Nem me fala isso, vou morrer...

DAVI
Calma, tô brincando. Você até conhece ele.

TETÊ
Conheço? Quem é?

DAVI

É o Dudu. Ele é muito fera com computador.

TETÊ

Tá brincando!!!

DAVI

Tô falando sério! Ele é capaz de coisas que até o Bill Gates duvidaria. Ele estuda computação, eu te falei né?

TETÊ

Falou mesmo. Mas é sério que seu irmão é hacker?

Confesso que estava bem espantada com a informação. E bem aliviada, também. E bem animada! Eu teria mais contato com o Dudu, poxa!

DAVI

Hacker também não, né? Ele nunca invadiu banco nenhum, nunca fez mal pra ninguém mas... Ele descobriu as traições da ex, a Ingrid, lendo as mensagens que ela trocava com os outros namorados pelo WhatsApp e pelo e-mail. Tenho sérias questões em relação a isso. Acho feio. Mas... enfim... estamos falando do talento dele. Isso ele tem de sobra.

A ex do Dudu se chamava Ingrid, então? E ele descobriu uma traição dela? Não aguentei e liguei para o Davi.

— Explica melhor essa história, Davi. Tudo bem eu te ligar, né? Outros namorados? No plural mesmo? Foi isso que você falou?

— Arrã. A Ingrid não foi nada bacana com o meu irmão.

— Jura que ele conseguiu ler as mensagens que ela trocava com os caras? — repeti, chocada. — Como?!

— Ah, sei lá, né? Coisa complicada de computador, programa. E ele também não revela os métodos dele — contou. — Meu irmão tem uma inteligência fora de série, mas jamais usaria essa habilidade pra fazer mal a alguém.

— Eu sei... — suspirei. — A Ingrid é uma menina de sorte.

— A Ingrid é uma boa bisca, como diz minha avó. Isso que ela é.

Disfarcei e mudei de assunto. Não queria que um momento delicado como o que ele estava vivendo piorasse pelo fato de o irmão não saber escolher namoradas.

— Ai, nem te contei, Davi! Saiu a nota do trabalho de História!

— E aí? Fomos bem? Me conta! Quanto a gente tirou? Me dá uma notícia boa vai.

— Vou te dar a melhor notícia. Tiramos dez!

— Poxa, que incrível! Estou muito feliz! Parabéns para nós, né?

— É. Mandamos bem! — comemorei. — Bom, você então pode falar com seu irmão sobre a ajuda?

— Falo, sim, Tetê. Ele deu uma saída, foi até a farmácia comprar um remédio pra minha avó, mas assim que ele voltar eu explico o caso todo, tá?

— Ai, valeu, Davi! Obrigada mesmo!

— Por nada, Tetê. Disponha!

Disponha... Só o Davi mesmo, meu *velho* amigo...

E eu vivi momentos de aflição até meu celular fazer *plim*, 37 minutos depois.

DUDU

Oi, Tetê, o Davi me contou do caso. Vai ser um prazer te ajudar. Não prometo que serei a melhor das companhias, você entende, mas só de te ver já vou ficar melhor, tenho certeza. Você pode vir aqui amanhã umas 10 da manhã?

E eu morrendo do coração com tanta fofurice em 3, 2...

TETÊ

Lógico! Ai, Dudu, nem tenho como agradecer! Você vai salvar minha vida! Bjs

Capítulo 24

SÁBADO, PONTUALMENTE ÀS DEZ HORAS DA MANHÃ, EU JÁ ESTAVA na casa do Dudu e do Davi tocando a campainha. Dona Maria Amélia abriu a porta com seu sorriso habitual, apesar dos olhos tristes. E foi muito gentil dizendo que eu ajudava a alegrar a casa. Aquela família era mesmo incrível.

Cumprimentei Davi, que estava na sala, e logo Dudu apareceu e me deu um beijo no rosto, me puxando pela mão para o quarto, onde estava o computador. Meu corpo todo estremeceu ao vê-lo, e senti um arrepio gostoso quando ele segurou em mim.

— Bom, Tetê, eu vou precisar de algumas informações. Deixa ver seu celular com a fotografia e a mensagem.

— Aqui — eu estendi a mão e passei para ele.

— Hum, você pode digitar a senha pra destravar?

— Ah, claro, desculpe!

Eu estava meio nervosa de estar sozinha com aquele "especialista" tão especial. Digitei o código e devolvi o aparelho.

— Ah, tá. Hum. Pronto. Já enviei pra mim e já estou vendo uma coisa aqui...

Aí o Dudu, todo compenetrado, começou a mexer no computador, e eu fiquei ali observando aquele menino lindo de perfil concentrado em olhar nem sei o que na tela. Ele digitava freneticamente e olhava para a tela, e às vezes parava para pensar.

Em seguida, digitava de novo, olhava um pouco no celular e voltava no computador. E fazia tão rápido que eu nem via seus dedos direito. Parecia que estava teclando qualquer coisa...

Eu fiquei quietinha ali do lado esperando e torcendo para dar certo. E só observando. De repente, o Dudu parou de digitar, olhou para mim e falou:

— Bom, agora eu entrei nos sistemas das operadoras e vai demorar bastante tempo pra identificar e selecionar alguns números, pra gente localizar alguma coisa.

— Meu deus, você é hacker mesmo!

— Calma, nem tanto! — Ele deu um sorriso meio maroto, assim com o canto da boca.

— E quanto tempo você acha que vai demorar?

— Hum... olha, de umas vinte e quatro a trinta horas, um pouco mais, um pouco menos...

— Tudo isso??? — perguntei, espantada.

— É, eu já pus alguns filtros, mas tem muito celular no Brasil, né? Principalmente no Rio de Janeiro.

— É... imagino que tenha...

— Bom, a gente deixa rodando e amanhã vai ter uma solução — falou ele confiante.

— É... amanhã, né? — falei de cabeça baixa e desanimada. Já não estava acreditando. — Bom, então eu volto amanhã...

— Faz assim, Tetê: assim que eu tiver alguma resposta, eu te aviso e você vem, tá?

— Bom... Não vai ter jeito né?

Eu já estava muito desanimada, e dentro de mim havia um turbilhão de emoções, uma montanha-russa de sentimentos. E ali na minha frente o Dudu... O lindo e sensacional Dudu. O hackerzinho camarada Dudu.

De repente, ouvi uma coisa inusitada.

— Tetê... É... Eu nem te agradeci por todo o apoio que você deu pra gente nesse processo do meu avô.

— Ah, imagina! Vocês são tão queridos...

— Então, eu queria saber, assim, se você topa sair comigo qualquer dia... Vou precisar de alguém que me bote pra cima, que me ajude a sorrir de novo, que me faça bem. Você faria isso pelo irmão do seu amigo?

Own... Eu estava escutando aquilo? Alguém me belisca! Alguém me beliscaaaaa!, urrava em pensamento.

— Claro que faço. E principalmente em agradecimento por me ajudar nessa história maluca da foto da Valentina. Fica uma ajuda mútua, né?

Arrasei. Superelegante sem verborragia desnecessária. Zeca ficaria orgulhoso de mim.

— Quando meu irmão me contou, eu só pensava numa coisa: que você jamais seria capaz de fazer algo ruim. O pouco que te conheço já deu pra perceber que sua alma é linda, assim como seu sorriso.

Oi? Dá pra repetir?

Aquele foi o elogio mais insano que eu já tinha recebido. Logo meu sorriso? Será que ele também só via meus olhos quando eu ria?

E é claro que eu sorri.

— Bom, já vou indo, Dudu.

Então ele se levantou e veio me dar um abraço daqueles maravilhosos, cheirosos, aconchegantes, que me tiravam do chão.

Nos braços do Dudu eu me sentia segura, cuidada, acarinhada... E eu deitei minha cabeça no ombro dele e aproveitei. E senti nossos corações batendo forte, ritmados. E achei que fosse explodir. De repente levantei minha cabeça e olhei nos olhos do Dudu, e Dudu olhou nos meus olhos. E várias faíscas elétricas pulavam entre a gente, no curto espaço que nos separava. E então ele olhou para a minha boca. E eu olhei para a dele. E...

Plá!!!

— Oi, gente, a vovó quer saber se vocês querem suco com bol... — O Davi chegou de supetão, quase derrubando a porta. E logo se tocou que tinha entrado em um mau momento... — Ops...

Então a gente se afastou rapidamente, e eu falei meio desajeitada:

— Não, Davi. Obrigada! Agradece sua avó. Eu já estava indo embora. Aqui vai demorar. Só vamos ter algum resultado amanhã mesmo.

— Não, Tetê! Não precisa ir agora, eu...

— Não, imagina! Dudu, tchau, Dudu. Beijo, beijo. Beijo, Davi. Beijo, dona Maria Amélia...

Davi riu.

— A minha avó está na cozinha.

— Ah, é mesmo. Beijo pro sol, beijo pra lua, beijo, quarto, beijo, seu computadorzinho fofo, beijo, janelinhaaaa!

"Beijo janelinhaaaa" foi forte. Fortíssimo.

Cala a boca, Tetêêê!!!, meu lado são berrou para meu lado tagarela. Fui para casa pensando em tudo o que estava acontecendo.

Acho que vivi as trinta horas mais tensas da minha vida. Tanto por esperar o resultado da busca do computador quanto por não conseguir parar de pensar no Dudu e no nosso quase-quase-beijo (mais um pouquinho e viraria um quase-beijo, vai!), no elogio e na conversa, em tudo o que a gente tinha vivido e no que eu estava sentindo quando ficava perto dele. De repente, meu celular, que não tinha saído de perto de mim, tocou.

— A gente já sabe quem mandou a foto da Valentina! — Era o Davi.

— Mentiraaaa! Contaaaa!

Silêncio. Mais silêncio.

— Eu vou ter que falar rápido porqu...

Fala, Davi!

— Alôôô! — falei.

— Alô. Tá me ouvindo?

— Tô, fala! Não vejo a hora de saber quem foi!

— Achei que tinha caído a ligação.

— Fala, pelo amor de Getúlio! Tô morrrrta de curiosidade!

— O quê? Tá pico...ando tud..!

— Não importa! Conta, Davi! Tô ouvindo bem você.

— Oi? Não estou te escutando, o sinal aqui é péssimo.

— Estou te ouvindo! Desembucha, Davi! — implorei.

— A his... é... mu... mi...

— Daviiiiiii! Agora tá picotando! Me liga de um fixo!

— O... a... nose... ti... jud...

E então silêncio. Para sempre.

— Davi! Davi! Daviiii! — chamei em vão. — Nãããão!!!!

— Filha, o que foi? — perguntou meu pai, entrando no quarto desesperado. — Aconteceu alguma coisa com o Davi?

— Não! Quero dizer... Acho que não. Provavelmente não. Ele me ligou por outro motivo. É que... Ah, pai. É uma longa história. E até parece que você não sabe que eu sou exagerada e um pouco dramática, né?

— Um pouco? Quase me matou de susto, menina!

Você acha que eu esperaria ele ligar de novo? Saí correndo e apareci na casa dos irmãos D o mais rápido que pude.

Davi abriu a porta e foi logo me levando para o quarto.

— Você vai ficar impressionada.

— Conta!

— Quero te contar como a gente descobriu!

— Fala logo!

— Posso contar amanhã na escola, se você preferir — ironizou ele.

— Paraaaa! O Dudu descobriu então?

— Sim. E eu dei uma ajudinha com informações que ele não tinha.

— Mas vocês têm cem por cento de certeza? Eu estou salva, será? — questionei.

— Sim! Mas você não vai acreditar quem foi!

— Conta! Pelo amor de Deus! — implorei. — Foi o Erick mesmo?

— Claro que não, eu disse que não tinha sido ele!

— Então foi a... a Samantha?

— Não, Tetê. Não foi ela!

Cheguei no quarto e Dudu levantou, me deu dois beijos estalados e foi me fazendo sentar. E Davi já foi falando, todo empolgado:

— O telefone que mandou a foto é de Sofia Ribeiro de Mello.

— Quem? E quem é essa, gente? Não tem Sofia na nossa turma... Ou tem?

— Não fez a conexão, Tetê?

— Não! Para de suspense, Davi!

Então o Dudu me explicou com mais calma.

— Quando apareceu esse nome, perguntei pro Davi se ele conhecia, e ele disse que não. Então eu perguntei pelo sobrenome... e o Davi não tinha certeza. Aí pusemos o sobrenome no Facebook e descobrimos duas irmãs que estudam no colégio de vocês. Sofia e...

— E...? — perguntei.

— A irmã dela estuda na nossa sala! — Davi deu a pista.

De repente, me liguei!

— NÃO! Não pode ser! — reagi, ao relacionar o sobrenome à pessoa. Fiquei mais intrigada do que fico em fim de série de suspense.

— A... LAÍS?! — indaguei, impactada. — Mas ela é a melhor amiga da Valentina!

— Pelo jeito, a Laís usou o telefone da irmã e depois cancelou a conta, mas eu rastreei os dados e cheguei ao número que mandou a foto — explicou Dudu, o hacker.

— Mas por que fazer uma coisa humilhante dessas? E com a amiga? — questionei, com mil pontos de interrogação na cabeça.

— Porque ela já sofreu na mão da Valentina. O meu irmão entrou no computador dela e descobriu — confessou Davi.

— Para! Dudu, você entrou no computador da Laís? Como? Não, não quero saber! Gente, que medo de você, Dudu!

— Ah, Tetê... A gente quis entender o ódio que levou a menina a ter uma atitude drástica dessas, né? Já que estamos investigando, vamos até o fim. Afinal, isso é como um jogo! — justificou Dudu.

— E conseguiram?

— Olha o que a gente achou — disse Davi, abrindo uma página para me mostrar o que parecia ser uma poesia.

Para Valentina
Ela é linda, mais que bonita
Ela se acha a tal
Ela se acredita
Isso não pode ser normal

Ela espeta, ela ofende
Ela maltrata sem pensar
A menina não entende
Que palavras têm o poder de magoar

Eu era apenas uma criança
Só queria uma amiga na vida
Mas ela tirou minha esperança
E me deixou pra sempre ferida

Desprezou-me e me chamou de gorda
Como se gordura fosse defeito
O tempo passou, passou
Mas a mágoa ficou no meu peito

Debochou da minha barriga
Ironizou meu braço
Rejeitou-me como amiga
Cortou todo tipo de laço

Manipulou todos contra mim
E eu me senti ninguém
Então pedi pra sair da escola
Para tentar ser alguém

Laís Carolina era Carol na infância
Então tirei Carolina do nome
Emagreci, operei o nariz que ela odiava
E tentei esquecer sua arrogância

Não consegui, precisava me vingar
Da menina que só fez me machucar
Quando voltei, magra, de cabelo liso e nariz perfeito
Ela não me reconheceu e virou minha amiga do peito

Ficamos amigas
Somos parceiras
Mas o ódio da criança humilhada
Transbordava na chaleira

A vingança é um prato que se come frio
Disso eu tenho certeza
Anos depois do meu martírio
Resolvi tirar a menina da realeza

Valentina ruim
Valentina bela

Por que ser assim
E causar tanta mazela?

É preciso humildade
É preciso amor no coração
Mas ela só tem maldade
E precisa de uma lição

Eu estava bestificada.

— A Laís escreveu esse poema, pavoroso, diga-se de passagem, há exatamente um ano, quando voltou pra escola e assumiu o primeiro nome. Quando ela estudou lá na escola, pequenininha, era Carol — disse Davi.

— Essa parte eu entendi! Caraca... A garota trocou de nome. Quero dizer, tirou um nome por causa da Metidina.

— A Valentina fez a turma toda se revoltar contra ela no jardim de infância. Falou que deixaria de ser amiga de quem fosse ao aniversário dela e tudo.

— Como você sabe?

— Porque estava num outro texto que o Dudu encontrou.

— Ih, já tô achando você curioso demais, Dudu! — falei, meio brincando, meio falando sério.

— Pois é, eu parei exatamente por isso. Seria invasão de privacidade demais. Mas eu queria entender o que gerou esse ódio todo — afirmou Dudu.

— Nossa, eu tô com pena da Laís! — lamentei.

— Eu também! Ela guardou tanta mágoa que esperou anos pra se vingar. Saiu da escola com 8 anos e só voltou com 14 — concordou Davi.

— Inacreditável! A Valentina já era má quando criança...

— Era. Mas só foi popular até os 11, 12 anos, mais ou menos. Depois disso as meninas começaram a hostilizá-la, pararam de chamá-la pros programas, falavam dela pelas costas... Resolveram se rebelar contra a ditadura valentiniana. Mas ela deu a volta por cima e ficou popular de novo quando começou a namorar o Erick no ano passado — explicou Davi didaticamente.

— Isso eu sei, a Samantha já tinha me contado mais ou menos. Mas e você? Você se lembra da Laís dessa época, Davi?

— Nada! Quando entrei na escola, cinco anos atrás, ela já tinha saído. Mas o Dudu achou uma foto dela.

— Impressionante, ela era muito diferente. Outra pessoa — disse Dudu.

— Tadinha... Vem cá, Davi, você estuda com a Valentina há cinco anos e ela não sabe seu nome?

— Claro que sabe. Ela só quer me magoar, mostrar que não vale a pena saber meu nome porque acredita que eu não sou ninguém — contou. — Mas olha minhas rugas de preocupação — completou, debochado.

— E agora? O que a gente faz? — questionei. — Se fosse outra pessoa, ou por outro motivo, eu adoraria desmascarar a Laís na frente de todo mundo. Mas a verdade é que, mesmo sendo totalmente contra vingança, eu... eu entendo ela!

— A Laís se vingou por ela e por todas as meninas que a Valentina menospreza. Até por você.

É. Até por mim...

Eu estava chocada. Pasma. Boquiaberta. Espantada. Elas eram crianças! Bem que minha mãe vivia dizendo que crianças sabem ser bem cruéis quando querem. Eu me peguei pensando no que tinha feito a Valentina ser essa pessoa tão estragada desde pequena. Pais que mimaram muito? Pais que não deram amor? A culpa era dos pais? A culpa sempre é dos pais, como costuma dizer minha avó. Nossa, que difícil lidar com aquela situação!

Bom, mas que alívio! Eu tinha provas para mostrar para a coordenadora da escola quem tinha sido a culpada por aquela confusão.

Nossa missão estava cumprida e ainda restava uma bela tarde de domingo para poder relaxar finalmente, depois de uma semana surreal, com tantos acontecimentos complicados. Davi saiu do quarto e de repente me vi novamente sozinha com o Dudu, que mudou completamente de assunto.

— Tetê, aquilo que eu falei ontem ainda está valendo, viu?

— Que parte, Dudu?

— A parte de a gente sair qualquer dia — disse ele. — Hoje já é qualquer dia...

"Hoje já é qualquer dia." "Hoje já é qualquer dia." Hoje já é qualquer diaaaaa! A frase mais linda que já entrou nos meus ouvidos ecoava na minha cabeça. As borboletas do meu estômago acordaram todas de uma vez! Felizes e rebolativas. Ok, só felizes. Muito felizes.

— Achei que você só fosse querer sair daqui a um tempo... — falei, com sinceridade.

— O meu avô não ia querer que eu ficasse em casa chorando. Ele ia gostar de me ver feliz e bem acompanhado.

— Feliz e bem acompanhado? Você vai estar assim... comigo? — quis saber, tímida.

— Sim. Não tenho dúvida nenhuma, Tetê — falou, fazendo charme. — E aí? Vamos?

E eu tinha como dizer não? Claro que topei.

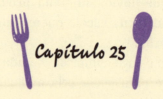

DE REPENTE, ESTAVA EU, TETÊ, TETEZINHA, PELA PRIMEIRA vez na minha vida andando de carro sozinha com um cara!

— Vamos comer em um lugar supercharmoso que eu conheço no Leblon?

Nossa, eu estava sonhando!

— Claro, Dudu! Onde você quiser! Hoje é você quem escolhe.

Depois de passar naquele fim de tarde pela orla, sentindo no rosto a brisa da praia que entrava pela janela do carro, olhando para aquele cara lindo ao meu lado, eu já achava que tinha ganhado um presente. Mas havia mais.

Chegamos ao lugar que o Dudu falou, e, quando fomos até a mesa, ele sentou praticamente ao meu lado. Parecia que tinha um campo magnético entre a gente. Eu estava hipnotizada por aquele menino, por aquela situação, e me sentindo muito, muito bem com tudo. Uma mistura de alívio com frio na barriga, com expectativa de uma coisa muito boa que eu sabia que ia acontecer.

— Tetê, posso te falar uma coisa?

— Lógico, Dudu. — Gelei.

— Você é muito muito especial, sabia? Apesar de toda essa situação triste com a perda do meu avô, eu sinto que quando estou ao seu lado tudo fica colorido, interessante. Eu me sinto mais forte, mais importante, com vontade de viver, de conhecer você e, principalmente, de ficar perto de você.

— Eu sinto também, Dudu. Eu tenho muita vontade de ficar perto de você. Na verdade, eu não consigo parar de pensar em você mais... Isso é muito doido...

— Tetê, eu não aguento mais. Eu preciso fazer uma coisa.

— E ele chegou mais perto de mim.

Eu senti meu coração bater rápido, meu corpo amolecer e um calor invadir todo o meu ser, enquanto ao mesmo tempo meu estômago gelava. Então Dudu pegou meu cabelo com a maior delicadeza e começou a passar a mão por ele. E eu pensando: *Tomara que não seja só cafuné que ele queira! Tomara!* E minha angústia acabou quando ele começou a deslizar o dorso da mão pelo meu rosto e então chegou bem perto e passou os braços pelas minhas costas e chegou com seu rosto bem próximo do meu. E falou com os lábios bem pertinho, quase sussurrando, quase encostando:

— Posso te beijar?

E eu sussurrei de volta, quase implorando:

— Deve...

Pensa que ele foi logo me beijando na boca? Nããão! Claro que não! Primeiro ele beijou uma bochecha, depois a outra, depois mais acima na bochecha, depois uma sobrancelha, a outra, um olho, o outro, a ponta do meu nariz, o queixo e... Tava tão bom tudo, eram beijos tão leves e suaves...Eu não conseguia parar de sorrir. Não via a hora que a boca do Dudu encostaria na minha. E isso não demorou a acontecer. E foi tão mágico!

Depois ele envolveu minha boca com a dele e nossas línguas se encontraram, no beijo mais perfeito, mais encaixadinho, mais gostoso, com o melhor sabor, cheiro, toque...

Não.

Parou. Parou.

O que era aquilo, Brasil, Polo Norte e China? Eu tinha dito que o beijo do Erick era bom? Não. O beijo do Erick era um rascunho...

AQUILO é que era beijo!

O beijo mais espetacular que poderia existir.

Aquilo era uma pós-graduação de beijo! Era um ph.D. de beijo! Com aquilo eu já era especialista master uber plus ultra de beijo. Exagerada, eu? *Magiiina!!*

Mas falando sério, para mim, aquele era um primeiro beijo de categoria superior.

— Tetê, eu queria tanto ter beijado você há mais tempo...

— Eu também, Dudu! — arrasei na resposta rápida, sincera e objetiva.

E a gente se abraçou e se beijou de novo. E se beijou mais. E se beijou. E eu perdi a conta de quantos beijos foram. A gente só parou para comer e pagar a conta do restaurante, um bem delicioso e aconchegante na Dias Ferreira.

Eu estava flutuando!

Quando entramos no carro para voltar, Duduau perguntou se podia dar uma volta até São Conrado.

— Como eu senti saudade desta cidade linda! Vamos até lá e depois voltamos pela Niemeyer? Só pra apreciar a vista?

"Apreciar"! Own...

E foi lindo. No carro, Radiohead. Eu me identifiquei na hora.

— Amo! Amo! Amo! Amo! — exclamei, batendo palmas. Sim, eu bati palmas.

Ele apenas sorriu.

Enquanto ele dirigia pela Visconde de Albuquerque rumo à Niemeyer, eu só pensava em quanto eu estava feliz. Ele abriu a janela para deixar o vento entrar, e o Atlântico sob a gente refletindo a lua parecia cena de cinema. Mas era vida real.

— Que lua linda! — elogiei.

— Gostou? Mandei fazer pra você.

— Uau... Arrasou, Duduau!

— Duduau?

— É... era meu apelido secreto pra você. Agora não é mais!

— Gostei! Teteuau! Gostei também!

A cada segundo que passava, minha respiração se fazia mais presente, e eu tinha certeza de que ele estava ouvindo minhas células se mexendo de lá pra cá, meu coração sorridente batendo forte.

Então ele apoiou a mão na minha perna, gentil e carinhosamente.

— Posso?

Botei a minha mão sobre a dele e respondi:

— Pode.

Depois ficamos de mãos dadas até a volta para Copacabana, admirando essa cidade embasbacante que é o Rio de Janeiro. Já perto da minha casa, ele botou outra música linda para tocar, "Like I Can", de Sam Smith, que eu amoooo. Derreti por dentro. Chegamos no meu prédio e, com aquela trilha sonora, nos despedimos.

— Com você me sinto tão bem, Tetê — disse ele.

— Eu também.

E, de repente, eu senti o Dudu comigo de novo, grudadinho, me beijando mais uma vez, lenta e suavemente. E foi a melhor sensação do mundo!

— Será que amanhã você vai querer beijar de novo minha boca feia?

— Sua boca é linda, Tetê... Você é toda linda! E eu não vou querer parar de beijar você nunca mais!

— Então me beija mais um pouquinho? — pedi, toda saidinha.

Como diria minha avó: "Quem te viu, quem te vê, Tetê".

Ah, a vida é linda! Muito linda!

Capítulo 26

NA TERÇA-FEIRA, O DIA FATÍDICO DO PRAZO DA COORDENADORA, cheguei à escola segurando meu celular com toda a minha força. Nele estavam alguns *prints* que fiz da tela do computador do Dudu com a prova de que a Laís tinha mandado a foto da Valentina. Nem passei na sala. Fui direto para a sala da Conceição contar a verdade para ela. Não toda, porque obviamente eu jamais falaria que o irmão do Davi é um hacker. Resolvi mentir. Falei que um amigo do meu pai me ajudou.

— Você tem certeza, Tetê? Essa é uma acusação muito séria — disse a coordenadora.

Então mostrei o celular. Conceição respirou fundo, olhou, analisou tudo aquilo e ficou em silêncio alguns segundos. E pediu por telefone:

— Por favor, Janjão, diga para Laís, Samantha, Erick e Valentina do primeiro ano do ensino médio que quero vê-los na minha sala imediatamente.

Quando os quatro chegaram, se espantaram ao me ver lá.

— Nós já sabemos quem mandou a foto da Valentina — começou Conceição.

— A apaixonadinha veio assumir a culpa? — espetou a Chatina.

— Acusar sem provas é uma coisa muito grave, Valentina. Muito grave — falou a coordenadora.

— Mas eu tenho certeza de que foi ela, Conceição! — esbravejou a ex do Erick.

— Claro que foi! — Laís (sim, Laís!) fez coro.

— Não foi, não. E estou bem impressionada por você ter dito isso, Laís.

— C-como assim, Conceição? Não estou entendendo...

— Não mesmo? — insistiu a coordenadora.

— N-não... Não mesmo.

— A Conceição está chocada porque foi você quem mandou a foto da Valentina pra geral! — resolvi falar logo.

— Você só pode estar maluca, garota! — revidou Laís, o suor brotando na testa.

— Não estou, não! Foi você que mandou a foto da Valentina pra todo mundo! — insisti.

— Repete isso se tiver coragem, sua recalcada! — Valentina entrou na feira, digo, na conversa. — De onde você tirou essa ideia, garota? A Laís é minha melhor amiga.

— Valentina, sei que você vai levar um susto, mas foi mesmo a Laís que mandou as fotos — disse Conceição com a maior firmeza.

— Não acredito! Quero provas!

Que garota petulante! Pedir provas para a coordenadora?

E Conceição pediu que eu mostrasse a ela e aos demais presentes os *prints* do meu celular.

— Só não perguntem como a Tetê conseguiu essas informações, porque isso é sigiloso, e é o que menos importa na nossa situação.

— Isso só pode ser armação! — Laís tentou se defender.

— Jura que você vai continuar fingindo, Laís? Na frente da Conceição? — falei.

— Mas não fui eu! — revidou Laís, já chorando.

— Claro que não, foi a Samantha! Ela nunca gostou de mim! E não bastava ter ficado com o Erick, ela precisava me humilhar, chutar cachorro morto — rebateu Valentina.

— Oi? Eu não precisava fazer isso. Eu já estou me sentindo vingada! Não precisava fazer mais nada! Já estou com a alma lavada — explicou Samantha. — Sei que vingança é uó, mas você me fez sofrer tanto, Valentina, quando tirou o Erick de mim... E eu só fiz com você o mesmo que você fez comigo quando fiquei com o Erick pela primeira vez!

Opa!

Isso aí era informação nova, Brasil, Polo Norte e China! Que bafooooo! Então foi isso?

E Samantha continuou:

— Eu e o Erick sempre nos curtimos, vivíamos juntos, estudávamos juntos, ele sempre foi megafofo comigo. Ficamos no maior clima bom um tempão, até o dia da festa de uma menina que já saiu da escola, a Gabriela, vocês devem se lembrar. A gente ficou e foi a noite mais linda da minha vida. Mas eu não contava com a traição da Valentina.

— Você está delirando, menina — disse Valentina, tentando disfarçar.

— Delirando? Você me esperou ir ao banheiro e agarrou o Erick na maior cara de pau, Valentina. Lembra? E pior: você sabia que eu gostava dele. Que eu não queria só ficar e pronto. Eu queria ficar com ele direto, namorar... O Erick pode confirmar isso.

— É... É verdade, sim... — disse Erick, meio sem jeito.

Eu estava chocada. Por que ela não tinha me contado nada daquilo? A Samantha era muito estranha... Quais seriam os motivos dela? Um dia eu ainda tiraria aquela história a limpo.

— As meninas me falaram que a Valentina pulou em cima de você, Erick, no dia em que a gente ficou. Parecia um polvo com mil braços. Que você até tentou escapar, mas... — contou Samantha.

— Ah, me desculpa, Samantha, ela não botou uma arma na cabeça dele — falei, sem conseguir resistir.

— Exatamente, baleia! — gritou a Cretina.

— Modos, Valentina! — pediu Conceição.

Parecia que a coordenadora entendia aquilo tudo como um momento em que verdades precisavam ser ditas, ouvidas e, principalmente, sentidas.

— Sempre achei que o Erick gostava de mim — prosseguiu Samantha. — Só que desde esse dia eles não se desgrudaram mais. Eles se apaixonaram... Eu acho, né? Porque eu nem tive chance de dizer pra ele quanto eu gostava dele — completou, olhando para o chão.

— Você gostava? — perguntou Erick.

Samantha enxugou as lágrimas e olhou fundo nos olhos dele.

— Eu gosto ainda... — revelou, envergonhada. — O pior é que parece que ela fez uma aposta com as amigas de que ficaria com você naquela noite. Foi péssimo. A Valentina não gostava de você de verdade. Era só pra me machucar.

— Rá, rá, você tem criatividade mesmo, né? — Valentina riu com ironia.

Eu estava me achando a pessoa mais ingênua da face da Terra, por nunca ter imaginado que armações daquele jeito pudessem acontecer. Até outro dia, eu era só a Tetê do Cecê, que vivia num universo paralelo na outra escola, que nunca soube de nada, que nem desconfiava que esse tipo de coisa acontecesse. Em que planeta eu estava? Eu nunca tive (e acho que jamais teria) a malícia daquelas meninas.

— Se a Valentina é isso tudo de ruim, por que você defende tanto ela, Samantha? — perguntei, genuinamente curiosa.

Eu não conseguia entender o comportamento das pessoas. Será que algum dia eu saberia lidar com todas aquelas informações?

— Não sei... Mentira. Sei, sim. Eu tenho pena dela. Ela tem necessidade de ser aceita, bajulada, elogiada. E eu tenho pena disso. No fundo, tenho pena da Valentina. Um dia ela vai entender que ser bonita não é nada de mais.

— Pena quem tem é galinha! — gritou Valentina. — Sua tonta!

— Modos, Valentina! — Conceição aumentou o tom de voz.

— Desculpa, Conceição, mas eu não posso ouvir isso e ficar calada. Eu me amo, sou linda e querida! E você nem pra minha amiga serve, Samantha.

— Servia até a hora que foi conveniente pra você, né? Mas aí você cismou de ficar com o Erick e desistiu de ser minha BFF uns dois meses antes da festa. Passou a me dar gelo, a me excluir... Lembra? Planejou tudo.

Agora eu entendi tudo! Caramba... Mas, de novo, custava ela ter me contado por que ficou com o Erick? Amigas não contam essas coisas?

Conceição enfim se meteu e voltou ao foco principal da questão.

— Entendo que vocês tenham muitas coisas para dizer uns aos outros, jovens, mas agora a questão são as fotos que a Laís mandou. Você não quer se defender, Laís? Prefere ficar negando?

— Fala alguma coisa, Laís! — pediu Valentina.

— C-claro que não fui eu. Por que eu faria isso? — falou Laís com a voz tremendo.

E assim, sem plano, sem estratégia, sem saber no que ia dar aquela situação em que eu tinha me metido, tomei coragem e revelei:

— Pra se vingar da menina que fez tão mal pra você no jardim de infância. — Pausei para respirar e acrescentar uma coisa importante: — Carol!

— Que Carol? O nome dela é Laís! — Valentina virou bicho.

— Para de falar assim com as pessoas, Valentina! — brigou Erick. — Por favor, Tetê, explica, porque eu não tô entendendo nada, cara.

— O nome da Laís é Laís Carolina. E sua ex-namorada fez miséria com a coitada quando elas estudaram juntas no jardim de infância.

— O quê? Como assim, Laís? Que história é essa de Carol? — questionou Valentina.

Todos os olhares estavam voltados para Laís, que tentou disfarçar, coçou a cabeça, o pescoço, virou a cabeça para o outro lado.

— Fala! — gritou Valentina.

Sem obedecer a amiga, Laís atacou:

— Posso saber como vocês descobriram? Entraram no meu computador, é isso? Hackear é crime, tá?

— O quê? — perguntou Metidina, chocada, agora quase sem voz. — Então... então é verdade?

Enquanto Laís pensava no que dizer, eu aproveitei para me defender:

— Pior que hackear é querer que alguém leve a culpa por você — acusei. — E, só pra você saber, não tenho habilidade pra investigar nada, mas temos como provar que foi você, Laís. Só acho que seria muito mais digno da sua parte admitir agora do que ser desmascarada.

Poxa, ela tinha que contar a verdade logo!

— Laís... Eu... Eu não sei o que pensar... Eu... eu... Eu sempre fui sua amiga! — disse Coitadina.

Silêncio. Novamente, todos os holofotes em Laís-ex-Laís Carolina. O que ela diria? Que argumentos usaria? Diria a verdade, nada mais que a verdade? Meias verdades? Mentiras sinceras que interessam? Parei. Essa narrativa está péssima. Sigamos em frente.

— Não foi, não, Valentina! — defendeu-se ela, segura, firme. — Eu passei anos querendo apagar a minha infância da memória, e a culpa é sua!

Xiiii...

— Então foi você mesmo? — pressionou Valentina, quase explodindo de raiva. — Traíra! — berrou, dando um tapa na cabeça da Laís.

Sim. Um tapa na cabeça da Laís.

— Você mereceu! — disse Laís, raivosa.

E então Conceição falou:

— Acabou a palhaçada. Quero as duas sozinhas comigo! Os demais podem sair, por favor.

Capítulo 27

SAÍMOS DA SALA DA CONCEIÇÃO EM SILÊNCIO, OS TRÊS SEM conseguir dizer uma palavra. Ficamos assim alguns minutos.

— Vou pra sala, gente — avisou Erick, quebrando enfim o gelo.

— Eu não tenho cabeça pra voltar pra aula nenhuma agora. Preciso tomar um ar, beber água... — disse Samantha.

— Eu também vou pra aula — falei.

— Não, Tetê! Você pode ficar comigo? — pediu ela. — Por favor?

Olhei para baixo, hesitante. Ela insistiu:

— Por favor...

Fiz que sim com a cabeça e fomos para o pátio.

— Tetê, eu quero te pedir desculpas. Você me perdoa?

— Exatamente pelo quê, Samantha?

— Por eu não ter dito a verdade sobre o Erick pra você antes. Sei que você ficou chateada comigo.

— Decepcionada seria a palavra mais apropriada.

— Eu não podia te contar. Se eu contasse tudo, do porre falso, da ficada no banheiro e das mensagens que eu e ele trocamos depois, você ia virar minha cúmplice. E a Valentina ia te odiar mais ainda por isso. E eu ia te colocar na confusão. E eu não queria isso. Você é muito do bem.

Fiquei pensativa, tentando entender os argumentos da Samantha. E entendi. Ela tinha uma explicação. Não me excluiu de propósito ou por falta de confiança. Pelo que estava parecendo, era exatamente o contrário!

— Essa é uma história minha antiga com o Erick e com a Valentina, e não seria justo te envolver nela. Mas eu precisava fazer isso por mim, me vingar pra recuperar a confiança em mim. Sei lá, pode parecer torto, mas funcionou. E eu só quis te proteger, entende?

Ela não só confiava em mim, como queria me proteger. Faz sentido.

— Quando a Valentina descobrisse, se você soubesse, ela ia acabar com você. E ela já é tão, mas tão estúpida com você... Não queria que ela te espezinhasse ainda mais. E por minha causa, entende?

— Entendo, amiga. Entendo. Obrigada por me dar essa explicação. Eu estava precisando. Mas... Você só falou comigo por...

— Eu ia te contar, claro. Não teve nada a ver com o fato de estar na sala da Conceição. Isso está pesando no meu peito há dias.

— Você sumiu...

— Vergonha, Tetê. Vergonha. Se tem uma pessoa que eu prezo e que aprendi a amar é você. Não quero perder isso que a gente tem, não.

Amar? Ela disse amar? Ownnn...

Dei nela um abraço forte, de urso. E ficamos ali até acabar a primeira aula, quando voltamos para a sala de aula.

Lá descobri que Valentina tinha sido suspensa por dar um tapa na cabeça de Laís. Laís também não apareceu. E eu louca para saber o que tinha acontecido com elas depois que a gente saiu da sala da coordenadora.

Na saída, Zeca, Samantha, Davi e eu avistamos Valentina, que nos esperava do lado de fora da escola, apoiada num carro estacionado, com o nariz inchado e a fisionomia devastada.

— Se for pra xingar a minha amiga, pode sair daqui, sua perna magrelina! — Zeca foi logo dizendo. — Já deu por hoje!

— Não vou xingar ninguém, não — falou ela com voz mansa.

— Ah, não? Veio só agredir mesmo? — ironizei.

— Vim pedir desculpas, Tetê — falou Valentina com o maior tom de desamparo.

— Por quê? O Erick te obrigou? — alfinetou Samantha.

— Não. Porque eu não tinha a menor ideia de como meu jeito fazia tão mal pras pessoas. E como todo mundo estava querendo se vingar de mim, revidar, dar o troco... Até minha melhor amiga... — disse, com a voz embargada.

— Não? Jura? Pra você ver, menina. Como tem doido pra tudo nessa vida! — debochou Zeca.

— Pode me tratar assim, Zeca. Eu mereço.

— Gente, que tipo de droga a Conceição deu pra você tomar? Sinceritril? Simancotril? Fichacaiu? Já sei! Ela te torturou — debochou Zeca.

— Isso mesmo, pode espezinhar. Sei que já fui muito dura com você. Até de bicha nojenta eu já te chamei.

— Logo eu, que sou tão limpinho! De nojento não tenho nadinha de nada! E bicha pra mim é elogio, amor. Desculpaê.

— A Laís me contou as coisas que eu fazia com ela no jardim de infância e fiquei chocada. Não! Mais que chocada — contou ela.

— Cara, sou um monstro mesmo. A Conceição me fez ver a situação de uma forma... Eu estou me odiando. Eu sou um monstro...

Nós quatro nem piscávamos.

— Deixei traumas profundos numa menina! E nem lembrava, de tão natural que era pra mim agredir e excluir as pessoas. Acho que eu merecia mesmo ser hostilizada por causa de uma foto... É pouco pra mim.

— Não, Valentina. Ninguém merece ter o corpo exposto. Nem você — comentei.

— Concordo plenamente com a Tetê. E olha que nunça morri de amores por você, mas o que a Laís fez foi muita cruel-dade — reforçou Zeca.

— Sério? Sério que vocês acham isso? — perguntou Valentina, frágil.

A verdade é que mais cedo ou mais tarde ela ia perceber que não era uma pessoa exatamente legal. Achei na hora e continuo achando que nada justifica um nude assim. Nada.

— Obrigada, gente! — agradeceu Valentina, em prantos, louca por um abraço que não aconteceu. Mas iria acontecer um dia, eu acho. — Mas eu sei que fui piorando muito com o passar dos anos — contou, com a voz embargada. — Olha a Samantha. Eu me afastei dela porque eu gostava do Erick.

— Você gostava do Erick? — perguntou Samantha sem acreditar.

— Gostava, sim. E quando eu vi que você estava apaixonada por ele, preferi me afastar de você pra ficar com ele do que priorizar nossa amizade. A Laís tem razão, eu não consigo ficar amiga de ninguém por muito tempo. Nunca tive uma amizade longa. Porque ninguém me aguenta. Porque eu sou uma pessoa horrível. Horrível. De uma maneira ou de outra, acabo afastando as pessoas mais legais de mim e você foi uma delas, Samantha. Eu sabia que você e ele se curtiam, sabia que você era louca por ele e mesmo assim, mesmo sem conhecer ele direito, mesmo sem ser apaixonada por ele, eu optei por ficar com o Erick, sem ligar pras consequências, sem ligar pros seus sentimentos. Passei por cima de você como um trator. Aí acabei me apaixonando por ele e o resto da história você já sabe.

— Você me afastou *pra ficar com o Erick*? Sem nem saber se vocês iam dar certo? Sem sequer ser apaixonada por ele?

— Foi... — confirmou Valentina, cabeça baixa, ombros caídos. — E apostei mesmo com as meninas que ficaria com ele. Eu sou um monstro.

E então Valentina chorou. Sim! Brasil, Polo Norte e China! Chorou de verdade, com alma, poros e coração. Com as mãos no rosto, desabafou:

— Que vergonha eu tô de mim, gente!

Estávamos estáticos, sem saber o que dizer, como agir. Nunca vi tanta lágrima sair de uma só pessoa.

— Eu não sei nem por que eu sou assim. Nunca notei que eu era assim, isso é o mais maluco. Precisou vir uma menina que foi fazer análise por minha causa pra que eu entendesse que sou uma bruxa. Eu era uma criança, gente! E já fazia mal pra outras crianças! A Laís guardou essa mágoa dentro dela por anos! — aumentou o tom de voz, chorando mais ainda. — O primeiro a abrir meus olhos foi o Erick. Ele que me disse que eu era grossa, que destratava as pessoas do nada. E eu, idiota, achava a coisa mais normal do mundo, gostava de ver as pessoas submissas, gostava de achar que tinha um séquito de amigas que faziam tudo pra me agradar, gostava de me sentir invejada, respeitada. E mais: gostava que tivessem medo de mim. Me dava segurança, sei lá.

— Todo mundo age sem perceber algumas coisas, Valentina. Calma. Você também não é um monstro — falei, acreditando mesmo na menina. — E você pode mudar. Terapia é ótimo pra isso.

Alô, Romildão!!

— Eu sei, Tetê. Mas sabe, por mais que a gente veja nas revistas matérias com gente que sofre ou sofreu bullying, a gente nunca se coloca no lugar de quem pratica, só no de quem sofre — disse ela. — E o pior é que eu já sofri, sabia? Teve uma época em que eu fui desprezada neste colégio por causa do meu jeito esnobe. O mesmo jeito esnobe com que te tratei desde o seu primeiro dia aqui. Ai, Tetê. Desculpa?

— Tudo bem — aceitei o pedido.

Ela parecia realmente arrependida. Mas uma coisa ainda estava entalada na minha garganta.

— Por que tanto preconceito com quem está acima do peso, Valentina? Por que magoar alguém pelo simples fato de esse alguém não ter um corpo esquelético como os que estampam as revistas de moda? Cada um tem um biótipo. Eu acho que nunca vou ser magrinha, por exemplo. Mas não é uma coisa que me angustie. Você fez questão de frisar sempre o meu peso, o seu desprezo por gente gorda. Isso é preconceito, é fobia, sei lá! Você tem que parar com isso!

— É que eu morro de medo de engordar, Tetê! Porque eu sei que, se ficar gorda, vou sofrer bullying também. Então é tipo um ataque pra me defender, sabe? Sei lá, acho que preciso de terapia mesmo... — revelou.

Samantha estava quieta. Quando olhei para ela, vi que estava aos prantos.

— Você já me magoou muito também, Valentina — desabafou minha amiga. — Falou do meu peito sabendo que é a coisa que mais me dá vergonha nesse mundo. E eu só penso em fazer cirurgia pra diminuir, porque está me dando problema na coluna, pra você ter noção! Não é só desproporcional pro meu tamanho, está fazendo mal pra mim fisicamente...

— Desculpa, Samantha! Eu sou um monstro, uma bruxa, já disse. Na verdade, eu sempre me senti inferior a vocês, que são mais inteligentes e interessantes. Então, falar do corpo, que é onde eu tenho vantagem, vamos dizer assim, é uma forma de me sentir por cima...

— Ai, para! Chega, vai! Não aguento ver gente chorando! Vem cá que eu te abraço, Bundina! — disse Zeca, dando na Valentina um abraço apertado, cheio de carinho, como ela parecia jamais ter recebido.

E aconteceu o inesperado. Eu fiquei com pena da Valentina. Muita pena. Da sua falta de noção, do fato de ela descobrir aos 15 anos que era odiada por tanta gente... Pena de ela se sentir um monstro, uma bruxa... Esses sentimentos deviam estar pesando muito para ela, a ponto de se expor daquele jeito para nós...

E quando eu comecei a sentir pena da ex-Metidina, Erick chegou.

— Olha, meninas, não sou tão bom com as palavras, mas queria pedir desculpas pra vocês três. Samantha, Valentina e também pra Tetê. Olhando pra trás, vejo que fui um canalha, um galinha. Mas no fundo sou um cara maneiro, sabe? Só que tenho um fraco por meninas, preciso confessar. Eu fico fascinado pela beleza de vocês, pela inteligência... Mas, se me deixarem, quero continuar amigo de vocês.

Pelo menos ele admitiu... Mesmo assim, o Erick já não era a mesma pessoa para mim. Um cristal tinha se quebrado dentro do meu peito. Mas achei bem legal ele pedir desculpas. Ok, subiu uns pontinhos no meu conceito.

E a Samantha virou e perguntou:

— Por que o Erick pediu desculpas pra você também, Tetê?

— Ai, gente, deixa pra lá. Não foi nada de mais — disfarcei.

Chega de explicações por um dia, né? Foram revelações demais. Eu não precisava aumentar a lista.

Capítulo 28

DEPOIS DE TANTAS EMOÇÕES, MINHA ALMA ESTAVA LAVADA. Naquela terça-feira à tarde, eu não só estava livre de qualquer punição da escola e de dar desgosto para minha família, como tinha presenciado cenas que nunca poderia imaginar alguns meses antes. Como as pessoas são diferentes por dentro! Como as aparências enganam! Como a gente coloca uma armadura para não mostrar quem é por dentro...

Bom, como eu estava livre, assim que terminei de almoçar na rua, quis fazer a coisa pela qual eu mais ansiava nas últimas horas da minha vida, desde que o Dudu me beijou pela última vez: falar com ele de novo para podermos nos encontrar mais uma vez, ficar perto dele e dar muitos e muitos outros beijos e abraços apertados e cheirosos! E, claro, conversar muito, dar muito carinho, consolar a tristeza dele, cozinhar para ele... Nossa, será que eu já estava viciada no Dudu? Que sentimento era aquele, Brasil, Polo Norte e China, que não me deixava parar de pensar e que me fazia querer estar grudada nele o tempo todo?

Assim que saí do restaurante, liguei para o celular dele, com um sorrisinho indisfarçável no rosto. Antes mesmo que ele dissesse alô, eu já saí falando:

— Saudade de você! Quero te ver!

— Acho que você ligou errado — disse a voz que atendeu ao telefone.

Repeti o número de telefone, para ter certeza de que não tinha ligado errado mesmo.

— É esse número mesmo. Quem é que está falando?

— Aqui é a Tetê. E você, quem é?

— A gente não se conhece, mas aqui é a Ingrid.

Oi?

Hein?

Ingrid era a ex-namorada do Dudu... Eu lembro do Davi contando. Será que estou tendo um pesadelo? Só pode. Eu devo acordar já, já.

— Ingrid? — perguntei, já em choque.

Será que então eu estava sonhando com o que aconteceu antes? Não, né? Pera, deixa eu raciocinar: se as coisas se resolveram mesmo na escola, o Dudu me ajudou. E se ele me ajudou, aconteceu o que aconteceu depois...

Será que fui teletransportada pra uma realidade paralela? Alguma coisa não está se encaixando nessa história.

— Sim, sou a namorada do Dudu. Não pude vir pro enterro, mas cheguei ontem de Minas pra missa de sétimo dia do seu Inácio. O Dudu tá muito borocoxô, tava precisando do meu colo. Ele saiu pra comprar mate e esqueceu o celular. Já, já ele volta. Quer deixar recado?

Namorada do Dudu?

Espera, foi isso mesmo que ela falou? Namorada?

Pensando bem, só uma namorada mesmo se apodera do celular de um cara assim e atende uma ligação estando na casa dele... e dorme na casa dele... Ele provavelmente perdoou a traição dela...

— Não, não precisa. Obrigada — respondi, desligando logo em seguida e protagonizando a maior cena de choro que a Tonelero já tinha visto.

Meu coração quebrou em mil caquinhos. Eu estava arrasada. Bateu o maior bode. Fiquei mal.

Não, não podia ser... Eu era muito azarada mesmo. E as minhocas na minha cabeça começaram um debate.

Será que ele estava com a Ingrid o tempo todo? Será que todo cara bonito é igual ao Erick, fica com duas, três, e acha normal? Será que todo garoto é um ser sem coração?

Caminhei meio que hipnotizada até a minha casa. Entrei e nem falei com ninguém, nem lembro se alguém falou comigo. Fui direto para baixo do chuveiro, deixar a água cair na minha cabeça.

Ao sair do banho, liguei para o Davi. Eu precisava esclarecer aquilo.

— Davi, pelamordedeus, o Dudu voltou com a Ingrid?

— Como, Tetê?

— Me conta, Davi, não esconde nada de mim, por favor!

— Ih, não tô sabendo de nada, não. Mas eu dormi essa noite na casa do Zeca, lembra? E estou aqui de novo. A gente combinou de estudar todas as matérias, estou ajudando ele. Mas o que aconteceu?

Então eu contei tudo.

E de repente chega uma mensagem do Zeca — enquanto eu falava com o Davi no telefone!

> **ZECA**
>
> Tetê, faz a egípcia, não fala nada, não passa recibo. Essa aí é periguete de carteirinha. Espera que a gente vai descobrir o que está acontecendo.

> **TETÊ**
>
> Ai, Zeca, eu não posso ser feliz mesmo, né?

> **ZECA**
>
> Engole esse choro, Tetê! Vai borrar o rímel! Rsrsr

E ele não tinha ideia de quanto eu já tinha chorado! Meu corpo todo doía. Parecia que eu tinha levado uma facada pelas costas. Que sensação horrível, meu Deus! Será que eu nunca vou conseguir ser feliz?

— O Dudu é um imbecil mesmo se ele voltou com ela! — esbravejou Davi. — Mas eu vou descobrir, tá?

Meu mundo despencou. Meu coração parou de bater por um instante. E uma quentura tomou conta do meu corpo.

A ex-namorada (ou a namorada de novo, já não sabia mais...) do Dudu estava na casa dele desde a noite anterior, era fato. Atendeu o celular dele. Eles só podiam ter voltado mesmo. Senti um... um... negócio... um ciúme... um sentimento de perda... uma tristeza... uma falta de esperança... uma irritação... um... nem sei... Mas por que eu estava daquele jeito pela Ingrid estar com o Dudu? Se eu fosse analisar friamente, a gente só tinha... ficado. Dado uns beijos. Um dia só. Não éramos namorados nem nada.

Mas, poxa... foi tão... intenso! Importante. Especial. Incrível. Inesquecível. Estupendo. Estonteante. Maravilhoso. Sensacional. Mágico.

Será que tinha significado tudo isso só para mim? Eu ainda era aquela menina boba? Estava eu tendo um ataque de Tetê do Cecê? Eu era ainda a mesma ingênua da Barra, que se iludia com qualquer coisinha?

Pois é, pelo jeito eu era.

Há poucas horas, eu era a menina mais feliz do mundo. Agora sentia que estava sofrendo outra espécie de traição... Eu queria morrer.

E fiquei sozinha no meu quarto, chorando, chorando muito. Pensando em quando eu seria finalmente feliz. Se é que algum dia eu seria feliz.

Comecei a chorar de novo. A chorar mesmo. De soluçar. De escorrer lágrimas. De sentir desespero e abandono. De ficar deitada encolhidinha, esperando o mundo acabar.

Minha mãe deve ter ouvido e entrou no quarto, preocupada.

— Que foi, filha? Aconteceu alguma coisa? — perguntou ela.

— Ai, mãe, aconteceu.

Mas eu só soluçava, nem conseguia explicar.

— Alguém te magoou, foi isso?

— Foi... Quer dizer... Acho que foi... Deve ser tão chato pra família não gostar da namorada de um parente querido...

Foi a frase estapafúrdia que eu consegui dizer.

— Como? Que namorada, Tetê? Você tá lendo algum daqueles livros de novo, é isso?

— Não. É o irmão do Davi. O Dudu. A namorada que era ex e que agora deve ser atual atendeu o telefone dele que ele esqueceu. E disse que era namorada mesmo.

— Tetê, eu não estou conseguindo entender nada. Espera que vou buscar um copo d'água pra você se acalmar.

Bebi a água que minha mãe trouxe e acabei contando tudo para ela, que ficou feliz por um lado, por eu ter beijado um menino tão legal (agora eu também nem sabia mais. Acho que todos os meninos minimamente bonitos são seres que não inspiram confiança e que acham normal pegar duas mulheres num dia só), e por outro me deu todo o apoio, conselhos e abraços.

— Calma, filha. A gente não sabe ainda o que aconteceu direito. E se ela mora em Minas, esse namoro à distância talvez nem vingue. Mas se ele ficou mesmo com ela, eu tenho certeza que você ainda vai achar outro rapaz tão ou mais legal que esse.

E eu desandei a chorar ainda mais, pensando na possibilidade de perder o Dudu para sempre. Mas minha mãe me abraçou muito, e senti o colo dela e o aconchego, e aquilo me deu uma calma e uma paz muito, muito boas.

— Obrigada pelo colo, mãe. Eu só... eu só não queria perder o Dudu, sabe?

— Sei, claro. Mas desilusões amorosas fazem parte da vida. Eu sei que é duro, mas acontecem. Dói mesmo. Com meu primeiro namorado foi assim, mas a gente supera. Mas olha, não perde a esperança ainda, tá?

— Você acha que eu não devo perder?

— Não. Esperança a gente nunca deve perder. Você não vê eu e seu pai? A gente ficou por um fio. Mas conseguimos superar os problemas, vencer as barreiras, as dificuldades, e estamos ótimos. Ainda bem que a gente não desistiu. Porque hoje eu sei que a gente é muito mais feliz junto do que separado.

E eu dei um abraço muito forte na minha mãe. Eu não tinha ideia de que ela podia ser sensata daquele jeito e me apoiar em um assunto tão delicado. Mas foi muito bom.

— Mãe, valeu. Mas, olha, eu quero te pedir um favor.

— Claro, Tetê.

— Eu não vou na missa do seu Inácio. Não vou conseguir olhar pra cara daquela Ingrid e do Dudu, e muito menos ver eles juntos. Você vai com o papai ou com a vovó pra me representar?

— Deixa com a gente, filha.

— E mais uma coisa. Eu não vou na aula amanhã, tudo bem? Preciso ficar um tempo sozinha.

— Tudo bem, querida. Você é ótima aluna, está superbem na escola. Eu entendo. Pode tirar esse tempo pra você. Mas pensa que às vezes é bom também ocupar a cabeça pra não ficar sofrendo.

Acabei não indo à escola pelo resto da semana, e fiquei sem falar com ninguém. Desliguei meu celular, não vi mensagens, não atendi telefone nem nada. Me desliguei do mundo. Estava muito difícil para mim me acostumar a ficar naquela condição de novo.

Eu tinha que apagar o Dudu da minha cabeça. Eu tinha que apagar o Dudu do meu coração. Eu tinha que apagar o Dudu de mim.

E tinha que me acostumar com a ideia de ter de novo uma vida sem ele.

Capítulo 29

SEGUNDA-FEIRA EU FINALMENTE FUI À ESCOLA. MAS CHEGUEI em cima da hora, nem consegui conversar com o Davi e com o Zeca antes.

Na hora do intervalo, os dois voaram para cima de mim.

— Miga, sua louca, onde você se meteu? Você foi abduzida, foi? E os ETS comeram seu celular? — bronqueou Zeca.

— Tetê, meu irmão está louco querendo falar com você! — informou Davi.

— Ai, gente... Desculpa... Mas eu não tava legal... Não tô legal... Esse negócio da Ingrid...

— Tsc, tsc, tsc. O que eu te falei, menina? Olha aí, Davi, toda trabalhada na tristeza... Ai, por que as pessoas sofrem por antecipação, hein? Pra sofrer duas vezes? Cê tá participando de algum Big Brother Masoquismo e eu não tô sabendo?

— Ah, Zeca, só você pra me fazer rir em uma situação dessas... — falei, dando um sorrisinho torto.

— Ela nem leu o livro, mas já fez a resenha, né? Não tem a informação, mas já resolveu o que vai fazer com ela...

— Do que você tá falando, Zeca?

— Ai, Tetê... Aquela Ingrid não vale nada. É a Valentina de Juiz de Fora! A Falsiane mineira de plantão.

— Tá, mas isso vocês é que acham, né? Não é o que o Dudu pensa, pelo jeito.

— Quem te disse isso, Tetê? — perguntou o Davi.

— As evidências me disseram isso, ué. Eles passam a noite juntos, ela atende o celular dele, fala que é namorada, ele não contesta... Eles voltaram, né?

— Quem te disse que foi isso que aconteceu, Tetê? — Davi começou a rir.

— Ela é muito dramática mesmo. — Zeca riu também.

— O meu irmão não voltou com a Ingrid, Tetê. Pelo contrário, deu a maior bronca nela quando contei que ela atendeu sua ligação por ele e disse ser a namorada dele, o que não era verdade. Ela estava tentando reatar, se aproveitando da situação, com o Dudu frágil. E eles não passaram a noite juntos, a Ingrid chegou de manhã. Ela dormiu em um hotel. E reparou que ela nem tava na missa?

— Nã... não... Eu preferi não ir... Você não viu? Desculpa... Mas meus pais foram pra me represent...

— Relaxa. Era tanta gente que eu parei de cumprimentar uma hora e sentei em um canto da igreja. Não vi todo mundo.

— E a avó deles pôs a menina pra correr! Você deveria ter visto dona Maria Amélia! Foi hilário! "Sai daqui, menina! Você não tem vergonha, não, depois de tudo o que aprontou? Meu neto é muita areia pro seu caminhãozinho. Pega sua trouxa e sai daqui para nunca mais voltar!" Ahahah! — contou Zeca rindo.

— Não creio! Sério? Por que vocês não me falaram isso antes?

— Porque você ficou incomunicável... — disse Davi — Como a gente podia te contar?

— Vocês acabaram de me dar a melhor notícia do milênio!!! Obrigada!

E abracei e beijei os dois na bochecha!

— Olha, eu adoraria ter uma amiga como você como cunhada. Mas meu irmão está bem tristinho, achando que você não curtiu... vamos dizer assim... "o passeio no Leblon".

Confesso que nesse momento meu coração sorriu. Dudu estava solteiro, então? Eu sofri mesmo por bobagem?

Diante da minha indisfarçável cara de boba alegre, Zeca brincou:

— Vai, menina, tá esperando o quê?

— O quê?

— Manda logo um coração pro bofe! E manda do vermelho, hein? Daquele um só, bem grandão, que fica piscando!

Own... Amo meus amigos!

O sinal tocou e eu saí em disparada na direção do prédio do Dudu. Mal virei a última esquina e já vi aquele cara lindo me esperando. Quando ele me enxergou de longe, abriu os braços. Eu cheguei perto, larguei a mochila na calçada e me joguei no abraço do Dudu, daquele jeito de filme mesmo, de levantar os pés do chão e já ir beijando.

E nos beijamos muito. Gostoso. Encaixadinho. Daquele jeito que só o Dudu me beijava e me fazia levitar de felicidade.

— Ai, Tetê, como é que você pôde achar que eu tinha voltado com a Ingrid? Eu tava é morrendo de saudade de você. Não aguentava mais esperar pra te ver. Não se maltrata assim um cara apaixonado, sabia?

O quê? Como? Para tudo!

O cara mais incrível do mundo disse que está apaixonado? Por mim?!

Para tudo, Brasil, Polo Norte e China!

— Você está apaixonado por mim?

— Eu estou apaixonado, sim, sua doida. Por você!

E então Duduau me beijou de novo. E de novo. E o terceiro beijo foi beeeem melhor que o segundo. E depois o quarto, e o quinto, bem melhor que os anteriores... Ai, ai... Cada um mais encaixadinho e perfeitinho que o outro.

E então eu disse uma coisa que deve ter assustado o Dudu:

— Mas tem um problema.

— Que problema, Tetê? — ele perguntou sério, olhando nos meus olhos.

— Eu jurei que nunca mais me apaixonaria.

Ele continuava me olhando sério, sem piscar.

— Só que eu me apaixonei. Muito. Completamente. Perdidamente. Numa bela manhã de sol, acordei maluca. Abilolada. Louca. Doida varrida. Destrambelhada. De paixão. Eu estou apaixonada por você, Dudu. Tenho cura?

— Sim. É só ficarmos juntos uns anos aí.

— Uns anos aí? — repeti, completamente derretida.

— É! Também conhecido por namorar! Quer namorar comigo?

— SIIIIIMMMMMMM!!!!!!!

E então a gente se beijou mais uma vez, do jeito mais lindo de toda a vida.

Capítulo 30

— JÁ FAZ OITO MESES QUE TUDO ISSO ACONTECEU, MAS ESSES fatos todos foram um marco na minha vida. Eu mudei totalmente depois disso tudo, sabe? E agora acho que sei lidar de uma maneira totalmente diferente com minha família, com as pessoas ao meu redor, com meus amigos. Como eu amo ter amigos! Também estou entendendo melhor meus sentimentos, principalmente o amor. A gente costuma pôr a culpa das coisas nos outros e em geral espera que os outros mudem, que o mundo mude, mas a verdade que eu descobri é que nada muda. Mas se a gente der um passo, um passinho que seja em direção a fazer algo diferente pela gente mesma e modificar quem a gente é, *plim*! A mágica acontece e tudo muda ao nosso redor! Até as pessoas mudam! Na verdade, eu acho que o que muda é nosso jeito de ver tudo. Não acha não, Romildo?

— *Arrã...*

Bom, parece quem nem todo mundo muda... Só "Arrã" ainda...

— Posso te chamar de Romildão? Porque em pensamento eu sempre te chamei de Romildão. E agora a gente já tem intimidade o suficiente, né? Faz praticamente um ano que a gente se conhece!

— Pode, Tetê! — falou ele, rindo. — Faz um ano, mas é sua segunda sessão, né? Aliás, fico muito feliz que você tenha decidido continuar a terapia, apesar desse "pequeno" intervalo.

— Pois é, mas agora tudo está bem diferente! Eu tenho tanta coisa pra falar, tanta coisa pra entender! Não sou mais aquela menina tão tímida, sabe? Mas deixa eu te contar. Depois de um bom tempo indecisa sobre perdoar ou não a ex-Metidina e de acreditar no seu pedido de perdão, a Laís se aproximou de mim, do Zeca e do Davi e seguiu a vida tranquila. Depois até conseguiu conversar com a Valentina e deixou o passado no passado. Ela não podia mudar o que já tinha acontecido, né? Então o jeito era seguir em frente. Achei inteligente da parte dela. E a Valentina, quem diria, foi fofa, falou que estragou o passado da Laís e que agora tudo o que ela queria fazer era ter um presente da melhor maneira possível. Own...

— Você acha que a Valentina se arrependeu mesmo, Tetê?

— Olha... Parece, sabe? Valentina continua amiga da Bianca e ainda mais amiga da Laís. Não acho que o arrependimento foi atuação, como muitos acharam que era. As lágrimas foram reais, não fingimento. O sofrimento era sincero e a ex-Metidina pelo jeito mudou de vez, sim. Parece outra pessoa. Nunca soubemos por que ela agia da forma que agia. Nunca entendemos por que ela tinha virado um pequeno monstro. Não temos a quem culpar. E ela também não, é uma incógnita que provavelmente vai assombrá-la por muitos e muitos anos. E talvez nem tudo na vida tenha explicação. Na verdade, nada tem explicação. Eu acho que ela vai precisar de muita terapia...

— Sim, seria muito importante pra ela. Mas, como eu sempre digo, depende de a pessoa querer.

— Ah! Babado dos babados, Romildão! Laís ficou com o Orelha na minha festa de aniversário. Sim, eu dei uma festa no salão do meu prédio, convidei as pessoas e elas foram! Em peso! E era meio de novembro, em plena época de provas! Quer felicidade maior que essa? Se Orelaís, é assim que geral tá *shippando* eles, vai virar um casal, não sabemos ainda. Mas tem muita gente *shippando*. Cê sabe o que é *shippar*, Romildão?

— Aquele negócio de computador? Chip? — Ele deu um sorrisinho maroto.

— Para, Romildooo. Tá zoando, né?

— Eu sei o que é, Tetê — falou ele, rindo alto. — Atendo muitos adolescentes, lembra?

— Sei... Bom, mas cê acredita que até o Erick e a Valentina ficaram amigos de novo? Bons amigos, vamos deixar claro. Gosto disso. Gente civilizada. E mesmo depois de ele e a Samantha começarem a namorar. Te contei isso já, Romildão?

— Não. Mas isso aqui é terapia ou é revista de fofoca?

— Ai, Romildoo, tenho que te atualizar da minha vida, né?

— Tô brincando, pode falar tudo, Tetê! É pra falar!

— Ai, ufa! Porque agora eu falo tudo mesmo, em alto e bom som! Bom, uns dias depois de todas aquelas bombásticas revelações que eu te contei antes, a Samantha quase surtou quando Erick perguntou: "Quer namorar comigo?" E agora Samantha e ele formam o novo casal vinte de que se tem notícia. Estão juntos ainda e parecem genuinamente felizes. Embora ela acredite que ele tomou jeito e não vai fazer nada de errado dessa vez, a minha alma desconfiada não leva tanta fé no Erick assim. Acho que se aconteceu uma vez pode acontecer muitas mais, mas não falo sobre isso com minha amiga. Sei que as pessoas mudam. Taí a Valentina, que não me deixa mentir. E como ninguém prevê o futuro, espero que minha amiga viva o agora e continue muuuito feliz com o oficialmente *seu* lindo, *seu* divo, *seu deuso* Erick.

— E seus outros amigos, Tetê, os mais próximos? Zeca e Davi, né?

— Sim! Bom, Zeca também deixou de integrar o time dos solteiros! No fim do ano, ele arrumou um namorado, o Emílio, que não é da escola. Um cara um pouco mais velho, mas completamente apaixonado por ele. E, ao contrário de namorados anteriores que machucaram o coração do meu amigo, o Emílio é como ele, de boa e bem resolvido com sua sexualidade. Tudo bem, eu sei que não tem nada mais cafona que falar "machucar o coração", mas eu não encontrei palavras melhores. Porque foi exatamente assim que o Zeca descreveu suas relações anteriores. O Davi continua ainda sem namorada, mas deixou o Zeca "cuidar" dele, como fez comigo, depois de um bom tempo negando a "transformação". Aos poucos foi cedendo e trocou a armação de óculos de velho por uma *bem* mais moderna, cortou o cabelo, deu uma renovada no guarda-roupa. Segundo o Zeca, as camisas dele eram muito compridas, o que fazia ele ter um aspecto de "pigmeu subnutrido", seja lá o que isso signifique. Ah, mas foi lindo ver o Davi se sentir cada vez mais confiante.

"Sabe, Romildão, cheguei à conclusão de que todos precisam de um Zeca na vida. Não para mudar simplesmente. Mas para a gente se aceitar e se gostar como a gente é. O que ele mostrou para nós dois é que não dói e não custa tentar sair da nossa zona de conforto. Se ficar ruim, a gente volta para ela. Mudar só um pouquinho por fora pode mexer um *muitão* por dentro."

— Poxa, Tetê, eu não saberia dizer melhor!

— Thanks, doc! — falei, dando uma piscadinha.

— E sua família?

— Ah, meu pai está bem feliz no emprego novo, pelo menos é o que ele fala, e eu quero acreditar com todas as minhas forças. Mamãe continua a mesma, mas cada vez mais carinhosa comigo. Te falei que a gente mudou de casa? SIM! Papai alugou um apartamento na Constante Ramos, em Copa mesmo, perto do colégio e de todos os meus amigos. Amigos! Eu tenho amigos! Continuo tendo amigos!!! Não é incrível eu poder falar isso? Isso merece mil pontos de exclamação! E não me importo de ficar repetitiva. Eu tenho amigos. Eu tenho amigos. Eu tenho amigos.

"E eu tenho uma família muito linda! Os meus avós e meu biso continuam deliciosamente fofos, felizinhos, fofoqueiros. Tudo bem, fofoqueira é mais a minha avó. E resmungões. E meu biso agora adora trocar notas por moedas comigo. E eu AMO passar tempo com ele. Morar em Copa, pertinho deles, fez toda a diferença. Agora eu sinto que somos uma família de verdade e não quero perder isso jamais.

"Depois da morte do seu Inácio cheguei à conclusão de que temos que abraçar nossos avós sempre! Todos os dias, se possível! Decidi seguir o exemplo do Davi de convivência total, de aproveitamento máximo da companhia dos meus velhinhos! Nada a ver com o medo de perdê-los. Tudo a ver com a delícia de tê-los por perto."

— Bom, me fala mais do seu namoro. Porque a primeira coisa que você me contou é que não era mais BV! É Dudu, né? Irmão do Davi?

— É! Dudu... Ah... Eu sigo completamente apaixonada pelo irmão do meu melhor amigo. E o melhor: ele diz que está cada dia mais apaixonado por mim! Dudu, meu namorado, é o melhor amigo, o melhor parceiro que eu poderia ter. Ele me incentivou a malhar! Sim, eu agora malho, Romildooo! Endorfina! A gente corre juntos todos os dias. Cê reparou que eu emagreci?

— Claro, né, Tetê? Quem não repararia?

— Já foram dez quilos! E olha, mesmo suada e nojenta depois dos treinos, ele segura meu rosto com as duas mãos pra dizer que eu sou a pessoa mais linda do mundo. O meu amor também ama cozinhar, e a gente passa horas juntos inventando receitas saudáveis, pouco engordativas mas muito deliciosas.

— Parabéns, hein, Tetê!

— Dudu também tem feito uma coisa muito linda: é a pessoa que mais me incentiva a escrever um livro pra contar minha história e publicar as confissões que escrevi ao longo da vida no meu diário. Morro de vergonha, mas os professores sempre elogiaram a minha escrita, eu amo escrever e acho que, mesmo que eu não consiga ser publicada, vale a pena tentar. Descobri ao longo desse ano que é bom correr riscos. Já sei até o título: *Confissões de uma garota excluída, mal-amada e um pouco dramática*. Talvez "um pouco" venha entre parênteses, tenho que pensar ainda. Mas acho que a minha história pode ajudar muita gente por aí. Porque no fundo todo mundo se sente um pouco excluído e mal-amado, todo mundo tem seu drama. Seus dramas. A gente não está na pele do outro pra sentir. Porque até aquela menina que todos achavam incrível, como a Valentina, tem problemas. Ou a Samantha. Ou a Laís. E com meu livro eu posso mostrar que quando a gente não se entrega e não se abate com o bullying, dá pra viver tranquilamente, é só entender que é apenas uma fase. Que passa. Pode até demorar, mas passa. Tudo passa.

"Aprendi também que a nossa história fortalece a gente. Tudo muda o tempo todo, já cantou o Lulu. E muda quando menos esperamos. Um dia, quando a menina que mora em mim, que se sentiu por muito tempo excluída, tiver coragem de mostrar em palavras o que passou e se isso ajudar alguém, nem que seja só uma pessoa, já vai ter valido a pena, como diz meu maravilhoso namorado, Dudu. Meu príncipe Dudu. Que ama minhas comidinhas. Agora estamos viciados no pão de queijo magrinho.

"Tenho medo e vergonha só de pensar em outras pessoas lendo o que eu escrevi. Preciso estar pronta para críticas e coisa e tal, mas sei que posso transformar sofrimento em palavras de apoio e incentivo. E também sei que tenho só 16 anos e não sei nada sobre publicar. Mas sonhar não custa nada, né? Nem que o livro seja lido apenas pelos meus amigos e minha família. Já vou me sentir realizada.

"Estou confiante como nunca estive, Romildão, e descobri que se sentir invisível uma vez na vida não quer dizer que a gente vá se sentir invisível para sempre. Sigo ouvindo Adele, Avril, Sam Smith, Demi Lovato, Coldplay e Radiohead, lendo livros repetidas vezes, vendo filmes tristes mil vezes, mas... sou tão mais feliz do que da primeira vez que a gente conversou... Tão mais feliz..."

— Bom, Tetê, você está tão bem e feliz que acho que vou até te dar alta! — Romildão disse, brincando e rindo.

— Pode parar, Romildooo! Agora eu é que estou achando você maluco! Você precisa de um psiquiatra! — fiz graça. — Agora é que vai ser bom fazer análise! E eu me chamo TEANI-RA, esqueceu? TE-A-NI-RA! Isso já é problema suficiente pra eu precisar de terapia até pelo menos 2047!!

PÃO DE QUEIJO MAGRINHO

DIFICULDADE: Ai, O QUE A GENTE NÃO FAZ POR AMOR, NÉ? (MAS É FACINHO!)

#OQUEVAI

200 GRAMAS DE GOMA DE TAPIOCA • 150 GRAMAS DE POLVILHO AZEDO • 2 OVOS INTEIROS E 1 CLARA • 120 GRAMAS DE COTTAGE OU REQUEIJÃO SEM LACTOSE • 2 COLHERES DE SOPA DE AZEITE EXTRAVIRGEM • 1 COLHER DE CAFÉ DE FERMENTO EM PÓ • SAL A GOSTO

#COMOFAZ

1. Preaqueça o forno a 180 graus. **2.** Misture bem todos os ingredientes (FERMENTO POR ÚLTIMO, PELO AMOR DE GETÚLIOOO!). **3.** Faça bolinhas e taque num pirex (NÃO DEIXE UMA BOLINHA MUITO PERTO DA OUTRA, POIS ELAS CRESCEM E PODEM GRUDAR). **4.** Leve ao forno por cerca de 25 a 30 minutos. FICA SENSACIONAL E VOCÊ COME SEM CULPA!

MINHAS IMPRESSÕES

Início da leitura: ____ /____ /____

Término da leitura: ____ /____ /____

Citação (ou página) favorita:

Personagem favorito: _____

Nota: ☆☆☆☆☆ ♡

O que achei do livro?

Este livro foi impresso pela Ipsis, em 2025, para a Editora Pitaya e fez o editorial abraçar o drama. O papel do miolo é pólen natural 80 g\m², e o da capa é cartão 250 g\m².

AGRADECIMENTO

Um beijo especial para todos os leitores que confiaram em mim e me contaram suas histórias de bullying.